目次

JN036640

陰からの一撃

警視庁追跡捜査係

第一章　ある情報

1

何が起きた？　沖田大輝《おきただいき》は思わず立ち上がった。刑事たちが次々に飛び出していく。警視庁捜査一課の一角にある追跡捜査係にいると、同僚《どうりょう》の動きがよく見えるのだ。しかし今は午後二時……同僚の西川大和《にしかわやまと》の分析によると、捜査一課が出動する時間帯は、午前〇時から同六時までが一番多く、次が午後六時から午前〇時の間だという。午後〇時から同六時——午後から夕方にかけては、一番通報が少ない。

そう、人の活動が激しい時間帯に、わざわざ凶悪事件を起こそうとする人間は少ないはずだ。

しかし、絶対事件が起きないというわけではない。沖田も強行犯係にいた時は、時間に関係なく電話一本で現場に飛び出して行ったものだ。午後二時の出動など、ましな方だろう。自宅で熟睡している午前三時に電話で叩《たた》き起こされると、一日中時差ぼけのような感じが続いてしまう。

追跡捜査係には今、誰《だれ》もいない。未解決事件を専門に再捜査する部署なので、古い捜査資料を見直したりするのが基本的な仕事とはいえ、外での捜査もある。だいたい沖田自身、適当に仕事をでっち上げて席にいないことの方が多い——座って書類を読んでいるのは性に合わないのだ。今回はたまたま、沖田一人が留守番《るすばん》する形になってしまっていた。

沖田は追跡捜査係を出て、捜査一課の大部屋に入った。今出て行ったのは六係。六係と五係を束《たば》ねる管理官の市村《いちむら》がまだ席にいたので、思わず声をかける。

「何かあったか？」

「ああ、沖田さん」市村は立ち上がり、椅子《いす》の背に引っかけていた背広に腕を通した。

「やばい話か？」

「やばいというか、みっともない話ですかね」

「お前のところが、みっともない真似《まね》をするとは思えない」

それを聞いて、市村が苦笑した。沖田より三歳年下の市村は、刑事として現場で汗をかくよりも管理職となる道を選び、去年警視に昇任して捜査一課の管理官になった。階級では沖田よりも上なのだが、所轄《しょかつ》時代の先輩後輩という間柄《あいだがら》なので、市村は今でも敬語で話す。

「不可抗力みたいなものですけど」市村がスマートフォンを取り上げた。

「現場、行くのか？」

「行かざるを得ないでしょうね」

「市村管理官御自ら出動となると、かなりやばい事件じゃないか」

「後始末が面倒だからですよ」市村が声をひそめた。「後でお叱《しか》りを受けるのは間違いないですから、先にできるだけのことをやっておかないと」

「そんなにやばいのか」

「新橋《しんばし》の社長殺し、覚えてるでしょう」

「もちろん」去年発生した事件だ。「もうすぐ一年だろう？　そろそろうちで引き取るタイミングかと思ってた」

「追跡捜査係が手を出すような事件じゃないですよ。犯人は割れていて、指名手配してるんですから」

「ああ、そうだった」犯人が逮捕《たいほ》されていないせいか、まったく未解決という印象があったのだ。「それがどうした？　犯人が捕まったのか？」

「いや、死にました」

「自殺か？」沖田も声を低くした。指名手配された犯人が、逃げきれないと諦《あきら》めて自ら命を断つケースは少なくない。実際、逮捕に至らない指名手配犯のかなりが自殺している、という説もある——遺体が見つかっていないだけだというのだ。

「事故です」

「事故？」

「今日未明に千葉で起きた交通事故で死んだ人間が、うちの犯人だと分かって、連絡が回ってきたんです」

「千葉か……何だか中途半端な感じだな」遠くへ逃亡していると思っていたのに、そんなに近いところにいたとは。あるいはたまたま訪れた千葉で、事故に遭《あ》ったのだろうか。

「そうは言っても、事故はしょうがないでしょう。こっちで捕まえたかったですけど……」

「諦めが早いな。仕事をたくさん抱えてると、事件の一つ一つにはこだわりがなくなるのか？」

「そういうわけじゃないですけど……」市村が左手首の腕時計を見た。「すみません、これから現場なんで、失礼しますね」

「ああ、悪い——邪魔したな」

「とんでもないです」どうやって千葉まで行くつもりか分からないが、誰かを待たせているように、ダッシュで捜査一課の大部屋を出て行った。

千葉か……警視庁が指名手配していた容疑者が、千葉で交通事故に遭って亡くなってもまったくおかしくはない。しかし市村は悔《くや》しいはずだ。すぐ近くに犯人がいた可能性が高いのに、逮捕できなかったわけだから。警察としては、指名手配で終わらせずにしっかり逮捕してこそ、犠牲者の魂《たましい》に安らぎを与えられるという感覚なのだ。容疑者が勝手に死んでしまったら、警察の存在意義などなくなってしまう。

自席に戻り、しばし考えた。この件は追跡捜査係が手を出す必要もなく——その権利もなかったと言うべきかもしれない――終了した。それでも何だか気になる。千葉県警といえば知り合いがいるな……しばらく前に、ある事件の捜査で、捜査一課の若い刑事・戸島《とじま》と一緒になったのだ。あの時に昼飯を奢《おご》ってやった貸しがある。この件には彼は絡《から》まないが、ちょっと電話をかけて聞いてみてもいいだろう。当事者でないから話しやすいはずだ。

沖田は警電で千葉県警の捜査一課に電話をかけ、戸島を呼び出してもらった。

「お久しぶりです」戸島は少し緊張している。この男は三十歳になるかならないかぐらい……他県警の年上の刑事と気楽に話をするには、まだまだ時間がかかるだろう。

「今、ちょっと大丈夫か？　何か仕事を抱えてるか？」

「大丈夫です。たまたま暇《ひま》なんですよ」

「捜査一課の若い刑事が暇っていうのは、あまりいいことじゃねえな」

「でも、千葉県内が平和な証拠じゃないですか」戸島が言い返す。少し図々《ずうずう》しくなってきたようだ。

「それじゃあ、刑事としての経験が積めねえんだけどな……それはどうでもいいけど、今日の未明、そっちで死亡事故があっただろう？」

「ああ、警視庁さんの指名手配犯の件ですか？」戸島は反応がよかった。この打てば響く鋭さが彼の持ち味で、沖田も気に入っている。

「そうなんだよ。俺《おれ》も今聞いたばかりで……どんな具合なんだ？」

「基本は所轄の交通課が処理していますから、うちは手を出していないんです。基本的な状況しか分かりませんよ」

「それでいいよ。とにかく、ちょいと教えてくれねえか？　うちも手をつけようとしていた事件なんで、気にかかる」

「知っていることは全部話しますよ」

「頼む」

念のため――というかいつもの癖《くせ》で、沖田は手帳を広げた。今年の分の手帳のメモ部分は、既に半分以上が雑な字で埋《う》まっている。まだ三月なのに……沖田は最近、できるだけメモを取るようにしている。記憶が危《あや》うくなっているわけではないが、ディテイルで勘違いしてしまうことが何回か続いて、不安になってきたのだ。西川は「そろそろ刑事引退だな」と馬鹿にしたのだが、冗談《じょうだん》ではない。話を聴いた直後、記憶が新しいうちにメモに落としておけば、変な思い違いをすることはないのだ。老化ではなく、刑事として経験を積んで仕事が丁寧《ていねい》になってきたのだ、と自分に言い聞かせている。

「今日の午前三時頃《ごろ》でした。酔っ払って車道にはみ出して歩いていた被害者が車にはねられて――病院で死亡が確認されたのは、午前六時過ぎです。そこから身元の確認に、少し時間がかかりまして」

「でも、指名手配犯だと分かった」

「所轄の交通が頑張ったんですが、昼過ぎに、警視庁さんの指名手配犯らしいと分かって、先ほどそちらに連絡を入れさせてもらったようですね」

「事故に、不自然な点はないのか？」

「所轄は、一般的な交通事故として処理していますね」

「そんなことで、何かを見逃すわけがねえか……」所轄の交通課は、毎日のように事故の処理に追われている。そうやって経験値が上がれば上がるほど、ミスは少なくなるものだ。

「一応今後、DNA型の照合もするそうですけど、それはあくまで念のためでしょう。まず犯人で間違いないと思います。変な形での一件落着になりますね」

「交通事故ねえ……運転手は逮捕したのか？」

「してないそうです。マル害（被害者）は、車道をフラフラ歩いているところをはねられたんですけど、結構きついカーブで、ドライバーの死角が多い場所なんですよ」

「不可抗力ってやつか」

「そんな感じだと思います。でも、逮捕しなかった理由はちょっと分かりません。うちが手を貸すような案件でもないですから」

「所轄はどこだ？」

「市川《いちかわ》中央署です――沖田さん、まさかこれから手を突っこむつもりですか？」戸島が警《けい》戒《かい》するように言った。

「そんなつもりはねえよ。あくまで参考として知りたいだけだ。何かあって、うちに連絡が回ってこないとも限らねえからな」

「そんなにややこしい事件とは思えませんけどね」

「違う、違う。ややこしくない事件なんか、この世にねえんだよ。簡単に見える事件ほど、変な裏があったりするもんだぜ」

「参考になります……まあ、今回はうちが担当することもないと思いますが」

「悪かったな、忙しい時に」

「とんでもないです。それより、今度酒でもどうですか？　最近、本当に暇なんですよ」

「ああ、時間を作るよ」軽く応じながら、沖田はこの話は実現しないだろうと諦めていた。

「暇だから」と言い出すと何か起きるのは、警察ではよくあることである。刑事がサボっていると、事件の神様が騒ぎ出すのかもしれない。

電話を切り、ほっと溜息《ためいき》をつくと、「何かありました？」と声をかけられる。係長の水《み》木《き》京佳《きょうか》が、いつの間にか帰って来ていた。

「ちょいと変な案件がありまして」沖田は先ほどからの流れを説明したが、途中で話がもつれてしまう。整理できていないわけでもなく、記憶力が怪しくなっているわけでもなく、単にこの係長が苦手なのだ。年下で女性、しかも常に点数稼《かせ》ぎを考えている。希望して追跡捜査係に来たわけではないので、ここで手柄《てがら》を立てて、さっさと別の部署に異動したいと思っているのだろう。前の係長の鳩山《はとやま》は呑気《のんき》な男で、仕事が増えるのが大嫌いだった。だから余計なことには手を出すな、と牽制《けんせい》するタイプ――水木京佳はそれとは正反対である。もちろん沖田としても、暇な状態には耐《た》えられないが、人に尻《しり》を叩かれるのは好きではない。

「それは、うちには関係なさそうですね」水木京佳があっさり結論を口にした。「そもそも犯人が分かって指名手配していたんだし、死んだとなったら、うちでできることは何もないでしょう」

「そうなりますね。今、念のために千葉県警に話を聞いてみたんですが、事故にも不審な点はなさそうでした」

「そうですか……」自席に座りながら係長の京佳が言った。どこか不満そう――何か考えている。「千葉県警は、所轄で処理しているんですね？」

「ええ。単純な交通事故ですから」

「そっちには話を聞いた？」

「いや、捜査一課の知り合いに確認しました」

「念のために、所轄にも話を聞いておいて下さい」

「何か、勘でも働きましたか？」

「私は勘は信じていません」京佳があっさり言った。「ただ、手は尽《つ》くしておかないと。交通事故に不審な点がなくても、元が特異な事件なのは間違いないでしょう」

「それは……そうですね。では一応、所轄の交通課にも話を聞いておきます」

言ってはみたものの、かなり面倒な仕事になるのは予想できていた。どんなに慣れていても、死亡事故の処理には時間がかかるものだ。しかもこれから、口うるさい警視庁捜査一課の面々が大挙して押しかけ、あれこれ質問をぶつけてくるだろう。そうなる前に、引き出せるだけ情報を引き出してやる——交通課の人間が嫌がる様が目に見えるようだった。

実際、面倒な仕事になった。まだ事故処理中なので、肝心《かんじん》の所轄の交通課長が摑《つか》まらない。担当の係長と話ができたが、とにかく忙しそうで、さすがの沖田も遠慮《えんりょ》してしまった。それでも何とか、必要な情報は聞き出す。

「今回の事故、何か不審点はないんですか？」

「今のところはないですね。被害者の血中アルコール濃度は〇・二五でした」

「酩酊極期《めいていきよくき》ですか」千鳥足《ちどりあし》になり、まともに歩くのも難しくなる状態だ。「どこか外で呑《の》んでいたんですか？」

「そう思われるんですが、どこにいたかはまだ分かっていません。繁華街《はんかがい》から自宅の方へ歩いて帰る途中だったと思われますが」

「どこで呑んでいたか分かるのは——」

「今晩以降ですね。呑み屋が開くのは夜ですから」

「被害者、領収書とかは持ってなかったんですか？」

「見つかっていませんね。呑み屋を一件ずつ当たって確認していくしかありません」

「そういうことなら、うちの捜査一課に任せておけばいいじゃないですか」

「そうもいかないんですよ。あくまでうちの事故ですからね」

「ご迷惑をおかけしますねえ」

「いえ、あくまで事故ですから。うちとしては事故処理をきちんとやって、後は警視庁さんの手伝いができるなら、そうするだけです」

「分かりました。こちらは情報収集しているだけですので……またお電話することがあるかもしれませんが」

「事故処理には、結構時間がかかるかもしれませんよ」沖田に釘《くぎ》を刺すように係長が言った。

「ええ、もちろんそれは承知しています」交通事故は、同じようなものでもそれぞれ「顔」は違う。今回の現場が事故多発地帯であっても、過去に起きた事件とは微妙《びみょう》に状況が違っているはずだ。

何だか妙に疲れた……受話器を置くと、掌《てのひら》に汗をかいているのが分かる。慌《あわ》てて両手をズボンに擦《こす》りつけたが、不快感は記憶として残ってしまった。

「どうした」

帰って来たばかりの西川が、向かいの席に腰を下ろす。すぐに携帯《けいたい》用のポットからカップにコーヒーを注《そそ》いだ。この男は毎日、妻が淹《い》れたコーヒーをポットで持ってくるのだ。コーヒー代を節約しているわけではなく、妻のコーヒーが美味《うま》いという理由で……実際に毎日、これ見よがしにいい香りを漂わせている。

「ちょっと変な事件があったんだ」

「うちがやるようなものか？」

「いや」沖田は首を横に振った。「もう担当が動いてる。特に怪しい点もなさそうだ。念のために情報収集していただけだから」

　言いながら沖田は、人差し指を係長席の方に向けた。それで西川は、全《すべ》て事情を察したようだった。彼女の「点数を稼ぎたい性格」は、西川もよく知っている。

「じゃあ、うちとしては何もしなくていいんだな」

「一応、話ぐらいは聴けよ。情報共有しておいた方がいいだろう」

「そうだな……短く頼むよ」

「長く話すような材料もねえよ」

　実際、五分で説明し終えてしまう。西川は抜群《ばつぐん》の記憶力を誇る人間なので、去年の事件は完全に頭に入っており、そこを説明する必要は一切なかったのだ。

「何だか冴《さ》えない結末だけど、それはしょうがないだろうな」自分を納得させるように西川がうなずく。

「交通事故だからな。いつどこで起きてもおかしくない。手配しただけで満足して、ちゃんと捜してなかったんじゃないか？」

「それはないだろう。捜査一課が、そこで手を抜くはずがない。しょうがないことだよ」

「お前は甘いねえ」

「同僚の悪口を言ってもしょうがない」

　こういう態度が、沖田には少し不満だ。どうも西川は最近、少し弱気——軟弱《なんじゃく》になっている。追跡捜査係は、これまでに何件もの未解決事件を解決して評価を高めてきたのだが、

「親部署」である捜査一課の中には、それが気に食わない人間も少なくない。未解決事件が解決するというのは、初動捜査のミスが明らかになることでもあるからだ。要するに、勝手に人の粗《あら》を探しやがって、という感じである。沖田も西川も捜査一課の他の部署から追跡捜査係に異動してきたのだが、かつての同僚と事件を巡って遣《や》り合うことは少なくない。基本的に平和主義者の西川はそういう衝突《しょうとつ》を嫌っており、最近は少し引き気味になっている――あるいは年齢のせいかもしれない。五十歳になり、現役引退をそれほど遠い将来のことではなく意識し始めたタイミングだ。二人とも別に体調が悪いわけではないが、どうしても若い頃のようにはいかず、つい弱気になってしまうことも少なくない。だからこそ沖田は、今までよりも意識して張り切ることにしているのだが。

「ま、一応頭に入れておいてくれ。六係が全部処理するはずだけど、何かの拍子《ひょうし》にうちに話が回ってこないとも限らない」

「いや、うちが乗り出す確率はゼロに近いだろうな」

「俺もそう思うけど、一応さ」

西川が無言でうなずき、コーヒーを飲み干《ほ》した。何だか手応《てごた》えがない。勝手に老《ふ》けこんで、仕事に対する情熱を無くしてしまったのか？　そんなこと、気持ちの持ちようでどうにでもなるはずなのに。

2

西川の自宅は、ぎりぎり山手線《やまのて》の内側にある一戸建てである。かなり無理してローンを組んだので経済的な負担は大きいが、失敗だったとは思っていない。家が職場に近ければ、それだけでストレスはだいぶ軽減されるのだ。残業が続いても、帰宅が遅くならないので、疲労が蓄積せずに済む。ただしローンのせいで、西川の小遣いはだいぶ削られているが。

郵便受けをチェックする。夕刊や昼間届いた郵便物は妻の美也子《みやこ》が抜いてくれているが、帰宅時に念のために郵便受けを覗《のぞ》くのは、西川にとっては習慣のようなものである。時間に関係なく投函《とうかん》されるダイレクトメールなどが郵便受けに溜《た》まってしまうのが、我慢《がまん》できないのだ。

今日も一通……宛名《あてな》も書かれていない白い封筒が入っていた。切手もないから、誰かが直接郵便受けに投げこんだのは間違いない。ひっくり返してみたが、差出人の名前もなかった。封筒自体には膨《ふく》らみがなく、いかにも手紙のようだが……怪しい。

西川は家に上がるなり、美也子にその手紙を見せた。

「見覚えないわ」美也子はあっさり否定した。「夕刊を取った時に、郵便物も全部取ってきたわよ」

「その時はなかった?」

「なかったわね」

「何時ぐらい？」

「五時過ぎ。いつもと同じ時間ですよ」

「そうか……」

「何か気になるの？」

「まっさらの封筒に入っているのが気持ち悪いな。ダイレクトメールとは思えない」

西川は通勤用のバッグからラテックス製の手袋を取り出した。今からこれをつけて手紙をいじっても、既に自分の指紋がついてしまっているわけだが。自分の指紋を取り除いて調べることはできるにしても、鑑識には多大な負荷をかける——いや、鑑識に任せるかどうかはまだ分からない。

「ちょっと中を確認するよ」

「大丈夫？」美也子が急に心配そうな声を上げた。「毒でも入っていたらまずいでしょう」

「だけど、この状態で所轄に持ち込むのは大袈裟《おおげさ》過ぎるよ。調べて何かあったら、にしたい」

「気をつけて下さいね」

「用心するよ」

西川はこの家を建てる時、階段下の狭いスペースに、小さな書斎を確保していた。そこで手紙を開けるのは……まずい気がする。狭いだけに、本当に毒物でも入っていたら、逃げようがない。馬鹿馬鹿しいと思いながらも、大きめのビニール袋を用意し、中に手紙を入れる。さらにハサミとマスクを用意して、外に出た。

両手をビニール袋の中に突っこみ、慎重《しんちょう》にハサミを使う。念のために顔を背《そむ》けているので、どうにもやりにくい。しかし何とか、封筒を綺麗《きれい》に開けることができた。粉が散ったりすることもなく――どうやら中身は、普通の手紙のようだ。ハサミを使って中を探り、慎重に取り出す……三つ折りにされた紙が出てきた。手紙？　本当に手紙だったと考えると恥《は》ずかしくなってきたが、こういう時はどれだけ慎重になってもいいものだ。

危ないものは何もないと確信して、家の中に戻る。美也子は玄関で待っていた。

「大丈夫そう？」

「ただの手紙だと思う。少なくとも、手紙以外のものは入っていない」

「そうですか……」美也子の表情からようやく緊張が抜けた。さすがに心配させ過ぎたか、と反省《はんせい》する。しかし、何かあってからでは遅いのだ。

手紙の内容を確認する前に、美也子に聞き取りをする。

「新聞を取りに行った時――最後に郵便受けを見たのは五時過ぎだったな？」

「ええ」

「今、七時か」西川は一応、腕時計を見た。わずか二時間の間の行為《こうい》……とも言えるが、家に近づき、郵便受けに手紙を入れるだけだから、わずか数分、いや、一分で済む。

もっとも、今「誰が、いつ、どうやって」を考える必要はない。内容の確認が先だ。

「ちょっと手紙を見てみる」

西川は階段下の書斎に入ろうとした。美也子が慌てて止める。

「そんな狭いところに籠《こも》っていて大丈夫？」

「そこまで心配しなくていいよ」

本当はまだ危ない——何があるか分からない。自分一人が狭い書斎にこもっていれば、何か起きても美也子に迷惑をかけることはないだろう。それでもドアは開け放したままにして、立った状態で手紙に目を通していく。きちんとワープロで書かれた文字だった。A4版がほぼびっしり埋まっている。

千葉県市川市で交通事故死した佐木昌也《さきまさや》は、新橋の社長殺しの犯人ではない。犯人は今も逃げている。

そもそも警察が指名手配したのが間違っている。佐木には事件当時のアリバイに近い材料があるが、特捜本部はそれを無視して強引に指名手配した。このアリバイについては、明確な説明がついていないはずだ。警察は何故《なぜ》犯人の逮捕を急いだのか。その結果、一人の無実の人間を殺してしまったのではないか？

この件について、材料を提供する用意がある。ただし捜査一課も特捜本部も信用できないので、追跡捜査係に情報を提供する。追跡捜査係なら、事件の真相をきちんと探り当てくれると信じている。

もしもさらに詳細な情報、特に佐木のアリバイについて知りたかったら、明日（15日）の午後九時、晴海《はるみ》ふ頭公園内の水産庁船舶専用桟橋《さんばし》前で待て。必ず一人で来るように。他の刑事がいるのが分かったら、この話はおしまいだ。

いかにも典型的、という感じがする。相手はどんな人間だろう……金欲しさに情報を提供する人間もいるが、それなら必ず、この手紙に金の話を書いているだろう。しかしそういうことは一切書かれていない。

念のために手紙をスキャンしてPDF化し、沖田に送る。係長には……それはまだいいだろう。沖田と相談してからだ。

沖田も神経質なところがあり、勤務時間外でも電話連絡やメールを逃すことはない。自分だけ置いてけぼりにされるのが嫌で仕方ないのだ。だからこそ、ろくに休みも取らない。とても令和《れいわ》の警察官とは言えないが、自分も似たようなものだ。

沖田からすぐには連絡は入らない。こちらから電話するのも何だか悔しく、指定された場所の様子をグーグルマップで確認した。何となく見覚えがある……地図を頼りに行けば、分からないことはないだろう。明日の夜九時――それほど遅い時間ではないし、危険なことはないはずだ。一人で行って、この手紙を書いたネタ元からしっかり情報を取ってこよう。この話が本当なら、今日不幸な形で解決したと思った事件は、根本からひっくり返ってしまう。特捜本部にとっては最大限の屈辱《くつじょく》だが、刑事の自尊心より真実が大事だ。

スマートフォンが鳴る。沖田。西川は三つ数えて気持ちを落ち着けてから、電話に出た。

「見たけど、これは何だ？」沖田は不審げだった。

「自宅に届いていた」

「相手は何者だ？」

「分からん」

「郵送じゃないのか」

「ああ。郵便受けに直接入ってた」

「ということは、お前の家を知ってる人間ということになる。知り合いだろう」

「そうとは限らない。住所なんか、調べる手はいくらでもあるだろう。名簿も出回っているかもしれないし」

「身内かもな」

「それだったら、こんなややこしいことをしないで、直接連絡を入れればいい」

「防犯カメラはチェックしたか？」

「これからだ」

「お前らしくもない」沖田が嘲笑《あざわら》うように言った。「信用できる相手かどうか、まずそこから調べるのかと思ってたよ」

「こういう時は、内容のチェックが優先じゃないか」

「それで？　優先してチェックした結果、どういう結論になった？」

「まだ分からない。この事件に関しては、俺は表面的なことしか知らないから。明日《あす》、もう一度資料をひっくり返してみるよ」

「特捜から資料をもらうのは難しいぞ。連中、これでもう捜査は終わりだと思ってる。そんな状態で資料を寄越せって言われたら、何事だと思うだろう」

「そうだな……何か手は考えるよ」

「まさか、本当に一人で行く気じゃないだろうな」

「それが向こうの条件だ」

「危なくてしょうがねえな。ついてってやろうか？」

「そこまで心配することはないだろう。この段階だと、そんなに大勢で動いたら係長が怪しむ」

「まだ言えねえ感じか」

「これだけじゃ、駄目だろう。手紙のことも黙っておいてくれないか？　もっと具体的な情報が手に入ったら喋《しゃべ》るよ」

「ま、その方がいいな」沖田が同意する。「じゃあ、明日の昼間に打ち合わせよう」

「お前は来るなよ」

「お前一人だと頼りないんだよ」

「これぐらい、一人でできる」万が一複数の人間で行ったことがバレたら、全てアウトになる。そんなもったいないことは絶対にできない。

「その辺も含めて相談だ」沖田も譲《ゆず》らない。

「ああ、分かった、分かった」面倒臭くなって、西川は適当に相槌《あいづち》を打った。沖田はそれで納得したように電話を切ってしまった。

沖田との会話を終えると、急に「誰が」やったのかが気になってきた。自分の家を他人に知られているのも気味が悪い。西川はすぐに、防犯カメラの映像を確認した。わずか二時間ほどだし、そもそも何か動きがあった時だけ作動するように設定しているので、確認するのにさほど時間はかからない。途中で美也子が食事だと呼びに来たが、先延ばしにしてもらった。

観《み》始めてから十分で、一人の男が玄関先に近づいて来るのが確認できた。再生速度を落とし、じっくりと観察する。門扉《もんぴ》の高さと比較して、身長は百七十五センチ前後。三月半《なか》ばらしく、上は薄手に見えるコートを着ている。色はモスグリーン。歩く度《たび》に裾《すそ》が開き、細身のジーンズを穿《は》いているのが分かった。足元は、コンバースの黒いスニーカー。キャップとマスク、サングラスで、顔はほとんど隠れてしまっている。最初に観た時には男と思ったが、何度も観ているうちに自信がなくなってきた。もしかしたら、背の高い女性なのではないか？　ただし、女性だという確証も得られない。

西川はドアを開けて、美也子を呼んだ。

「ご飯、食べますか？」

「その前に、ちょっとこれを観てくれ」

西川は、ビデオを前に戻して、問題の人間の映像を観せた。

「これが、六時過ぎなんだ。気づかなかったか?」

「全然……若い男の人?」

「そう見えるけど、確証はない。女性かもしれないな」

「女性ではないと思うけど——女性にしては、足が大きくない?」

西川は少しだけビデオを戻し、足元に注意して確認する。比較するものがないのではっきりとは言えないが、確かに履《は》いているコンバースは女性用のサイズには見えない。とはいえ、これだけで男性と断定するわけにもいかないだろう。

ごく簡単な変装《へんそう》で、上手《うま》く正体を隠すことに成功したものだ。こういうことに慣れている人間は——常習の犯罪者。


翌日出勤すると、西川は追跡捜査係の中に作った小部屋に籠った。ファイルキャビネットで囲っただけのスペースは、本来は資料庫で、未解決事件の捜査資料などが年代別に分類されて置かれている。他には大きなテーブルが一つに椅子が四脚。静かに資料を読みこむのにも、打ち合わせをするにも適している。

今日は一人。去年発生した事件なので、特捜本部から追跡捜査係にはまだ捜査資料が渡っていない。はっきりした決まりがあるわけではないが、発生から五年経《た》っても事件が解決しない場合、全捜査資料のコピーが追跡捜査係に提供されるのが通例だ。何か特別な事情があれば、それ以前に資料をもらうこともあるが、今回は難しい……海のものとも山のものとも分からない情報で、特捜本部の手を煩《わずら》わせるわけにはいかない。

今は、当時の新聞記事や雑誌の記事を読みこんでいくしかない。

西川は、この事件に関する記憶がほとんどなかった。新橋にある小さな会社の社長・高《たか》島信介《しましんすけ》が社内で殺された事件は、そんなに難しいものではなさそうに思えたので、当時も注目していなかったのだ。「簡単な事件に食指が動かない」というと傲慢《ごうまん》に聞こえるかもしれないが、簡単そうな事件だと追跡捜査係の出番が来る可能性が低いから、どうしてもスルーしてしまう。何しろ東京は事件が多い街であり、自分の担当でもない事件をいちいちチェックして覚えていたら頭がパンクしてしまう。そんなことができるのは、捜査一課――今は立川《たちかわ》中央署にいるが――の伝説の刑事・岩倉剛《いわくらごう》だけである。岩倉は驚異的な――ある意味異常な記憶力の持ち主で、自分が担当していなかった事件についても、細部まで覚えているのだ。それが事件解決につながったこともあるが、西川の感覚では何だか気味が悪い。

「ほれ、資料、持ってきたぞ」

声をかけられて顔を上げると、沖田が両手で資料を抱えて小部屋に入って来るところだった。

「特捜から持ってきたのか？」

「ああ」

「どうやって」

「そこはそれ、俺は交渉《こうしょう》の達人だから」

「余計なこと、言わなかっただろうな」

「何だよ、信用ねえんだな」沖田が唇《くちびる》を尖《とが》らせる。

「そりゃそうだ。何度お前の暴走に悩まされたと思ってる？」

「そんなこと、一度もないだろう」

呆《あき》れて、西川は溜息をついてしまった。こんなに意識が違うなら、言い合いさえできない。

「取り敢《あ》えず、資料を読みこむか。アリバイ関係の話が気になる」

「そいつなら、まず俺が説明できるよ」

「お前、この件、事前にチェックしてたのか？」

「後輩が苦しんでたから、相談に乗ったりしてたんだ」

「後輩？」

「管理官の市村が、所轄時代の後輩なんだ。困ったら手を貸したくなるじゃないか」

「威張《いば》りたくなる、の間違いでは？」

「この俺が？」沖田が自分の鼻を指差した。「捜査一課で一番謙虚《けんきょ》な人間と言われている俺が？」

「俺とお前の感覚はずいぶん違うみたいだな……まあ、話してみろよ。点数をつけてやるから」

「いちいちうるせえ奴《やつ》だな」そう言いながら沖田は嬉《うれ》しそうだった。このところ追跡捜査係は暇だったから、力が有り余っているのだろう。

「指名手配されていた佐木昌也は、高島の会社で十年も働いていた。要するに、会社の創業当時からの仲間だ」

「そもそも何の会社なんだ？」

「小さな商社で、主に中国相手に商売をやってた」

「中国か……外事的にチェックが必要な会社じゃないのか？」

「事件直後にはそういう意見も出たみたいだけど、外事は基本的にノーマークだった。一応、会社の業務関係も調べたみたいだけどな。でも、中国相手に商売している人間が、全員怪しいってわけじゃないだろう」

「そりゃそうだ。でかい会社なのか？」

「いや、社員は十人ぐらいかな？　社長が中心になってやっている会社で、人はそんなに多くない。上海《シャンハイ》には駐在員が二人いるという話だったけど、今はどうなっているか分からない」

「そもそも会社が潰《つぶ》れたんじゃないか？　昨日《きのう》から調べてるんだけど、ウェブでは情報が出てこない。社員十人ぐらいの小さい会社で社長が亡くなったら、存続させていくのは相当難しいだろう」

「だな」沖田が認めた。「それは後でチェックするか……とにかく佐木という男は、会社の番頭格だった。肩書きは営業担当の部長なんだけど、実質的に会社を回していたのは佐木だった、という証言もあった」

「ナンバーツーがトップを殺した、という事件なのか？」

「この二人が揉《も》めていたという話が、すぐに出てきたみたいだな。どうやら社内の金を巡《めぐ》る争いのようだ。佐木が会社の金を使いこんでいたとかいないとか。当時、捜査二課の応援ももらって、背任容疑がないか、かなり詳細に調べたんだ。それで実際、佐木が帳簿を改ざんして、売上の一部——一億円ぐらいを自分の懐《ふところ》に入れていたことが分かった。ただし金はどこにあるか分からないままで、回収ができなかったけど」

「アリバイは？」

「犯行当日、佐木は遠くにいたんだ」

「都内ではなく？」

「都内だけど、高尾《たかお》だ」

「そんなに遠くもないだろう。新宿《しんじゅく》まで、京王《けいおう》線で一時間ぐらいじゃないか」

「バイクだったんだ。この日は休みを取って、趣味のバイクでツーリングに出かけていたそうだ——泊まりの予定で」

「しかしバイクだったら、時間を気にしないでいつでも戻って来られただろう。それこそ夜中だろうが明け方だろうが」

「そうなんだよ。だから特捜も、その辺を入念に調べた。しかしこの宿を出た後で、佐木は行方《ゆくえ》不明になっている。だからそのまま指名手配に移行したということなんだ」

「本当にバイクで高尾まで行っていたかどうか、だな」

「ああ。でもその辺は、特捜が徹底して調べたと思うよ」

「宿泊先は？」

沖田がようやく資料に目を通した。「ええと、これだな」と小声でつぶやく。

「へえ……バイクツーリングをする人専用の宿なんかあるんだな。電動バイク用の充電設備も完備されている」

「佐木はそこに泊まったわけか」

「ああ。ちゃんとチェックイン、チェックアウトの記録は残っていた」

「夜中に出かけた可能性もあるぞ。下道を通れば、記録は残りにくい」

「高速だけじゃなくてNシステムのチェックも徹底してやったみたいだけど、こっちも何も出てきていない」

「なるほどね……」西川は腕組みした。特捜は当時、やるべきことはきちんとやったようだ。しかしNシステムに頼り過ぎたのではないだろうか。Nシステムは網《あみ》の目のように張り巡らされていて、走る車やバイクのナンバーを撮影しているが、すべてが記録されるわけではない。「そもそもバイクはどうしたんだ？」

「それが、見つかっていないんだ」沖田が困ったように眉《まゆ》をひそめた。

「佐木が処分したのか？」

「それも分からない。佐木本人が行方不明になったからな」

「何か変だな。変というか、不自然だ。バイクを処分したなら、別に姿を隠さなくてもいいと思うけどな――証拠がなくなるわけだから」

「そもそも処分するかどうか……何だか貴重なバイクらしいぞ」

「バイクに貴重とかあるのか？　単なる工業製品だろう？」車なら、超高級なスポーツカーには家ほどの資産価値がある……しかしバイクというのは、どうにもピンとこなかった。

「イタリア製の、えらく高価なオートバイらしい」

「イタリア製ね……だけど、オートバイなんて、高いっていってもたかが知れてるんじゃないか？」

「乗り出し価格が四百万円超でも？」

「四百万？　結構な高級車が買えるじゃないか」

「バイクの世界では、こういうこともあるみたいだぜ。一流メーカーのエンジンをチューンナップして、オリジナルのボディを組み合わせ、パーツは最高級のものを選ぶ……軽量化のためにチタンやカーボンなんかの高額な素材を多用すると、あっという間に値段は釣《つ》り上がる」

「俺には縁のない世界だな」西川は首を横に振った。オートバイを好む人がいるのは頭では分かるが、そんなに高額なものに乗って楽しいのだろうか。車と違ってオートバイは剝《む》き出しで、立ちゴケしただけでも修理代はとんでもない額になるかもしれないのに。こういうのを趣味《しゅみ》にしている人がいるということは、日本はまだまだ豊かなのかもしれない。いや、一部の裕福な人だけの特殊な趣味かもしれないが。

「やっぱり、よく分からない事件だな。お前の感覚ではどうだ？　佐木以外に真犯人がいると思うか？」

「今回は、俺は特捜に賛成したいな。捜査にミスはないし、方針も間違っていないと思う」

「後輩が管理官だから、点数が甘くなってるんじゃないか？」

「そんなことはない。俺はいつも公正に採点するよ」

「そうか……」

「それで、お前の方はどう思う？」沖田が資料の上に肘《ひじ》を乗せた。「このタレコミ、真実だと思うか？」

「それは、相手に話を聞いてみないと分からない。会うつもりだよ」

「一人では駄目だぞ。俺も行く」

「それじゃ、相手を警戒《けいかい》させてしまう」

「バレなきゃいいんだよ」沖田が平然として言った。「俺がそんなヘマすると思うか？」

「万が一ってことがあるだろう」西川も譲らなかった。「細心の注意を払ってやらないと」

「考え直せよ。何もお前一人が危ない橋を渡る必要はない。そもそもこの手紙がおかしいじゃないか。お前を名指し——お前の家に手紙を放《ほう》りこんでいったわけだから、お前が狙《ねら》いだろう」

「俺を狙ってどうする？」

「そんなこと、知るかよ。それを知るためにも、相手の身柄を割り出して確保しないといけないだろう。そしてそれは、お前一人じゃ無理だ」

「断る」西川もむきになっていた。「まず情報収集が優先だ。相手の正体を探るのは、その後でいい」

「しょうがねえな」沖田が舌打ちした。「お前もジイさん化してきたんじゃねえか」

「ああ？」

「ジイさんになると、だいたい頑固《がんこ》になるだろう？」

「いい加減にしろよ。俺はまだジイさんなんて言われる年齢じゃない」

「自分で気づいてねえのは、さらにタチが悪いな」

「勝手に言ってろ……資料は預かっておく」

「ああ、首を突っこんで楽しんでろ。俺はごめんだね」

「興味ないのか？」

「正直言って、何が何だか分からねえ。お前にこれを渡したのがどんな人間かも分からねえんだし」

「ヒントはあるよ」西川はワイシャツの胸ポケットからＵＳＢメモリを取り出して、沖田に向かってテーブルの上を滑《すべ》らせた。沖田が拾い上げて、怪訝《けげん》そうな表情を浮かべる。

「こいつは？」

「うちの防犯カメラに映ってた。それでも観て、せいぜい頭を捻《ひね》ってくれ」

「お前な……もうちょっと言い方ってものがあるだろうが」

「お前に気を遣ってる暇はないんだよ」

「よく言うぜ。身近な人間に気を遣えない奴は、気持ちが雑なんだよ」

「勝手に言ってろ」

沖田が不満そうに目を見開く。いつもの口喧嘩《くちげんか》にもならないのが気にいらないのかもしれない。しかし西川としては、いつまでもじゃれ合いのようなことを続けるわけにはいかないという意識が強くなっていた。俺もいい歳《とし》なんだ……本当に、精神的に爺《じい》さんになってしまったのかもしれない。

3

「——というわけで、警戒体制に入る」沖田は静かに宣言した。

「この件、係長は知ってるんですか？」追跡捜査係の後輩、林麻衣《はやしまい》が心配そうに言った。

「いや」

「大丈夫なんですよね？」

念押しされて、沖田は少しだけ嫌な気分になった。麻衣は刑事としての基本はできているが、綺麗にまとまり過ぎている。絶対にルールを破らないタイプで、もう少し破天荒《はてんこう》な——いや、人が予想もできない思い切った行動をしないと、本当にいい刑事にはなれないのではないだろうか。牛尾《うしお》拓也《たくや》も同じようなものだ。二人とも三十代前半……今時のこの年代の人間はこういうものだと頭では分かっていても、沖田にはやはり不満だった。

三人は警視庁本部一階の食堂で、早めの昼食を摂《と》っていた。西川がずっと小部屋に籠りきりで資料を読みこんでいるので、内密の話がしにくいのだ。

「とにかく、係長にはあまり早く話さないのが肝要《かんよう》だぜ。何にでもすぐに食いついてくるから、たまったもんじゃねえ。何でもかんでも捜査すればいいってもんじゃねえんだからさ。ある程度調べて、見込みがありそうなものだけ報告すればいいんだよ」

「今回の件はどうなんでしょうか」牛尾が訊《たず》ねた。

「お前はどう思うよ」沖田は逆に聞き返した。

「自分は……悪戯《いたずら》っぽい感じがしています」

「その根拠は？」

「すみません、勘です」

「勘ねえ」

沖田が言うと、牛尾がびくりと身を震わせた。適当なことを言うな、と雷を落とされるとでも思っているのかもしれない。

「俺も同感だし、そう思う根拠も勘だ。ただし、悪戯だとしたらかなり悪質だな。わざわざ西川の家を探し出して手紙を入れていくんだから。知らないうちに自分の住所が誰かに知られているのは、嫌な感じがしないか？」

「それは当然です」牛尾がうなずく。「犯人は、西川さんに恨《うら》みを持っている人間とかでしょうか」

「西川さんが恨まれる？　それはないんじゃない？」麻衣が反論した。「西川さんって、人に恨まれるようなタイプじゃないでしょう」

「長年刑事をやっていれば、気がつかないうちに誰かに恨まれていてもおかしくないよ」牛尾も言い返す。

「沖田さん、どう思います？」麻衣が助けを求めてきた。

「今まで、誰かに恨まれてやばい目に遭ったことはないはずだが、だからと言って一生、そういうピンチがないとは言い切れない」

「ですよね」自分の意見が受け入れられたと思ったのか、牛尾が勢いづく。

「まあ、現段階では何も確定できないけどな。取り敢えず今夜、西川を監視する。何もなければ、明日から巻き直しということにしようぜ。今夜の残業手当は出ないけど、それは勘弁してくれよな」

「それは大丈夫ですけど、何かあった時、三人で大丈夫ですかね。誰かが西川さんを襲うとして、相手が大人数だったらまずいでしょう」麻衣は本気で心配しているようだった。

「銃を持っていくわけにはいきませんか?」

「そのためには係長の許可が必要だけど、大袈裟にしたくねえんだよ。自分たちの力で何とかしようぜ」

「分かりました」牛尾がうなずく。それほど必死な様子ではなく、どこか余裕があった。この男は柔道三段で、腕っぷしには自信があるのだ。それ故か、むしろトラブルを待ち望んでいる節がある。襲いかかってくる敵を千切《ちぎ》っては投げ、千切っては投げ……そうイメージ通りに上手くいくものではあるまい。特に相手が凶器を持っている場合には。

「取り敢えず、飯は奢《おご》るよ。六時にここを出て、どこかで軽く食べてから現場に向かおう」

「格闘戦があるかもしれないから、タンパク質がいいですね」牛尾が真顔で言った。

「それを言うなら、すぐにエネルギーになる炭水化物じゃねえのか?」こいつは高価なステーキでも食べたがっているのだろうか? 大盛りチャーハンの方が、よほど準備が整うと思うが。

「気持ちの問題です。いい肉を食べれば、すぐに力になりそうな感じがするじゃないですか」

「そんなこともねえけどな……まあ、いいよ。何でも好きなものを奢るから、ここから晴海に行く動線のどこかで、美味い肉を食わせる店を探しておいてくれ」

そして牛尾は、最高の店を見つけ出してきた。普段は食べるものにさほどこだわりがなく、昼夜と続けて立ち食い蕎麦《そば》でも文句を言わないタイプなのだが、今日はやはり特別な日になると感じたのかもしれない。そういう嫌な予感は当たらないで欲しいが……。

覆面《ふくめん》パトカーを駆り出してきたので、勝鬨橋《かちどきばし》を渡って東京メトロ勝どき駅前まで出て、コインパーキングに車を停《と》めた。六時半……五分ほど歩くと、マンションの一階に入っているステーキ屋に到着する。まだ真新しいマンションで、店も綺麗だ。かなり高そうだな、と沖田は少し身構えた。

しかし中に落ち着いてメニューを見た瞬間、安心する。基本的にステーキとハンバーグの専門店で、最安の和風ハンバーグは九百円から、リブロースステーキが千六百九十円からとなっている。「から」なのは、重さで値段が決まるシステムだからだ。

「ワンポンドハンバーグにします」牛尾が即決した。

「ワンポンドって、どれぐらいだっけ？」

「だいたい四百五十グラムですね」

それだけ大きいと、さすがに二千四百九十円といい値段になる。しかし値段はともかく、そんなに大きいハンバーグを食べ切れるのだろうか。

「あまり食い過ぎると、すぐに寝ちまうぞ」

「今日、何か起きるとして、どんな感じになると思います？」

「まあ……居眠りしていなければ対応できるぐらいの感じかな」

「ですよね？」牛尾が嬉しそうな笑みを浮かべる。「それに一ポンドぐらいじゃ、居眠りしませんよ」

「お前、フードファイターみたいな大食いタイプだっけ？」

「緩急的な感じです」

緩急にも程があり過ぎる……昼間は警視庁の食堂でざるそばだったのだ。まあ、たまには腹いっぱい食わせてやるのもいいだろう。最近の若い警察官は先輩に遠慮《えんりょ》しているのか、人と一緒に食事をするのが嫌なのか、酒や食事の誘いに乗ってこない。若い人間に気持ちよく食べてもらえると、嬉しいものなのだが。

「俺はハラミステーキだな」それも百五十グラムと控《ひか》えめにしておこう。

「もっとガツンといかないんですか？」牛尾が怪訝そうな表情を浮かべる。

「俺ももう五十だぞ？　お前らに合わせて食べたら、明日から入院だよ」

「大袈裟ですよ」麻衣が笑いながら言ったが、彼女も控えめにトマトハンバーグを注文した。

料理はすぐに運ばれてきた。ハラミステーキ百五十グラムが、今の沖田には十分なサイズ……牛尾のワンポンドハンバーグを見て、うんざりしてしまった。沖田は若い頃から、それほど大食いだったわけではない。どちらかというと酒優先だった。それに五十歳にもなると、極度の大盛り料理を見るとげんなりしてしまうものだ。しかし牛尾は、嬉々《きき》として巨大なハンバーグを攻略し始める。麻衣のトマトハンバーグには色鮮やかなトマトソースがたっぷりかかり、こちらは爽《さわ》やかな食べ心地が予想できる。沖田のハラミステーキは醤油《しょうゆ》ベースで、米を呼びこむ味だった。硬《かた》い肉ではあったが、これぐらいの方が食べ応えがあっていい。値段を考えても上出来の店だった。今の若い連中は、コストパフォーマンスのいい店を見つけるのが本当に上手い。子どもの頃からパソコンやスマートフォンが身近にあって、検索慣れしているせいかもしれないが……。

沖田はすっかり満腹して、食後のコーヒーに口をつけた。あまりにも腹が膨れて、この後一眠りしたいぐらいの感じだが、本番は間近に迫っている。眠ってしまうと、起きた後のぼうっとした時間帯を経《へ》なければならない。そのタイミングで何か起きたら、絶対に対応できない。

若い二人も何も言わなかった。いい食事の後なのに、テーブルが異様に緊張しているのが分かる。

「だから」沖田が急に声を張り上げると、向かいに座る二人が揃《そろ》ってびくりと身を震わせた。沖田はそっと息を吐いて首を横に振り「緊張するなよ」と言った。

「でも、何が起きるか分かりませんから」麻衣が不安そうに言った。

「予想はしてもいいけど、想像はするな」沖田は忠告した。

「何が違うんですか？」麻衣が首を傾《かし》げる。

「ある程度データが揃《そろ》っていて、自分の経験と合わせて、何が起きるかぼんやりと見えるのが予想。そういうのが何もなくて、ただ不安になったり興奮したりしてるのが想像だ」

「今回はデータがありませんね」牛尾が指摘した。「向こうは時間を切ってきましたよね？

それって、こちらに下調べする時間を与えないためじゃないんですか？」

「可能性はある。悪戯なら、どこかに隠れて、西川が苛々《いらいら》する様子を見て笑ってるかもしれない。撮影してたりしてな」

「それをネットで流されたら、西川さん、破滅ですよね」

「いや、破滅はしねえだろう……そもそも、ネットで流すわけがない。そんなことをしたら、正体がバレる可能性が高くなるじゃねえか」

「そうですね」牛尾がうなずいたが、納得はしていない様子だった。「どうもこの犯人、子どもっぽくないですか？　悪戯にしてもレベルが低いっていうか」

「確かに子どもの可能性もあるな。子どもというか、未成年。本物のワルだったら、もう少しシビアに攻めてくるんじゃないか？」

「子どもが、わざわざ西川さんの家を割り出してまで、こんなことしますかね」麻衣は納得していない様子だった。

「まあな……でも、そんなことを考えてもしょうがない。俺たちはあくまで、用心のために来ているわけだから」

「用心で済めばいいですけどね」牛尾がさらりと言った。普段なら「若手が何言ってるんだ」と切り返しているところだが、今夜の沖田は何も言えない。予想ではなく想像――何かが起きる気がしてならない。当然、それを裏づけるデータはないのだが。

　指定の時刻は午後九時。三人はその三十分前に、配置についた。水産庁の船専用の桟橋のようで、ゲートはきっちり施錠《せじょう》され、「立ち入り禁止」の札がかかっている。ゲートの前は通路、そして広場になっており、隠れる場所がないのが困りものだった。照明は暗いのだが、その辺に突っ立っているとすぐに西川に気づかれるだろう。あの男は目が悪いのに、妙に鋭いところがあるのだ。結局、桟橋からかなり離れた植え込みの陰《かげ》などに身を隠すことにした。ただし、西川がどうやってここへ来るかさえ分からないのが痛い。気をつけないと、西川が桟橋に歩いていく間に気づかれてしまうかもしれない。沖田は離れているよう二人に指示し、自分は桟橋から五十メートルほど離れたところにある柳《やなぎ》の木影に身を隠した。かなり暗いものの、桟橋付近には人はいないから、西川がポイントに近づいて来たら見逃さずに済むはずだ。

　静かな張り込み……こういう状態では煙草《たばこ》が恋しくなる。沖田は少し前についに禁煙に成功したのだが、今でも時に、煙の味わいが懐《なつ》かしくなることがある。尾行などで動いている時は、何とも思わないのだが。

　八時四十五分、西川が左手の方から歩いてきた。どうやってここまで来たのか……晴海ふ頭公園の最寄駅は東京メトロの勝どき駅だ。ただし最寄駅といってもかなり離れており、歩けば二十分以上はかかるだろう。どこかからタクシーを使ったのかもしれない。コート姿で、東京湾を渡る風の冷たさに耐えるように背中を丸めている。いや、夜とはいえもう三月、寒いわけではなく、緊張しているのだろう。

無視してしまうという手もあった。

もしも西川が受け取った手紙の情報が本物だったとしても、差し出し人以外からさらに詳しい情報を得る方法はあったはずだ。指名手配されていた佐木は本当の犯人ではなく、濡《ぬ》れ衣《ぎぬ》、そして別の犯人がいる……そういう重大な情報は、必ず複数の人間が知っているはずだ。つまり、今回の情報源に会わなくても、どこかで裏が取れるだろう。

そもそも今回の情報を流したのはどんな人間だろう。沖田は警察内部の情報源を想定していた。特捜本部も一枚岩というわけではなく、佐木以外の犯人を想定していた人間もいたはずだ。それが、思いもかけない佐木の死がきっかけになって、自分の考えをどうしても他人に聞いてもらいたくなったとか……いや、それなら追跡捜査係を訪ねて来ればいい。警察内部の人間だったら、自由に出入りできるのだから。

外部の人間とは考えられない。警察官以外で、あの事件の真相を知ることができる人間がいるとは思えなかった。会社関係者ということも考えたが、あの会社は社長が殺されたのがきっかけで、清算してしまっていることが分かった。つまり「元社員」はいても「現社員」はいない。

もしかしたら、プロに近い強盗グループの犯行だったのかもしれない。最近の強盗事件は、かなり入念な下準備を経て行われる。相手の資産状況、一人きりで警戒が甘くなる時間帯はいつかなど、相手を丸裸《まるはだか》にしてから犯行に及ぶのだ。そういう犯人グループが、事件から一年経って何らかの理由で仲間割れし、仲間を告発しようという人間が現れたのか……それもおかしい。そもそも強盗説は、捜査初期の段階で否定されていたのだ。あの会社は用心が足《た》りないというか、社内に現金一千万円があったことが分かっている。それも据付《すえつけ》型の大きな金庫など安全な場所に保管していたわけではなく、簡単に持ち運びできる手提《てさげ》金庫の中に、である。もしも強盗だったら、その場で金庫を開けられなくても、間違いなく持ち去っていただろう。

結局、今回誰が西川に情報を伝えようとしたのかは分からない。もう少し時間があれば、何とか調査できたかもしれないが、それを今言っても仕方がない。

沖田は二人に、西川の到着を伝えた。どこにどう隠れるかは、二人に任せてある。午後に牛尾が密《ひそ》かに下見に来て、隠れられそうな場所を地図上でマーキングしておいたのだ。しかし、牛尾が「隠れるのに適」とした場所のいくつかは街灯の下にあり、夜だとかえって目立ってしまう。牛尾の観察力が低いわけではなく、こういうのは意外に気づかないものだ。複数の人間で観察すればあれこれ分かるものだが、今日はそんなに何人もの人間を公園に送り出す余裕はなかった。今も、自分がいるのが隠れ場所に相応《ふさわ》しいのかどうか、自信がない。

西川は、閉ざされたゲートの前で静かに佇《たたず》んでいる。距離はここから三十メートルほど……ダッシュすれば数秒で到達できる距離だが、銃弾よりも速くは動けない。そう考えると急に不安になってくる。

牛尾から無線で連絡が入った。「右手の植え込みの中に入りました。西川さんから距離五十」

「了解」自分の方が近いか……体力のある牛尾に一番槍《いちばんやり》を務《つと》めて欲しかったが、これからは下手《へた》に動かない方がいい。続いて麻衣から連絡が入る。

「左手――沖田さんのさらに後方にいます。距離四十」

「了解」

麻衣が近くにいるのが心強い。彼女は高校時代は演劇部だったと言うが、足が速い。何かあると、沖田を軽く引き離すぐらいのスピードでダッシュする。

心強いが、相手が銃を使わないことを祈るのみ……いや、相手はそこまで物騒なものを用意してはいないだろう。もしも西川を襲って確実に殺したいなら、こんなややこしい方法は取らない。自宅で待ち伏せして、帰宅してきた時に一発銃弾を撃ちこめば済む。となるとやはり、手のこんだ悪戯と判断すべきなのか。

五分前。西川が急に動き始めた。とはいっても何か意味のある動きではなさそうだ。ゲートの幅の分――約二十メートルを往復しているだけ。緊張して、なおかつ暇を持て余しているのだろう。そういう状況では、人間は無意味な反復動作を行いがちだ。

やはり西川を説得して、ここで一緒に待機すると納得させるべきだったのでは、と悔いる。ほぼ暗闇《くらやみ》の中、しかも距離がある状況でただ動きを見守るだけでは何の役にも立たない。せめて無線を持たせていれば、もう少し状況を把握《はあく》できていたはずだが。

何かが動く――影？　いや、影ではない。誰かが西川に近づいて行く。どこから来た？

まるで突然、その空間に出現したようで、沖田はまったく気づかなかった。まずい……柳の陰から出ようとして、踏《ふ》みとどまる。今のところ、危険な気配は感じられない。本当に西川に情報提供しようとしている相手なら、もう少し様子を見た方がいいだろう。

西川が、近づいて来る人影に気づいた。ゲートの真ん中付近で立ち止まり、両手をズボンのポケットから出して脇《わき》に垂らす。足は肩幅の広さに開いて、全身の力を抜いていた。西川は格闘が得意なわけではない――むしろ苦手な方だが、一応臨戦体制を整えた感じである。

西川に接近しているのは、背格好からして男のようだ。西川の家の防犯カメラに映った人間と同じかどうかは分からない。SSBC（捜査支援分析《ぶんせき》センター）にでも解析を依頼すれば、あの人影の身長や年齢が絞りこめたかもしれないが、西川はそれを強硬《きょうこう》に拒否したのだ――話を大袈裟にしたくない、と。

目が暗闇に慣れていたので、西川が緊張しているのも分かる。男は西川の一メートルほど手前で一度立ち止まったものの、さらに一歩、二歩と間合いを詰めて行く。しかしゲートを背負《せお》っている西川の方では、それ以上退《さ》がれない。男が右手を挙《あ》げて、何か話しかけている様子だった。西川が一回、二回とうなずく。今のところは、普通に話し合いが行われている様子だ。

しかし――。

男が急に、大股《おおまた》で西川に迫った。腕を振るう――次の瞬間、西川はあっさり崩れ落ちた。

沖田は反射的に柳の木陰から飛び出し、西川に向かってダッシュした。男は右手に走り始める。どこかで沖田の進路と交差しそうなコース取りだ。犯人は気になったが、今は男を捕まえるより西川を助けるのが先決である。銃声は聞こえなかったから、致命傷《ちめいしょう》を負っている可能性は低いと自分に言い聞かせ、スピードを上げる。走りながら無線のマイクに向かって「西川がやられた！」と叫ぶ。あの二人のことだから目ざとく気づいて既《すで》に動き出しているかもしれないが、叫《さけ》ばざるを得なかった。

「西川！」

大声で呼びかけたが、返事はない。西川はアスファルトの上に倒れたまま、まったく動かなかった。ちょうどそこは、街灯の光が当たっているところ——沖田は、芝居《しばい》か何かを見ているような気分になった。倒れた人間にスポットライトが当たってエンディング……。

「西川！」沖田は膝《ひざ》からスライディングする勢いで、西川のもとで跪《ひざまず》いた。

「ああ……」西川が掠《かす》れた声で応じる。

「生きてるか！」

「何とかな」

しかし西川の顔に血の気はない。顔の左側が血で染まっていた。どうやら頭を一撃されたらしい。死にそうな様子ではないが、一刻も早く病院に運ばねばならない。

そこへ牛尾がやって来た。

「西川さん！」

「でかい声出すな」西川が目を閉じたまま文句を言った。「頭に響く……犯人はどうした？」

沖田は右手を見た。麻衣が倒れて、右手で左腕を押さえこんでいる。犯人は既に麻衣から離れ、駐車場の方へ全力でダッシュしていた。失敗を重ねてしまった、と舌打ちする。結果的に麻衣が一人で犯人と対峙《たいじ》することになってしまったのだから。

「逃した」

「しっかりしてくれよ」こんな状態でも、西川は文句を忘れない。

「牛尾、救急車だ」沖田は慌てて言った。

「冗談じゃない」西川が文句を言った。「大袈裟にするなよ。お前ら、どうせ車で来てるんだろう？　病院へ行くならそれを使ってくれ」

「駄目だ。頭をやられてるから、専門家に任せた方がいい」

「こんなことでは死なないよ」

「素人《しろうと》判断は駄目だ。牛尾、頼むぞ」

「分かりました」

「やめろよ、牛尾」西川が弱々しい声で命じる。

「大人しくしていて下さい！」

牛尾が突然声を張り上げる。後輩にいきなり激しく言われたせいか、西川が黙りこんだ。アスファルトの上で血を流しながら倒れている姿を見ると、もはや手遅れではないかと思えてくる。しかし沖田は何とか立ち上がった。もう一人仲間が倒れているのだ。

ダッシュで麻衣のところへ向かい、声をかけた。

「大丈夫か？」

「大丈夫です」麻衣はへたりこんで、依然として腕を押さえているが、顔色は悪くない。声もしっかりしていた。

「どこをやられた？」

「突き飛ばされて転んだだけです。面目《めんぼく》ないです……」

「しょうがねえよ。どこが痛む？」

「左腕です。受け身に失敗しただけですから、大丈夫ですよ」

「アスファルトの上で受け身もクソもねえ。誰だって怪我《けが》するさ。立てるか？」

「……何とか」

沖田は、必死に立ちあがろうとする麻衣に手を貸した。下半身は無事なはずだが、体に力が入らないのか、沖田が全体重を支えることになる。麻衣は女性にしては長身なので、立たせるだけでもかなり大変だった。

「西川さんは大丈夫ですか？」それでも麻衣には、西川を気遣うだけの余裕があった。

「頭をやられてる。今のところ意識ははっきりしているけど、救急車を呼んだ」

「ああ……まずいですね」

「大丈夫だよ。あいつがそんなに簡単にやられるわけがねえ」

実際には、この惨劇《さんげき》を防ぐ方法はあったのだ。昼間西川を説得して、もう少し安全な手を考えていたら。

後悔しても何にもならない。しかし沖田は、自分の頭をぶん殴《なぐ》ってやりたい気持ちで一杯だった。

4

クソ、嫌な頭痛だ。

西川はきつく目を閉じ、何とか痛みを鎮《しず》めようとした。しかし頭痛は、脈拍と合わせるようにリズミカルに襲ってくる。冷やした方がいいのではないか？　あるいは痛み止めを規定の二倍ぐらい服《の》むとか。

恐る恐る目を開ける。病室の照明は落とされており、暗闇の中にいることを実感するだけで不安になった。生きているのは間違いないのだが。

痛みに耐えきれなくなって、西川は手探りでナースコールを見つけだした。ボタンをプッシュ——はっきりと押した感覚すらない。ナースセンターでちゃんと音が鳴ったことを祈るしかなかった。

幸い、ほどなくドアが開いて、小さな光点が目を刺激した。部屋の灯《あか》りをつけてくれればいいのに、看護師は小さなペンライトを使って中を照らしたのだ。

「灯《つ》りを点けて下さい」西川は思わず頼みこんだ。

すぐに部屋の照明が灯《とも》り、その明るさに西川の頭痛はさらに加速した。

「どこか痛みますか？」

「頭痛がひどいです。何か薬をもらえますか？　それと、頭を冷やせるといいんですが」

「冷やすのはちょっと無理かもしれません。額《ひたい》を縫《ぬ》っていますから、そこがひっかかりますよ」

「何針縫ったんですか？」知らない間に処置されていたわけか。その間、自分は死に近づいていたのかもしれない。

「七針です。縫うというより、ホチキスで止めただけですが」

最近、怪我の処置はだいたいこういう感じだと分かっている。しかし自分がホチキス止めの処置を受ける羽目《はめ》になるとは、想像もしていなかった。縫ったところは痛いわけではないものの、額から前頭部にかけてが引き攣《つ》る感じで不快である。右手で前頭部に触ってみると、感覚がおかしい。その辺だけ神経が通っていないようだった。

「大丈夫なんですか？　ちょっと感覚がおかしいんですけど」

「手ですか？」

「頭です」

「ホチキスで止めた後は、少し感覚が鈍《にぶ》くなります。誰でも同じですから、安心して下さい」

何を言っているのか……人と同じだからと言って安心できるものではない。

「吐き気やめまいはしませんか？」看護師が小声で訊ねる。

「今のところは大丈夫です」しかし、動いたらどうなるか分からない。こんな風に頭を怪我したことなど今までなかったから、不安でしかなかった。

「簡単な検査はしましたけど、覚えていますか？」

「いえ」さらに不安感が増す。検査ということは、あちこちを機械でチェックしたり質問を受けたりしただろう。血液検査もしたかもしれない。しかしそういう検査を受けた記憶が一切ないのだ。もしかしたら、短期記憶に障害があるのかもしれない。「覚えていないとまずいですかね」

「それは何とも言えませんけど、頭の怪我では、手術前や病院に運びこまれた後のことは覚えていない、という人はよくいますよ」

「大丈夫なんでしょうか」さらに不安になってくる。手術した人と同じに扱われても……。

「集中治療室に入っていないということは、それほど重傷ではないからですよ。いずれにせよ、明日の朝、もっと詳しく検査する予定です。今日はもうこんな時間ですから、MRIもCTも使えませんからね」

「こんな時間……」西川は左手を持ち上げた。いつの間にか腕時計は外されている。あるいは襲われた時に落としたのか。それほど高くないスマートウォッチだから大損した気分ではないが、嫌な感じではある。「今、何時ですか」

「夜の十一時です」

「ああ……」問題の時刻から二時間ほど経ってしまっている。そう言えば沖田はどうした？　あいつは、俺を信用していないからあの場所で張り込んでいたわけだ。後で文句を言ってやろうと思ったが、すぐに考え直す。あいつがいなければ、今頃自分はまだ、公園で倒れていたかもしれない。下手したら、朝まで誰にも見つからなかった可能性もある。この怪我でずっと放置されていたら、どうなっていただろう……。

「とにかく今夜はゆっくり休んで下さい」

「家族に連絡は取れているんでしょうか」

「それは、同僚の方がやっていたみたいですよ」

「ああ……すみません」

「もう少し話せますか？」

「痛み止めさえもらえれば。頭痛を何とかしたいです」

「はい、ちょっと待って下さい。今、痛み止めと胃薬を持って来ます」

「胃薬？」

「かなり強い痛み止めなので、胃を守るために、胃薬も一緒に服んでいただくようにしています」

「分かりました……お願いします」そんなに強い痛み止めを服んで大丈夫なのだろうか？いや、今夜は寝るだけだから、このまま意識を失ってもいいだろう。

看護師が出て行った後で、西川は目を瞑《つぶ》った。急激に眠気に襲われる。このまま痛み止めを服まずに寝てしまってもいいのではないかと思ったが、すぐにドアが開いた。

「生きてるか？」

沖田かよ……今までずっと待っていた？

「ナースステーションに行って、痛み止めをもらって来てくれ。それぐらいやってくれてもいいだろう」

「お断りだね。そういうのは病院に任せろ」

「不親切な奴だ」

「まあまあ……」沖田がベッド脇の椅子を引いて座った。今更《いまさら》気づいたのだが、西川は個室に入れられているのだった。急な入院だったから、ここしか空いていなかったのだろう。まあ、差額ベッドの料金を心配してもどうしようもない。せいぜい孤独を嚙《か》み締め、ゆっくり休むことにしよう——そんなことを考えている暇はない。

「犯人はどうした」

「逃げた」

「取り逃した、じゃないのか」むっとして言い返す。

「逃げた、だ」沖田は譲らない。まるで、ヘリコプターでも使った大がかりな脱出作戦——こちらはどうしようもない手を使って、犯人が逃げたように聞こえる。

「しっかりしてくれよ。お前、近くにいたんだろう？」

「お前がやられなければ、捕まえてた」

「俺のせいにするのか？」西川は目を見開いた。そうすると髪の生え際《はえぎわ》が引っ張られる感覚がある。まだ鏡を見ていないが、傷はどうなっているのだろう。

「お前のせいとは言わないけど、最初から計画を立てて、きちんとフォーメーションを組んでいけば、こんなことにはならなかったんだよ。それと、林には絶対に余計なことを言うなよ」

「林？　あいつも現場にいたのか？」

「ああ。しかも負傷者二号だ」

「林も怪我したのか？」

「一人で犯人を止めようとして、突き飛ばされたんだ」

「おいおい、お前がいながら何をやってるんだよ」西川は思わず非難した。いくら刑事とはいえ、女性を一人で犯人に立ち向かわせたのか？　だったらこれは、完全に沖田の指示ミスだ。

「林の判断だ。それは間違っていないけど、相手は男だからな——男だったんだろう？」

西川は一瞬目を瞑った。問題の人物と向き合った数秒間を思い出す。マスクにサングラス、キャップという格好で、顔の九割は隠れていた。しかし——。

「男だな」西川は言った。

「間違いないか？　顔は見たのか？」

「いや、顔はほとんど見えなかったが、声は男のそれだった。それと、手の大きさ」

「現場で何を話した？」

「ほとんど話していない。向こうが俺の名前を確認してきただけだ。嘘《うそ》はつけないから名乗ったら、いきなり襲われた」

「凶器は？」

「分からない。ただ、素手《すで》ではなかったと思う。鉄パイプか角材か、とにかく短くて固いものだったと思う」

「他に手がかりは？」

西川はまた目を瞑った。男と相対したのはほんの数秒。油断していたわけではないが、向こうの動きがとにかく速かった。そう考えると、身のこなしの軽い若い男、という犯人像が浮かぶ。

「身長は百七十五センチぐらいだ」

「お前の家の防犯カメラに映った人間と同じぐらいだな？」

「ああ。ただ、同一人物かどうか、確信はない」

「確信してくれよ。これじゃ手がかりがまったくつながらない」沖田が文句を言った。

「しょうがないだろう。一瞬の出来事だったんだから」

「ところでお前、人に恨みを買っている可能性はないか？　こんなことをされるぐらい、誰かに恨まれてねえか？」

「俺は品行方正な人間だぞ」

「刑事をやってれば、誰かに恨まれてもおかしくない。犯人が逆恨《さかうら》みするってのは、よくあることだろう」

「それは……あると言えばある」

「ほら、そうだろう」沖田が身を乗り出した。「誰だ？」

「大昔の話だぞ？　今さら何か起きるとは思えない」

「いいから話してみろよ。手がかりになるかもしれない」

「お前が捜査するのか？」考えるまでもなく、これは傷害事件、あるいは殺人未遂《みすい》事件である。所轄が担当するのが普通だ。

「いや、所轄がやる。実のところ、今、外で待機してるんだよ」

「勘弁してくれ」西川はゆっくりと首を横に振った。「今は、そういう連中の相手をしている元気はない」

「だろう？」どこか嬉しそうに沖田が言った。「だから俺に話せよ。俺が代理人として所轄の連中に説明しておくから」

「それで向こうは納得するか？」

「誰が話しても、手がかりになれば問題ないだろう。所轄の連中、気合いが入りまくってるぜ。レジェンド刑事の西川さんを襲ったふざけた野郎は、絶対に挙げてやるってね。刑事課全員で、血の盃《さかずき》をかわさんばかりの勢いだぜ」

「馬鹿言うなよ……」

「それで、お前に恨みを持ってそうなのは誰なんだ？」沖田が話を引き戻した。

「追跡捜査係に来る前——一課の強行犯係にいた時に逮捕した、石橋《いしばし》という男がいる」

「石橋悟《さとる》だろう？　覚えてるよ。強盗傷害で逮捕された奴だよな」

「ああ」

「あれ、お前が逮捕したのか」

「取り調べを俺が担当したんだ」

「お前、取り調べ担当なんかやってたのか？」

沖田が疑問に思うのも分かる。捜査一課の場合、各係に一人、取り調べ専門の刑事がいる。殺人事件などの重大事件においては、犯人を逮捕してからが捜査の本番なのだ。犯人にいかに真相を喋らせるか——そのために、取り調べ担当の刑事は、逮捕から起訴《きそ》まで犯人につき添《そ》い、信頼関係を作る。犯罪者にも信頼されるような話術、心の広さを持った人間でないと、取り調べ担当にはならない。そして一度取り調べ担当になった人間は、昇任しての異動などがない限り、ずっと同じ係で担当を続けることになる。それほど専門的で重大な仕事なのだ。そして西川は、取り調べ担当になったことは一度もない。人と対決するよりも、書類に埋もれた事実を掘り出す方が得意なのは、西川本人も歴代の上司もよく分かっていたのだ。

「たまたまだ……本番の担当が、入院で長期離脱してて、仕方なく引き受けたんだ」

「お前の屁理屈《へりくつ》で責められたら、犯人もたまったもんじゃなかっただろうな」

「実際そうだったかもしれない。起訴された時に激怒して、検事の部屋で暴れ回って逮捕されそうになったらしい」

「そんなに？」沖田が眉をひそめた。

「まあ……俺も人の代打だからヘマするわけにはいかなかったし、ちょっと相手が怒るような手を使ったのは事実なんだ」

「だからそいつはお前を恨んでいる、と？」

「裁判でも、違法な取り調べだと何度も主張したそうだ。ただし、警視庁を相手取って訴《そ》訟《しょう》を起こすまでには至らなかった」

「だったら、それほど大変なことじゃなかっただろう。単に騒いでただけだ。気にし過ぎじゃねえか？」

「人の恨みを買ってるとしたら、それぐらいしか思いつかない。実刑判決を受けたけど、もう出所しているかもしれないし」

「分かった。取り敢えず所轄の連中に話してみる。それと、お前には他にも用があるからな」

「何だ？」

「係長が話したいことがあるってさ」

「それこそお前、頼むよ」

「それぐらい、自分で何とかしろ。どうせ俺も、後で事情聴取されるだろうし」

「お前は関係ないだろう」

「目撃者ではあるんだぜ」沖田がうなずき、小声で言った。「この件には首を突っこむつもりだ」

「所轄レベルの捜査なんだろう？　お前には参加する権利はないはずだ」

「追跡捜査係にいたら、係長に突かれるだろうが」沖田が渋《しぶ》い表情を浮かべる。「それなら、所轄の手伝いをしている方がましだ。それともお前、俺が犯人を逮捕したら困るのか？」

「そんなこと、別にどうでもいいよ」

「じゃあ、俺もしっかり捜査させてもらう。お前は自分の身の安全だけ考えてろ。係長対策は、自分で何とかしろよ」

途端《とたん》に、体中が痛みに襲われるような感じがした。

「今回はちょっと、暴走が過ぎましたね」係長の水木京佳が冷たい口調で言った。化粧《けしょう》っ気なし……既に帰宅していたのを呼び出され、取るものも取り敢えず飛び出して来たのだろう。素顔に近い顔を見ていると、彼女の年齢というより疲労を強く意識する。この人はこの人なりに疲れているわけだ——。

「読み誤《あやま》りました」西川は素直に認めた。今回の件については、既に対応を考えていたのだ。全面謝罪――とにかく頭を下げておく。水木京佳が赴任《ふにん》して来て以来、西川と沖田はひたすら突出せずに仕事をしようと心がけてきた。やたらと功名心が強い係長を相手に、どう振る舞えばいいのか、今一つ分からなかったからだ。今回も同じ。とにかく自分のミスを認めて謝罪し、さっさと引き下がってしまうのが一番だ。そして彼女がこの件を忘れるのを待ち、西川はまた密かに捜査を始める――こんな風に舐《な》められて、黙っているわけにはいかないのだ。時間が経つに連れ、この件の真相は自分で探り出してやる、そうしなければならないという気持ちが強くなってきている。

「どうして報告しなかったんですか?」

「半信半疑だったからです。係長にも、他のスタッフにもご迷惑をおかけするわけにはいかない――」

「報告は基礎の基礎ですよ」京佳がぴしりと言った。

「それは場合によると思います。我々が摑んでいる情報を全部係長に報告したら、パンクしますよ」

「取捨選択は私がします」むっとした口調で京佳が言った。「今後は、全ての捜査を遅滞なく私に報告して下さい」

「肝《きも》に銘《めい》じておきます」言うだけなら只《ただ》だ。追跡捜査係の仕事は難しい……常に過去の未解決事件を調べているが、動きがあることは滅多《めった》にない。情報が多い割に実りは少ない、という感じなのだ。だからか、前係長の鳩山などは、ちょっと捜査の方針を相談しようとしても「もう少しはっきりしてから言ってくれ」「海のものとも山のものともつかない話を持ってくるな」と文句を言ったものである。おそらく、鳩山と京佳の間のどこかに、追跡捜査係のトップの正しいあり方が存在しているのだろう。

「それで、怪我の具合は？」

話し始めてから三十分で、ようやく容態《ようだい》の話になったか……この人は、人間として大事なものが欠けているのではないかと、西川は心配になった。上に立つ者は、まず部下の安全に気を遣うべきだと思うのだが。

「詳細は、明日精密検査を行ってからでないと何とも言えません。分かり次第《しだい》、報告します」

「これだけ喋れているんだから、重傷ということはないでしょうね」

それはあんたが強引に喋らせたからだ、と西川は呆れた。というより、この三十分、彼女が時間の八割を独占して喋り続け――説教を続けていた。

「まあ――ちょっとめまいがしますが、大したことはないでしょう」西川は軽く嘘をついた。本当はめまいも何もない。頭の痛みは残っているものの、それは傷口周辺だけだ。もしも必要なら、明日から出勤して普通に仕事ができるだろう。今より二十歳若かったら、そうやって自分のタフぶりをアピールしていたかもしれない。しかし五十歳を過ぎると、そんなことをする必要はなくなるのだ。少しでもまずいと思ったら、無理せず休む。そもそも西川は、このところ何年も、有給も消化していなかった。警察官もしっかり休むのが普通になっている時代——しかも追跡捜査係は突発事件に対応するわけではないから休みやすいはずだ——と言われているのに、それがうまくこなせないのは、自分が古いタイプの刑事だからかもしれない。しかし自分の先輩たちは、もっと厳しく仕事をしていた。もしかしたら家族との関係がぎすぎすして、家にいたくなかったからかもしれないが。

サイドテーブルに置いたスマートフォンが鳴る。ちらりと見ると、美也子の名前が浮かんでいた。ああ、ようやく連絡が取れるか……。

「すみません、妻から電話です。まだ話していなかったので」

「じゃあ、無理はしないで……所轄の捜査にも協力して下さい」

京佳が立ち上がって部屋を出て行く。これで一安心……ほっとして、西川は電話を取り上げた。

「大丈夫なの？」美也子の声が耳に飛びこんでくる。

「電話に出られるぐらいだから、大したことはないよ。明日の朝、精密検査をするけど、二、三日で退院できるんじゃないかな」

「明日、東京へ戻るわ。二、三日でも、入院だったら準備が必要でしょう」

「今日静岡に行ったばかりじゃないか。お義母《かあ》さん、大丈夫なのか？」

「今日は落ち着いてるわ。だから明日、そっちへ帰るから」

「沖田にでも面倒を見てもらうよ」

「沖田さんには、そういうのは無理よ。雑な人だから、他人の面倒なんか見られないでしよう」

思わず「そりゃそうだ」と言って笑ってしまった。美也子も言うものだ……家族ぐるみの長いつき合いだから、美也子も沖田の性格はよく知っているし、遠慮がなくなってきている。

「でも、俺は大丈夫だから。お義母さんについていた方がいいんじゃないか?」

「じゃあ、明日の朝の様子を見て決めるということでどう? 母親の調子がよければ、東京へ戻るから」

「だったら、メッセージを入れておいてくれないかな。明日は朝から色々と検査があるみたいだから。検査をやっている間は、電話に出られない」

「チェックしておいて下さいね。でも、本当に大丈夫なの?」

「傷は痛むけど、頭の中は問題ないと思うから。基本は軽傷だよ」

「無理してない?」

「無理するような年齢じゃないさ」

「私が行けなかったら、竜彦《たつひこ》に行かせるから」

「おいおい、あいつだって忙しいんだぞ」

既に社会人になっている一人息子の竜彦は、今は家を出て埼玉に住んでいる。勤務先の関係なのだが、埼玉のかなり奥の方なので、東京へ来るだけでかなり時間がかかるだろう。それに、急には仕事を休めないはずだ。

「こんな時ぐらい、息子としてしっかりしてもらわないと」

「あいつはしっかりしてるよ。だけど自分の生活があるんだから、無理は言えないだろう」実際、最近は結婚を意識している彼女もいるのだ。結婚してもおかしくない年齢……そうなると、いつまでも「息子」として縛《しば》りつけておくのはどうかと思う。本格的に独立して新しい家庭を築こうとしているなら、親は黙って見守るしかないのではないか？

「でも……」

「とにかく、そんな大怪我じゃないんだから。君は、お義母さんの面倒、きちんと見てやれよ」

静岡に住む義母の生活がおぼつかなくなってきたのは、義父が亡《な》くなってからである。歳を取ってから連れ合いを亡くすと、張り合いがなくなって一気に老《ふ》けてしまうと聞くが、まさにそんな感じだった。一時は東京の西川の家で暮らしていたのだが、長年慣《な》れ親しんだ静岡の方がいいと言い出して、結局家に戻った。近くに住む美也子の兄夫婦が面倒を見ているのだが、義母は娘の美也子の方を頼りにしている。それ故、月に一度は里帰りして、あれこれ世話を焼いている。西川が運転手役でつき合うこともあるのだが、今日は朝方急に「体調が悪い」と呼び出されたので、一人で静岡に向かったのだった。平日だから、夜九時の約束がなくても、西川は同行できなかったと思うが。

家族も変化していくものだ——最近とみに、そういうことを考える機会が増えた。自分も五十歳を過ぎてから、定年後の生活についてあれこれ想像するようになっている。もっとも今後の人生については、美也子の方がずっとアグレッシブに考えていると言っていいだろう。もともとコーヒーが趣味で、今では店で出せるぐらいのクオリティで淹れられるようになったせいか、将来は喫茶店《きっさてん》を開きたい、などと言い出しているのだ。しかも沖田の恋人、響子《きょうこ》までその話に乗っている。公務員生活しか知らない西川には、自分で店をやることなど想像もできなかったので、この件については口を出さないようにしているのだが、美也子が本気で店をやると言い出したらどうするか、考えておくべきだとは思う。どんなことでも、想定も準備もしていないと、いざ本番になって慌ててしまうのだ。どうだったら今回の自分はどうだろう？　情報提供者だと思っていた人間が自分を襲ってくると、少しでも考えていたか？

体温三十七度は少し高めだ。血圧は上が百三十四、下が八十五。「血圧百三十超えたら……」などと言われているから少し高いのは間違いないが、普段血圧など測らないので、これが自分にとってどういう状態なのか、判断できない。病院に来ただけで、緊張して血圧が上がる人もよくいるというし。

しかし、朝飯抜きは辛《つら》い。一応、脳内の血管の状態を調べるためにCT検査をするのだが……造影剤を入れるために、食事を摂ってはいけないのだという。何か食べないと体がもたない感じがしたが、検査が終わるまでは断食状態が続く。検査が九時からなら、朝六時に起こさなくてもいいと思うのだが、病院では起床・消灯の時間は厳密に決められているようだ。こういうのは鬱陶《うっとう》しくて仕方がない……西川は毎朝早く起きるが、それは誰かに強制されてではなく、ひとりでに目が覚《さ》めてしまうのだ。今日は起こされたせいで寝不足を強く意識する。

そんな寝不足のまま、右腕に造影剤用の点滴の針を刺された。西川は、右腕から採血したり点滴の針を入れたりしたことは一度もなかった。これほど血管が出ないとは思わなかったし、若い看護師の手際もいいとは言えずに痛い思いをする。どこの病院でも、血管を探るのが得意な「ゴッドハンド」の看護師がいるはずだが、そういう人を連れてきてくれ、とも言えない。

点滴の針が入ったまましばらく過ごさなくてはならないのが不安だったが、看護師は針が入ってしまえば大丈夫と言った。

「柔らかい素材ですから、安全ですよ。トイレとかも普通に行けますから」

それではトイレぐらい済ませておこうとベッドから抜け出し、立ち上がった瞬間に軽いめまいに襲われる。ベッドに手をついて、何とか体を支えた。みっともない羽目にはならなかったようだ……慎重に廊下に出て、トイレを済ませる。それだけで、フルマラソンを走ったかのように疲れてしまった——フルマラソンを走ったことなど一回もないのだが。

検査は予想外にきつかった。CTでの検査はそれほど時間がかからないと聞いて、特に何も考えずに検査室に向かったのだが、横になって頭を固定された後、「造影剤を入れると体が熱くなりますから。正常な反応ですけど、調子が悪いようでしたら左腕を上げて下さい」と検査技師に突然説明された。右腕は点滴につながれているから自由が利《き》かないが……体が熱くなるって何だ？　そんなものを体内に注入して大丈夫なのだろうか。

「はい、今から造影剤、入ります」

身構えたが、想像以上の反応……胸から喉《のど》にかけて、かっと熱くなる。熱が出た時とも違う、体の内側から何かが噴《ふ》き出しそうな感じだ。本当に大丈夫なのか？　しかしすぐに熱さは消え失せ、何事もないように検査は進んでいく。

頭を完全に固定されているので心配だったが、検査自体は本当にあっという間に終わってしまった。これならCTも大したことはない――いや、造影剤はもう勘弁して欲しい。脳の状態を見るなら、ＭＲＩで十分のはずだ。ただしあれは、狭いところで頭を固定されたうえで二十分から三十分かかるので、閉所恐怖症の人には無理だと聞いている。西川は、狭い所の方が落ち着くのだが。

検査が終わる頃には、体内の熱さは完全に引いていた。いったいどういうことなのか分からないが、説明を受けるのも怖い。まあ、特に体調がおかしいわけでもないから、気にしないでいいだろうと自分に言い聞かせる。

「歩けそうですか？」病室からつき添ってくれた看護師が、心配そうに訊ねた。

「ちょっと降りてみます」

機械から降り、病室から履いてきたスリッパ――実際には踵《かかと》があるのでスリッパとは言えないのだが、ソールの薄さはスリッパ並みだった――を履く。二度、三度と足踏《あしぶ》みしてみたが、特に異常はない。

「歩いて行けそうですね」

「無理はしないで下さいね。車椅子も用意できますから」

「車椅子に乗ったら、むしろ症状が悪化しそうですよ」とんでもない重病人、という感じになってしまうではないか。病は気から、だ。

西川は職業柄、病院に来ることが多い。重傷を負った被害者が移動するために車椅子に乗せられているのを見る度に、胸が締めつけられるような気分を味わう。人間、自分の足でしっかり歩かないと、体力的にも気分的にもどんどん落ちこんでしまいそうだ。

「では、病室に戻りましょう。朝ごはんを用意しますけど、食べられそうですか？」

「腹が減って死にそうですよ」

「だったら大丈夫ですね。食欲があるのが一番です」

冗談のつもりで言ったのだが、真面目《まじめ》に返されてしまった。たぶんこの看護師は、まだ二十代。若い人と意思の疎通《そつう》をするのが、段々難しくなってきた。

歩くぐらいは問題ないと思っていたが、検査室から病室までは渡り廊下《ろうか》を延々と歩いていかねばならない。途中で一休み……とも思ったが、そういう姿を看護師にも見られたくなかった。何でも自分でやらないと、一気に老けこんでしまいそうな気がする。

さて、ようやく朝食か。検査は短時間で済んだものの、部屋に戻ったら既に九時半である。いつもならとっくに仕事を始めている時間帯で、警視庁の自席で、その日二杯目のコーヒーを飲んでいる。今日は朝から一杯も飲んでいない……それだけで、調子がおかしくなってしまっているようだった。

ベッドの上で遅い朝食を摂った。小さなクロワッサンが二つとオムレツ、サラダに牛乳、そしてデザート代わりということか、ヨーグルトもついていた。栄養バランスは取れているのだろうが、家で食べる食事に比べればやはり味気ない。しかし、病院食でクロワッサンは珍《めずら》しいのではないか……病院の朝食といえば、ぼそぼそしたロールパンや焼いていない食パンのようなイメージがある。このクロワッサンが意外に美味かった。オムレツは冷たくなっているが、贅沢《ぜいたく》は言えない。頭が痛むせいか、咀嚼《そしゃく》に少し苦労したが、ゆっくり食べた分、腹に貯《た》まる感じがする。ヨーグルトを食べ終えると、すっかり満腹してしまった。

さて……朝一番で美也子から連絡が入って、やはり今日はこちらに戻れないと知らされた。義母を、朝から病院に連れていかなくてはならないという。これは仕方ないことだ。

今日はこれから医師の診察《しんさつ》があり、今後の治療《ちりょう》方針が決まる。西川としては、できるだけ入院期間を短くしたい。傷は大したことがないはずだから、さっさと退院してしまった方がいい。仕事をしながらでも治療はできるし、リハビリにもなるはずだ。病院から出られないと考えただけで、体がどんどん鈍《なま》っていく感じがする。

とはいえ、診察を急《せ》かすことはできないから、待つしかない。せめて新聞でも読みたいところだが、手に入らない。取り敢えずスマートフォンで今朝のニュースをチェックするか……自分が襲われた一件がどう報じられているかも知りたいし。ところが、いくら探しても見つからない。そうか――おそらく京佳が広報課と所轄にかけあって、広報をストップさせたのだろう。これが正解かどうか……警察官が襲われた話など、恥ずかしくて表に出せるものではないのだが。

ノックもなしにドアが開く。無礼な態度だと思ったが、そちらに目をやると、竜彦がいた。来るとは思ってもいなかったのだが……。

「お前、仕事は大丈夫なのか？」

「父さんこそ、平気なのか？」どこか怒ったように竜彦が言った。

「今、精密検査の結果待ちだ」

「今日、有給を取ったよ。母さんも静岡からすぐに戻れないっていうから、しょうがない……何か、家から持ってくるものとかある？」

「下着ぐらいだけど、それは後でいい。それよりこの病院、一階にコンビニがあるだろう？」

「あるよ」

「だったらコーヒーを仕入れてきてくれないか？　一番でかいやつを頼む」

「コーヒーなんか飲んで大丈夫なのか？」

「少し頭に刺激を与えてやった方がいいんだ。頼む」

「先生に怒られても知らないよ」

「それは、俺が責任を持って受け止める」

竜彦が溜息をついて、病室から出て行った。カフェインの刺激は脳にいいのか悪いのか……そもそも脳に問題があるかどうかもまだ分からない。まあ、普段通りの習慣で生きていくことで、少しでも早く日常を取り戻そう。

竜彦は十分ほどで戻って来た。ずいぶん時間がかかったと思ったが、考えてみればこの病院はかなり大きいのだ。四階にあるこの病室と、別棟の一階にあるコンビニを往復するだけでも十分ぐらいはかかるだろう。

いつも美也子が淹れてくれるコーヒー専門で、コンビニのコーヒーなど飲んだこともなかったのだが、十分美味い。一方竜彦は、ペットボトルのお茶を飲んでいた。どういうわけか昔からコーヒーが苦手で、お茶専門である。

「父さん、歳も歳なんだから、無理しないでくれよ」

「馬鹿にするなよ」西川は思わず低い声で反発した。コーヒーで興奮してきたせいか、息子の言葉が妙に気にかかる。「人間、誰だって隙《すき》はできる」

「若ければ、もっと用心できてたんじゃないか」

「お前、俺がどんな目に遭ったか、知らないだろう」

「それは――」竜彦が黙りこむ。「父さんから直接話を聞いたわけじゃないから、分かる訳ないさ」

「お前には絶対に話さない。父親に対して、もう少し敬意を持て」

「はいはい……じゃあ、家に行ってくるから」

結局その日は、だらだらと過ぎていった。昼過ぎに医師の診察があり、CT検査の結果が知らされた。重い怪我はなし――少なくとも頭蓋骨《ずがいこつ》の内側に関しては心配ないと言われた。ただし怪我を負っているのは間違いなく、殴られた衝撃で脳が少し腫《は》れているから、それが治るまで数日の入院は必要――月曜日にMRIで再検査して、その結果次第で退院と決まった。それで少しほっとしたが、今日はまだ水曜日である。最短でも六日間もベッドに縛りつけられるのかと考えるとげんなりした。

それでも何とか気を取り直して、家から戻って来た竜彦に、美也子との連絡を頼む。入院となれば、やはり妻の世話になることになる。できるだけ短く済ませたいものだが。

「少し休めばいいじゃない」竜彦が呑気な口調で言った。「どうせ有給とかも取ってないんでしょう？　いい機会だから、少し骨休めすればいいよ」

「こんなところで寝てると、体が鈍る。退院してもすぐに復帰できない」

「じゃあ、病院の中をぐるぐる歩いてリハビリするしかないね。外に行くわけにもいかないだろうから」

「おいおい――」

「とにかく、重傷じゃなかったんだから、僕は引き上げるよ。母さんは、明日には戻って来るそうだから……あまり母さんに面倒かけないでね」

「自分のことは自分でできる」

「そうかなあ。母さんがいないと威力半減って感じだけど」

「生意気なこと言うな。そんな口の利き方してると、彼女にも嫌われるぞ」

「そういうことはご心配なく——じゃあね。何か困ったら連絡してくれれば、何とか来るから」

「お前の世話にはならないよ」

「はいはい」

竜彦は肩をすくめて病室を出て行った。これでようやく一人になれた……朝から気になっていたことを確認できる。そして取り敢えず大事なのは、退院するまでこの個室を確保しておくことだ。今の自分には、自由に電話をかけられる環境が必要なのだから。

一つ深呼吸して、わずかに残っていたコーヒーを飲み干す。アイスコーヒーではなく、ただ冷めただけのコーヒーの不味《まず》さといったらなかったが、苦味で意識は冴えてくる。

スマートフォンを取り上げ、かけるべき相手の電話番号を呼び出す。この時間に出るかどうか……出た。

「ああ、俺だ。所轄の捜査の方、どうなってる？」

沖田の返事は「馬鹿か、お前は？」だった。

5

「馬鹿じゃねえか？　今は何も言うことはねえよ」沖田はうんざりしながら答えた。西川のことだから、絶対に探りを入れてくると思っていたが、予想よりも早かった。いくら何でも、まだ安静にしているべきじゃないのか？

「もう所轄は動いてるんだろう？　何も言うことはないっていうのはおかしくないか？　情報ゼロはあり得ない」西川が突っこんだ。

「いやいや、そんなに急に捜査が進展するわけがないだろう。あの場所、防犯カメラもないんだから」

「防犯カメラか……SSBCにおんぶに抱っこじゃ、警察は駄目になるぞ」

SSBCは、IT技術などを駆使《くし》して刑事たちの捜査をサポートする部署だ。特に重要なのが防犯カメラの分析で、これによって現場を去った犯人の足取りを追い、自宅まで割り出してしまうことさえある。

「お前らしくない言い分だな」沖田はからかった。西川は、ひたすら靴底をすり減らす昔ながらの捜査を軽視して、普段からSSBCが担当するような科学的・効率的な捜査を評価している。十分なデータと分析能力さえあれば、どんな事件でも解決できると思っているようだ。それだと生身の刑事は必要なく、捜査はほとんどAIで済んでしまう。

「ＳＢＣの仕事は大事だけど、それが警察の全てじゃない」西川が言い切った。「防犯カメラも、日本中を百パーセント網羅《もうら》しているわけじゃないんだから」

それは間違いない。防犯カメラ、そして車両ナンバーを撮影するＮシステムの導入によって、監視の網の目はどんどん細かくなっているが、日本国中全ての出来事をカバーするのは無理だ。そんなことが可能になったらむしろ、「本格的な監視社会だ」として大きな批判を受けることになるだろう。防犯カメラもＮシステムも、人力による捜査をカバーする程度の役割に留《とど》めておくのがいいのかもしれない。

「捜査の方針はどうなってるんだ？」西川が苛《いら》ついた口調で訊ねる。

「現場とその周辺での聞き込みだ」

「そもそも犯人が、どうやって現場から逃げたのかは分かってるのか？」

「車だと思うが、確証はない」西川を襲い、麻衣を突き飛ばした後、犯人は駐車場の方へ逃げて行った。その事実からの「車」という推理なのだが、確証はない。駐車場に防犯カメラはなく、犯人の姿は捉《とら》えられていないのだ。沖田も、車が走り去る音を聞いてもいなかった。

今のところ捜査は手詰まり状況なのだが、沖田としては、その事実を認めるわけにはいかなかった。昨日の今日で、もう「上手くいかない」と判断してしまうのは悔し過ぎる。

「物量作戦で行くしかないだろうな。そこの刑事課だけで、人手は足りてるのか？」

「厳しい状況だけど、お前が心配するようなことじゃねえ」沖田はできるだけ平静を装《よそお》って答えた。

「お前、ちゃんとやってるんだろうな」西川が疑わし気に言った。「自分から手を挙げて捜査に参加したんだから、普段より張り切ってもらわないと困る」

「そんなこと、お前に言われるまでもねえよ。俺はどんな状況でも全力投球だ」

「そうかね。最近、ちょっと息抜きしてるのをよく見るけど」

どきりとした。実際、長時間の張り込みや尾行《びこう》では、疲れを意識することも少なくないのだ。ただしそれを人に言うことはない。認めるのが悔しいし、「体力仕事は無理だ」と判断されたら、仕事がなくなってしまう。沖田は、西川のように一日中自分の席に座って書類を読みこむような仕事は願い下げだった。

「お前はちゃんと治療しろよ。それが今の仕事だろう」

「特に治療もないんだよ」西川が情けない声を出した。

「頭を打ってるのに？」

「脳には異常ないからな。縫ったところがくっつくまで、待ってるしかないんだ」

「薬もなし？」

「抗生物質の点滴、それに痛む時に、頓服《とんぷく》的に痛み止めを服むだけなんだ。後は寝てるしかないんだよ」

「だったら、お前には一番いいじゃないか」

「ああ？」

「動かないで考える——それがお前の得意技だろう？」

「考えるためには材料がいるじゃないか。お前がそれを提供してくれないと困る」

「入院している人間に連絡は取れねえよ。それと、牛尾たちに連絡するのも禁止な。あいつらも忙しいんだから」

「牛尾も林も、所轄の手伝いをしてるのか？」

「そういうこと。お前を襲った犯人を捕まえるために体を張ってるんだから、邪魔するなよ。何か用があったら、係長に言え」

「それじゃ、完全に詰みじゃないか」

沖田は声を上げて笑ってしまった。素直に言うことを聞く後輩たちとの接触を禁じられ、苦手な係長にだけ頼れと言われる——まさに「詰み」だ。

「そうじゃなければ、大竹《おおたけ》に聞け。あいつは今、一人で留守番してるから」

「あいつに聞いても喋らないだろう」

「そりゃそうだ」

大竹は極端に無口な男で、一日で十回も口を開かない、とさえ言われている。それでいて仕事にまったく差《さわ》し障りが出ないのは、謎《なぞ》でしかない。

「とにかく、大人しくしてろ。俺たちがちゃんと犯人を捕まえてやるから。仲間がやられた時は、警察官は普段の二倍の力を発揮するんだぜ」

「所轄の連中もか？」

「所轄の連中は、俺がきっちり尻を蹴飛《けっと》ばしておくさ。お前は安心して養生《ようじょう》してろ」

西川は納得していない様子だったが、沖田はさっさと電話を切ってしまった。西川はしつこく、強引に会話を断ち切らないと、いつまでもねちねちと話を続ける。取り敢えず電話を切れてほっとし、飛び出してきた喫茶店に戻る。あの野郎、せっかくの昼飯を邪魔しやがって……。

席につくと、牛尾と麻衣は既に自分の食事を終えていた。沖田は半分残っていた生姜焼《しょうが》きと平皿のライスを慌てて平らげた。生姜焼きは沖田の好きなパターン——たっぷりの千切りキャベツの上に熱々の生姜焼きが載《の》っていて、食べているうちにキャベツが熱で半生状態になっていく——だったのだが、冷えてしまってはどうしようもない。西川の野郎、無事に退院してきたら美味い生姜焼きを奢らせてやる、と沖田は頭の中にメモした。

「西川さん、どうでした?」牛尾が訊ねる。

「少なくとも、電話で普通に話せるぐらいには回復してた。お前らのところに電話がくるかもしれないけど、話はしないでさっさと切れよ。仕事の邪魔をされたら、たまらねえからな」

「でも、それだけ元気なら、すぐに退院できそうですね」麻衣がほっとした口調で言った。そういう彼女も元気そう……昨夜病院で診察を受けた結果、腕の痛みは単なる「打撲《だぼく》」と診断された。まだ痛みは残っているようだが、折れたわけではないので、多少不自由ながらも何とか動けるようだ。

「君も無理しないように」沖田は釘を刺した。「しばらくは格闘禁止な」

「自分からやったわけじゃないです」昨夜の一幕を思い出したのか、麻衣が渋い表情を浮かべる。

「調子が悪いようならすぐ言ってくれ。ちゃんと大竹が待機してるから」

「あの、ちょっと聞いていいですか？」麻衣が遠慮がちに手を上げ、小声で訊ねた。

「何だ？」

「大竹さんと、どうやってコミュニケーションを取ってるんですか？」

「俺も不思議なんですけど」牛尾も話に乗ってきた。「お二人は普通にやってるんですよね？」

「要するに、慣れたんじゃねえかな」改めて言われてみると、沖田自身にも謎である。大竹とのつき合いも長くなるのだが、いつの間にか意思の疎通ができるようになっていた。もしかしたら大竹は、極めて単純な人間なのかもしれない。そういう人間が相手なら腹の内を読む必要はないし、あまり気を遣わずにつき合える。そもそも大竹は、こちらがどんな頼みごとをしても基本的に「ノー」と言わない人間なので、何かとぐずぐず言う若手刑事よりも、よほど仕事をしやすいのだ。

「とにかく、西川のことは相手にするな。放っておくとどんどん食いこんでくるから、あいつも療養にならねえだろう」

「分かりました」牛尾が真顔でうなずく。

「でも、西川さんが焦《あせ》るのも分かりますけどね」麻衣が遠慮がちに言った。「騙《だま》されたみたいなものじゃないですか。恥をかかされたと感じたら、自分で犯人を逮捕したいと思うのも普通ですよね」

「まあな。でも、この状態であいつが捜査に参加しても、足を引っ張るだけだから。あいつが入院している間に、何とか俺たちで犯人に辿《たど》りつこう」

「強引に退院したらどうするんですか？」と麻衣。

「そんなことはできねえように、作戦は立てたよ」沖田はニヤリと笑った。

「病院に頼んだんですか？」

「いや、奴の奥さんに、だ。西川は、奥さんには頭が上がらねえからな。生活能力のない西川がまともに生きていけるのは、奥さんのおかげなんだ」

「西川さんが生活能力がない、ですか？」牛尾が首を傾げる。

「何だよ、何か言いたいのか？」

自分の方がよほど生活能力がないように見えるのだろう。しかし沖田は、西川が妻の美也子に依存していることを知っている。毎日美也子の淹れたコーヒーを持ってくるのもその証拠だし、もしかしたら家では、自分で靴下を脱《ぬ》ぐことさえしないかもしれない。一方沖田は、一人暮らしが長いが故に、何でも自分でやる癖をつけてきた。今は恋人の響子と半同棲《はんどうせい》と言えるような暮らしを送っているが、それでも自分のことは自分でやるように心がけている。

「さて、さっさと行くぞ。石橋の行方を探さないとな」沖田はアイスコーヒーを飲んだ。三月、まだ冷たい飲み物には早い季節だが、最近の沖田は喫茶店に入るといつも、アイスコーヒーを頼む。熱いコーヒーが苦手になったわけではなく、何だか常に追いまくられている感じなのだ。アイスコーヒーなら、急いでいる時には三十秒でグラスを空《から》にできる。気合いを入れれば十秒だ。

「本当に犯人なんですかね」牛尾が疑問を持ち出した。

「今のところ、西川が個人的に恨みを買っている可能性がある唯一の人間だ」

「自信ないですけどね」麻衣がスマートフォンを取り出す。石橋の逮捕時の写真を、三人は共有していた。「この人だったかどうか、何とも言えません。マスクにサングラスにキャップですから、顔はほとんど見えなかったんですよ」

一番間近で見ていた麻衣がそう言うと、話が怪しくなってくる。そもそもこの写真は、十数年前のものである。三ヶ月前、既に出所していることは分かっているが、刑務所のきつい生活を経て、顔つきも体型もすっかり変わってしまっていてもおかしくはない。取り調べ担当として長時間向き合っていた西川も、自分を襲った犯人が石橋だと断言したわけではなかった。

石橋の裁判を担当した弁護士は、既に割り出していた。後はこの弁護士に当たって、現在の住所を割り出すだけである。石橋の実家は鹿児島——家族に直接事情聴取するには遠過ぎるし、こういう話は電話では済まされない。

石橋の弁護士は、新橋に事務所を構えていた。個人事務所ではなく、複数の弁護士が共同で運営する事務所。刑事事件を担当する弁護士が多い事務所として、沖田も知っていた。

それにしても、ボロい……入っているビル自体が相当古いし、事務所は綺麗に掃除されているものの、あちこちにガタがきている。エアコンが嫌な音を立てているのが、特に気になった。刑事事件専門の弁護士が多いということは、儲《もう》けが少ないということであり、事務所を立派に飾《かざ》り立てるような余裕はないのだろう。正義感だけで、金にならない仕事を引き受ける弁護士の強靱《きょうじん》な精神力には感嘆《かんたん》するが。

石橋の弁護士・橋岡《はしおか》は五十絡《がら》みの男で、冴えない感じだった。髪は薄くなり、目の下には大きな隈《くま》ができている。まるで何日も徹夜が続いて、今にも倒れそうな様子だった。小柄でガリガリに痩《や》せており、「頼りがいがある」という形容詞は間違っても使いたくないタイプである。

「出所した人間をいつまでも追いかけるのは、あまり感心できませんね」

それでも橋岡は反発した。一度関《かか》わった人間は最後まで守る、とでも言いたそうだった。

「別に、何かの容疑で追っているわけではありません」沖田は焦りを抑《おさ》えながら、静かに話を続けた。「参考までに聴きたいことがあるだけです。現在の連絡先を教えていただければ、先生にご迷惑はおかけしませんよ」

「そんなに大事なことなんですか」

「そうでなければ、三人がかりで押しかけたりはしません」

「つまり、数で私に圧力をかけたいと？」

「とんでもない」扱いにくい男だな、とうんざりしながら沖田は言った。さっさと用事を終わらせてここを出たいという気持ちが強くなってくる。

「だったらまず、私から連絡を入れさせて下さい。刑期を終えても、私はまだ彼の弁護士ですから」

橋岡がスマートフォンを持って立ち上がり、自分の部屋から出た。本とファイルフォルダで一杯になった弁護士の部屋に残された刑事三人……妙に居心地が悪かったが、ここは待つしかない。

「何だか、嫌な感じで強硬じゃないですか、あの弁護士」牛尾が不満そうにささやいた。

「裁判で揉めたからな。今でも警察には反感を持ってるんじゃないか」

「西川さんの強引な取り調べのことですか？　でも、裁判では認定されなかったんですよね。それに、本当に西川さんの取り調べがおかしいと思ったら、それに対して裁判を起こすでしょう？　でも、そういうことはない」

「だな」沖田も同意した。「追いこまれて、起訴されたのが納得できなかっただけだろう。犯罪者の精神状態なんてそんなものだ。いつも、誰かに責任を転嫁《てんか》しようとチャンスを狙ってるんだよ。だいたいだな――」

ノックもなしにドアが開いたので、沖田は口をつぐんだ。無礼な……と思ったが、考えてみれば人の部屋で待機しているのは自分たちの方だ。

「ちょっと連絡が取れませんね」

「どういうことですか？」向かいに座った橋岡に沖田は訊ねた。

「電話に出ないんですよ。そういうこと、あるでしょう」

「つまり、スマホは持ってるわけですね？　それを教えていただければ、後はこっちで連絡を取りますが」個人のスマートフォンの番号を調べる手もあるが、どうしても時間がかかってしまう。知っている人から教えてもらうのが一番手っ取り早いのだ。

「いや、私が連絡を取ります。話ができたら、つなぎますよ」橋岡は譲らない。

「それでは、先生に手間をかけることになります。あくまで警察の業務ですから、我々がやりますよ」

「ワンクッション置きたいですね。彼は今でも、警察に不信感を持っている」

「前回の事件とは関係ありませんよ」厳密に言えば関係はある……今も西川を恨んでいて、出所を契機に復讐《ふくしゅう》を企《くわだ》てた可能性もあるのだから。三ヶ月前に出所したというのも、いかにものタイミングだ。募《つの》らせた恨みは薄れることなく、西川を陥《おとしい》れる計画を立て、家を割り出し……それには三ヶ月ぐらいかかるのではないだろうか。

「そうだとしても、警察自体に対する不信感は消えませんから」

「今も恨みを口にしているんですか？」

「私は一応、宥《なだ》めましたからね」

そんなことで恩を売ろうとしても……もしも石橋が西川を襲ったことが分かっても、橋岡は彼を弁護し続けるだろうか。

「住所を教えていただけますか？」

「それは、彼と連絡が取れてからにします。仮に直接面会するにしても、ここで会っていただきますから。彼は今、何とか人生を立て直そうと必死になっているんです」

「働いているんですか？」

「十年近く服役《ふくえき》した人間が、そんなに簡単に仕事を見つけられるわけがないでしょう。警察は、一人の人間の人生を奪ったんですよ」

「彼が奪った人生もあるんですけどね」沖田はつい指摘してしまった。石橋は、押し入った家の住人を襲い、高校生の息子の右膝に重傷を負わせたのだ。実際、何度も手術を繰り返したのに、膝は元通りにはならなかった。問題は、この高校生が一年生でインターハイに出場して、百メートル走で優勝した逸材《いつざい》だったことである。将来のオリンピック選手――いや、メダリストとさえ目されていた若者が、一瞬で将来を失った。それが、石橋の印象を悪くしたのは間違いない。一流のアスリートが事件に巻きこまれて競技を続けられなくなることなど、滅多にないのだから。西川のルール破りを訴えた声は、その事実の中でかき消されてしまったとも言える。

「では」沖田は立ち上がった。「連絡が取れたら、確実に教えて下さい。我々にも時間はないので……よろしくお願いします」

「きちんと罪を贖《あがな》った人をいつまでも追いかけるなんて、警察も暇ですね」橋岡が皮肉を吐いた。

「罪を贖っても、また罪を犯す人もいるでしょう。そういう人は、警察としてきちんと対処しなければいけません」

「彼が何かしたと？」

「そういうわけではありません。一般論です」

「そうですか……おかしな捜査をしないように、私は注視していますよ」

「それはご自由にどうぞ。我々は、法律に基づいて必要な捜査をするだけですから」

「あれでよかったんですか？」弁護士事務所の入ったビルを出るなり、牛尾が疑義を呈《てい》した。

「あの弁護士は気に食わねえけど、そういう理由で強く出るのは無理だ」

「攻めれば喋ったかもしれませんよ。あの手は、すぐに落ちそうな気がします」牛尾が粘《ねば》って反論する。

「犯罪者扱いするなよ。今はまだ、協力者としてキープしておきたい」

「協力してもらえませんでしたけどね」麻衣がぼそりと皮肉を吐いた。

「これからじっくり協力してもらうさ。それより俺は、石橋が飛んだ可能性があると思う」

「昨夜西川さんを襲ってから、東京を離れたということですか？」と麻衣。

「ああ。そもそも東京に住んでいるかどうかも分からないけどな。二人はこれから所轄に戻って、奴の鹿児島の実家と連絡を取ってくれねえか？　何とか連絡先を割り出してくれ」

「分かりました。さすがに鹿児島出張は無理ですよね」麻衣が言った。

「直接会った方が確実だけど……そうだな、出張は難しいな。俺たちが動く場合、経費は所轄じゃなくて追跡捜査係から出る。でもそもそも、係長はこういう状態が気に食わないみたいだ」

「同僚を襲った犯人を探すんだから、もっと熱を入れてくれてもいいですよね」麻衣が不満そうに言った。その原因は、自分が雑に扱われたからだと沖田には分かっている。大怪我ではないものの、麻衣も負傷しているのだから、慰《なぐさ》めの言葉ぐらいあるのが普通だろう。しかし昨夜の京佳は非常に冷たく、まるで負傷したのは麻衣自身に重大なミスがあったからとでも言いたそうだった。そもそも何の連絡も報告もなしに勝手に動いていた自分たちにも、責任はあるのだが。

「まあ、捜査は常に同じ方向を向いて動くわけじゃねえよ。人間――それも癖のある人間の集まりなんだから、いろいろあるだろう。とにかく石橋の実家との連絡、よろしく頼むぜ」

「沖田さんはどうしますか？」牛尾が訊ねる。

「俺は西川に会いに行く。話はできそうだから、もう少し厳しく事情聴取してくるよ」

「優しいですよね、沖田さん」牛尾が嬉しそうに言った。

「ああ？　何言ってるんだ」

「時間ができれば見舞いじゃないですか。同期の絆《きずな》ってやつですか？」

「馬鹿言うな。見舞いじゃなくて事情聴取だよ。通常の捜査じゃねえか」まったく馬鹿な話だ。そもそも今は、同期云々《うんぬん》という意識もない。ヘマをした同僚を何とかフォローしてやっているという感覚なのだ。


西川は、確実に回復していた。頭に黒いキャップを被《かぶ》っているのは、傷跡を隠すためだろう。実際には、縫った痕《あと》をカバーするための専用の絆創膏《ばんそうこう》を貼《は》っているので、直接傷跡は見えないのだが。

「人に会うわけじゃねえんだから、そんな風に隠すこともないいんじゃないか？」沖田は指摘した。

「いや、結構人に会うんだよ。さっきも所轄の連中が来た。傷跡がグロいから、見せられないんだ」

「警察官なら、怪我にも慣れてるぜ」

「礼儀だよ」

どうも西川の感覚がよく分からない。だが、本人が見せるべきではないと言うなら、沖田が無理を言うことはないだろう。

「それで？　何が聴きたい？」

「石橋のことだ。今弁護士のところに行ってきたんだが、まだ連絡が取れない」

「飛んだのか？」

「可能性はあるけど、まずよく思い出してくれ。昨夜お前を襲ったのは、本当に石橋なのか？」

「それは……」西川が乾いた唇を舐めた。「確証はない。俺を恨んでいる人間、という話だったから、石橋の名前を出しただけだ」

「だよな」うなずき、沖田は自分のスマートフォンを取り出した。十数年前の石橋の顔写真を提示して見せる。

「石橋か」スマートフォンを手にした西川が顔をしかめる。

「どうなんだよ？　顔を隠していたにしても、十数年経ってるにしても、気配は変わらないんじゃないか」

「刑務所で十年以上は長いぞ。すっかり性格が変わってしまってもおかしくないし、容姿だって変わるだろう。石橋は今、四十五歳か……事件を起こした時は三十二歳。男の三十二歳から四十五歳は、ルックスはかなり変わるぞ」

沖田はスマートフォンを取り戻して写真を凝視《ぎょうし》した。三十二歳の石橋には、まだ子どもっぽい雰囲気《ふんいき》さえ感じられる。ウェーブをかけた髪は肩までの長さがあり、丸顔と相まってどうにも間抜けな印象もある。しかし今はどうか……大抵の人は、服役すると痩せる。

余計なものを食べずに規則正しい生活を送っているからだ。普通に暮らしていると、人は基本の三食以外に酒を呑んだりつまみを食べたりしてカロリー過多の状態になっていく。写真の石橋の髪をストレートにして短くし、頬《ほお》がこけてげっそりしている画像に変えてみた。あまり上手くいかない……サイバー犯罪対策課が作った、年齢を重ねた人の顔をＡＩが予測して作成するサイトがあるはずだから、それを試してみようか。

「俺も、ビビり過ぎたかもしれない」

「ああ？」

「恨みを持っている人間って言われて、すぐに石橋を思い出したけど、もう十年以上前の事件なんだよな。しかもあいつの言い分は裁判で全面否定された」

「――と思って、自分を納得させてるんじゃないか？　ずっと人に恨まれてると思ったら、きついだろう」

「そりゃそうだ。でも実際、十年以上も恨みを持ち続けて、出所してすぐに復讐するなんて、現実には考えられない。それは映画や小説の中だけの話だろう？」

「そうかもしれねえ。ただ、可能性の一つとしては潰したくねえんだよ。だから俺たちは、チェックし続ける」

「まあ、それはお前の勝手だけど」西川はどこか不満そうだった。

「何か別の考えがあるか？　他に犯人に心当たりがあるとか」

「いや」西川が短く否定した。

「だったら、後は俺たちに任せろ。何か分かったら連絡してくれればいい——それと、奥さんから連絡あったか？」

「あったけど、それがどうした？」西川が不審げな表情を浮かべる。

「いや、話せてるならそれでいいんだ。今、静岡だろう？　いつこっちへ来る？」

「夕方には……おい、何でお前がそんなこと知ってるんだ？」

「ま、俺にもいろいろ伝手《つて》があるってことだよ。じゃあな」沖田は立ち上がった。

「待てよ——」

待てと言われて止まる沖田ではない。実際、返事もせずに病室を出て行った。自分にはまだまだやることがある。西川から情報が得られない限り、いつまでもここで油を売っているわけにはいかないのだ。

6

「やっぱり響子さんか」西川はため息をついた。午後七時。東京へ戻って来た妻の美也子に会い、ようやく一安心したところだった。そして沖田の話を持ち出したところ、予想通りの名前が出てきた。美也子は響子から連絡を受けたのだという。

「沖田さんが心配してるって聞かされたら、いつまでも静岡にいるわけにはいかないでしょう」

「お義母さん、大丈夫なのか？」

「取り敢えず、様子見で入院したわ。病院が一番安心だから」

「お義兄《にい》さんも、もうちょっと熱心に面倒を見てくれればいいのにな……君にばかり負担がかかって、大変じゃないか」

「でも、あの家をもらえるかもしれないし」

「おいおい」西川は眉をひそめた。遺産の話をするのは失礼ではないだろうか。

「前にそんな話、したのよ。兄はあの家にも庭にも興味がないし、二年前に自分の家を新築したばかりだから」

義母が東京住まいを諦めて静岡に帰った理由の一つが、実家の庭だ。亡くなった義父と、長年丹精こめて育てていた植木の数々……庭というより庭園と呼ぶのが相応《ふさわ》しい。今ではあの庭をきちんと保っていくことが義母の生きがいなのだが、足腰が弱ってきているから、それもきつくなっているだろう。

「あの家で喫茶店を始めるのも悪くないでしょう？」美也子が急に話を変えた。「駅に近いから場所もいいし」

「おいおい、喫茶店って、東京の話じゃないのか？」美也子が響子と一緒に喫茶店を始めようという話は、しばらく前から出ていた。さすがにすぐというわけではないが、場所はどこがいいのか、初期費用はどれぐらいかかるか、結構真面目に調べていたはずである。何よりも、店を借りる費用が一番大変……実家をそのまま引き継《つ》いで改装する手はある。

リビングが広い家だから、あそこに新しいテーブルを入れてカウンターを作って——庭も綺麗に整備すれば、それが店の名物になるかもしれない。

いや、冗談じゃないぞ。美也子が静岡で店を始めたら、俺はどうしたらいいんだ？　東京の家を出て静岡に行く？　あるいは美也子が単身赴任《ふにん》？　どうして定年になってから、そんな侘《わび》しい目に遭わなくちゃいけない？

「でも、よかった」美也子が本当に安心したように言った。「怪我、本当に大したことなかったわね。来週には退院できるんでしょう？」

「もう一回検査が必要だけど」まだ詳細は知らされていないのだが、また造影剤を入れるCT検査かと思うとぞっとする。「これから症状が悪化するとは考えられないから、検査結果がよければ、月曜には家に戻れると思う」

「退院したら少しゆっくりしてね。あなた、最近働き過ぎなんだから。有給も溜まってるんでしょう？」

「いや、仕事してないとリハビリにならないから」

「もういい歳なんだから、無理しちゃ駄目よ」

それは自分でも分かっている。最近西川は、「行政的」な仕事を任されることも多くなった。全国的に追跡捜査を担当する部署を作ろうとする警察本部が多くなり、以前からきちんと結果を出している警視庁の追跡捜査係が「指導係」「説明役」として招かれることが増えた。西川は一種の講師役として派遣されている。沖田にはそういう仕事は無理だから、必然的に西川に役目が回ってくるのだが、出張も一週間、二週間となるときつくなる。他県警は、警視庁の人間を無条件に受け入れるわけでもないし。

「しばらく出張の予定もないし、心配いらないよ」

「毎回、結構疲れて帰って来るじゃない。ああいうの、沖田さんに任せるわけにはいかないの？」

「無理、無理」西川は反射的に首を激しく振った。思っていたよりも鋭い痛みが頭に走ったが、何とか表情は変えない。「先生役は、あいつには絶対無理だ。ちょっとしたきっかけで喧嘩して、警視庁の評判を悪くするに決まってる」

「でも、あなたにばかり負担がかかるのは……」美也子が眉をひそめる。

「人には向き不向きがあるんだ。沖田には無理だから、俺がやるしかない——でもしばらくは、そういう仕事は回ってこないと思うよ。回ってきても、怪我の治療を言い訳に断るさ」さすがに長い地方出張の負担は避けたい。

「それならいいけど……ご飯は食べられてる？」

「想像してたよりは悪くない。まあ、あまり食欲もないけど」

「大丈夫なの？」

「ショックを受けたら、食欲もなくなるんだ。コーヒーも自由に飲めないし」

「飲んでもいいの？　それなら明日の朝、持ってくるわよ」

「助かる」美也子のコーヒーが飲めると思っただけで、気持ちがすっと落ち着くようだった。他の人も美也子のコーヒーで同じような気分になれるなら、喫茶店を開く意味も十分ある。

「じゃあ、ご飯は病院任せでいいわね。コーヒーだけ何とかするわ」

「でも、家で飯が食べたいよ。病院の食事は、やっぱり味気ない」

「ちょうどいいダイエットになるんじゃない？　栄養バランスだって考えてある食事なんでしょうし、このところお腹《なか》が出てきてるから」

「そんなこと、ないさ」西川はむきになって言って、腹を撫《な》でた。若い頃と同じように平ら――なわけではない。年齢なりに余計な肉がついてきているのは確かだった。

この怪我と入院が、人生後半に向けた転機になるのだろうか。

病院の消灯は午後十時だ。個室でもそれは変わらないが、自動的に電気が消えるわけではないので、その気になればずっと起きていられる。一応西川は、病院の決まりに従って寝ようと思い、部屋の電気を全部消したのだが、寝ようとすると目が冴えてしまう。そういえば昼間に軽く居眠りしてしまったのだ……こんなことを続けていたら、昼夜逆転して慢性の時差ぼけ状態になってしまうかもしれない。何とか寝ようとしたが、すぐに「無理だ」と諦め、枕元《まくらもと》の照明だけを灯す。西川はいつも文庫本を持ち歩いていて、たまたま今はまだ手つかずの一冊がバッグに入っている。眠くなるまで文字を追うのもいいかと考えてページを開いたが、内容がまったく頭に入ってこない。灯りを点けたまま目を閉じ、一瞬うとうとしても、本に挟まれた指の感覚が気になって現実に引き戻されてしまう。

何なんだ……別に、命に別状があるような怪我ではない。それなのに、日常からこんなに遠ざかってしまうとは。元々西川は眠るのが早い方で、いつも枕に頭をつけた瞬間に意識がなくなってしまうのだが、今はそういう日常と縁遠い。

仕方なしに、スマートフォンを取り出す。ニュースをチェックしたが、依然として自分が襲われた件は出ていない。ほっとすると同時に、何だか世間から無視されているような気分にもなった。もちろん広報としては、刑事が誰かに騙されて襲われたなどと、世間に明らかにするわけにはいかないだろうが。

沖田にメールを送ってみることにした。午後、ここに来て雑談をしてからは何も連絡がない。仕事をサボっているのか、何か分かっても自分に連絡する必要はないと思っているのか。


何か状況に変化は？　石橋の行方については分かったか？　判明していることがあるなら教えてくれ。


送信してから、懇願《こんがん》しているような文面が気になり始めた。自分は弱気になっているのだろうかと心配になったが、訂正《ていせい》するほどのことでもないと思い直す。ただのメールだ。

しばらくスマートフォンの画面を見つめていたが、返事がくる気配はない。沖田のことだから、午後十時はまだ寝るには早い時間……もしかしたら今日の捜査は終わらせて、どこかで呑んでいるかもしれない。あるいは響子の家にしけこんでいるか。元々沖田と響子は、ある事件を通じて知り合ったのだが、今では共依存関係になっていると言っていいと思う。刑事と事件の関係者が必要以上に親しくなるのは、仕事をしていくうえではあまり褒《ほ》められたことではないが、互いに相手を必要としている状況ならばどうしようもない。時には、仕事よりも私生活が優先されることがあってもいいはずだ。もっとも、あの二人がつきあい始めたのは、事件の捜査が一段落してからだから、そもそも問題はないわけだが。

「しょうがねえな」どうやら今夜は、沖田は頼りにならないようだ。では、若手と話してみるか……麻衣の電話番号を呼び出す。麻衣と牛尾は、同じ若手でもだいぶ性格が違う。牛尾は基本的に真面目な男だから、入院中の西川が電話をかけたりしたら「規則違反ですよ」と言って病院に通報しかねない。一方麻衣は、その辺については融通《ゆうずう》が利くタイプだ。

「西川さん」麻衣が驚いたような口調で電話に出た。「大丈夫なんですか?」

「それは、どの意味での大丈夫、だ?」

「病院で電話をかけることと、西川さんの体調、両方です」

「どっちも問題ない。体調は悪くないし、個室だからでかい声を上げない限りは電話しても問題ないよ……君の方の怪我はどうだ? 普通に仕事してるのか?」

「ええ、何とか。痛みますけど、単なる打撲ですから、そんなに甘えていられません」

「無理はするなよ」

「無理しても、別に得はないので。普通にやってます」

「相変わらずだな」何が相変わらずなのか分からないまま言ってしまったが、麻衣も西川の言葉に合わせて笑った。「ところで、石橋の方、どうだ？　見つかったか？」

「いえ。鹿児島の実家に電話を突っこんだんですけど、今は全然連絡は取っていないということでした。出所した時に弁護士から電話があって、本人から連絡させるという話だったんですけど、結局連絡なし……でも、この話が本当かどうかは分かりませんけどね。西川さん、石橋の家族とは会ってましたか？」

「両親とは会った。逮捕後に東京へ出て来た時に、会って話を聞いたんだよ。びくびくしてたな」

「息子が逮捕されて？」

「ああ。一族で警察のお世話になるような人間は、今まで一人もいなかったと言っていた。かなりショックだったと思うよ」

「嘘がつけるようなタイプだと思いますか？」

一瞬考えた末、西川は短く「いや」と言った。田舎《いなか》の人だからというわけではないが、両親は非常に実直な感じだった。たとえ息子のためだろうが何だろうが、警察に嘘をつくようには思えない。

「そうですか……実は、父親はもう亡くなっていて、母親と、農業を継いだ石橋のお兄さん夫婦が一緒に暮らしています」

「君は誰と話した？」

「母親です」

「それで、嘘をついているかもしれないと思った？」

「弁護士も非協力的じゃないですか。まだ何かあるのかなって考えちゃいます」

「これから警視庁を訴えるとか？　それならとっくにやってると思う」

「いえ、西川さんを襲ったこと――あれで終わりですかね？」

「何が言いたい？」

「こんなこと言うと、西川さんは怒るかもしれませんけど、重傷ではないじゃないですか。もしも石橋が、殺したいほど西川さんを憎んでいて、今回の作戦を考えたとしたら、結果的には失敗したことになりますよね」

「よせよ」西川は、背筋に冷たいものが走るのを感じた。確かに石橋――かもしれない男は、自分の頭に一撃を喰《く》らわせただけだった。沖田がダッシュで迫ってきたので、慌てて逃げただけかもしれない。確かに、この程度の怪我を負わせて満足したとは思えない。

「ですよね。言い過ぎました。だいたい、西川さんが殺されるほど恨まれるなんて考えられません」

「昼間、所轄の連中と話したんだけど、うちの防犯カメラの映像のアーカイブ、手に入ったのかな」

「それはまだだと思います。夜まで奥さんと連絡が取れなかったので」

「静岡から帰って来て、閉まるまでここにいたんだよ。明日の朝、もう一度連絡を取ってくれ。ただし、防犯カメラの映像の渡し方は彼女には分からないから、俺に連絡してくれないか？　明日は検査もないから、電話してもらって大丈夫だ」

「分かりました。私が西川さんの家に行くかどうかは分かりませんけど、ちゃんと引き継ぎしておきます」

「頼むぞ……君が行ってくれた方がいいんだけどな」

「どういう意味ですか？」

「君は、うちの奥さんのお気に入りなんだ」

「そうなんですか？」

一年ほど前、西川は若手の麻衣と牛尾を自宅に招いたことがある。ちょっと面倒臭い仕事が一段落したので、その打ち上げという感じで……昔はこういう会合は頻繁《ひんぱん》に行われていたのだが、最近はとんとご無沙汰《ぶさた》で、西川は懐かしい思いを味わいながら二人と酒を酌《く》み交《か》わしたのだった。その二人が帰った後で、美也子が「感じのいいお嬢さんね」と感想を漏《も》らした。牛尾に関しては、何も言わなかったのだが。

「私、そんなにいい子にしてました？」

「いや、いつも通りだ。うちの奥さんと波長が合ったんじゃないかな」

「それはありがとうございます……西川さんが退院したら、全快祝いでまたお邪魔していいですか」

「全快かどうかは分からないけど。それに、自宅で静養するかどうかも決めてない」

「まさか、退院していきなり仕事するつもりじゃないですよね？」麻衣が疑わしげに言った。

「調子がよければ、休む必要はないよ。医者も、早く体を動かした方がリハビリになるって言ってるし」

「大丈夫なんですかね？　病気じゃなくて怪我なんですよ……」

「医者がそう言うなら、俺が逆らっても意味はないだろう」逆に慎重な治療とリハビリを勧められたら、逆らっていたと思うが。

「西川さん、無理してません？」

「心配するな。君こそ無理するなよ。とにかく、石橋の行方が分かったら教えてくれ」

「まさか、入院したまま捜査に参加するつもりじゃないですよね？」

「面通しが必要じゃないか。あいつと一番近くで会ったのは俺なんだから——あとは君だな。どう思う？　石橋だったと思うか？」

「正直言って分かりません。顔がほとんど隠れていましたから、確認なんかできませんでした」

「そうか……本人と面と向かって話せば、何かピンとくるかもしれないな。俺を置いてけぼりにしないでくれよ」

「それは、私には判断できませんよ」困ったように麻衣が言った。「あ、すみません、別の電話が入りました」

――という言い訳で電話を切ろうとしているのだろうと分かったが、西川は深追いしないことにした。今、自分には捜査のために動く権利がない。麻衣と話しているのも、バレたら問題になるだろう。若い仲間に迷惑をかけるのは、本意ではなかった。

しかしこれだけで納得できるものでもない。今度は牛尾の電話にかけてみたが、こちらは出ない。「電波の届かないところに――」というお馴染《なじ》みのアナウンスが流れるだけだった。

これはちょっとおかしい。電波が届かないというと、いかにも地下にある狭い呑み屋にしけこんでいるイメージがあるが、牛尾は酒を呑まないのだ。そういう店で飯を食っているか、誰かと話しているか……あるいは家に帰ってスマートフォンの電源を切り、もう寝てしまったのだろうか。いや、牛尾も、邪魔が入らないようにしてまで睡眠を貪《むさぼ》るような人間ではない。呼び出しにいつでも対応できるように、スマートフォンを枕元に置いておくタイプだ。

まあ、しょうがない。夜遅い時間に役にも立たない話をしても、最近の若手は嫌がるだけだろう。西川が若い頃は、よく夜中に先輩から意味もない電話がかかってきたものだ。急ぎの仕事の話があるわけではなく、ただちょっと気にかかった推論を西川と話したいだけ……睡眠を邪魔されることもよくあったが、先輩から頼りにされていると思うと、何となく嬉しかったものだ。

まあ、出ないものは仕方がない。何度もかけ直していたら、ストーカーになってしまうし。牛尾とは、明日の朝話そう。

今夜のうちにできることはないか……ない。話す相手もいない。係長の京佳と話すなど論外だし、追跡捜査係のもう一人のメンバー、大竹とは会話が成立しない。そもそもあいつは、一人で留守番をしているはずで、所轄の捜査については把握《はあく》していないだろう。

何と言うか……やはり入院というのは、人を社会から隔絶してしまう。自由に動けないだけではなく、連絡すら取りづらい。こちらは元気なつもりでも、向こうは気を遣って電話でも話したがらないのだ。こうなったら、やはり退院を待つしかないか――月曜日が、ひどく先に感じられる。

スマートフォンの電源を落とそうとし――落とさなかった。向こうからこちらに電話がかかってくることは考えられないが、メールやメッセージはくるかもしれない。寝ていても、西川は通知音で目が覚めてしまうし、誰かからの連絡を逃したくなかった。

サイドテーブルにスマートフォンを置き、横になる。急な動きは、まだ少し心配だ。目を瞑ったものの、やはり眠気はやってこない。何もすることなく、ただ眠りが訪れるのを待っているだけの夜……無駄だ。無駄としか言いようがない。西川が一番嫌うのは、無駄な時間なのだが。そこそこ動けるのにベッドに縛りつけられ、看護師の監視を受けている今など、無駄以外の何物でもない。

まったく、ヘマをしたものだ。

しかしあのタレコミは、本当に嘘だったのだろうか……やはり嘘だろう。本当なら、何も自分に襲いかからずに、きちんとした情報を伝えればよかった。結局あれは、自分を呼び寄せるための偽情報《にせ》だったに違いない。それをろくに精査もせず、仲間に頼りもせずに襲われてしまった自分の間抜けさ加減に腹が立つ。五十を過ぎているのだから、もっと思慮深く、慎重に動くべきだったのではないか。若い頃だったら、どんな危ない目に遭って も、反射神経と体力で逃げ切れていたと思う。そういう肉体的な利点が失われつつある今、「頭脳」をもっと活用していかなくてはいけないのだ。そうすれば、ボケずに済むだろうし——。

駄目だ、今からこんなことを考えているようでは。自分はまだ現役の刑事で、この先も長い。気力・体力・頭脳をしっかりキープしておかなくては。

自分に腹を立てているうちに疲れて、うつらうつらしていた。しかしメールの到着を告《つ》げる通知音でいきなり眠りから現実に引き出された。こんな時間に誰だと思ったが、そもそもすぐに聞こえるようにスマートフォンをサイドテーブルに置いておいたのは自分である。

舌打ちしながらスマートフォンを取り上げると、沖田からのメールだった。こちらが遅くにメールしたから、仕返しのつもりで返信してきたのかもしれない。

しかし内容を見て、西川は思わずはね起きた。途端に頭の傷口に鋭い痛みが走ったが、それどころではない。すぐに沖田に電話をかける——沖田はすぐに応答した。

「何だよ、起きてたのか？」

「お前からのメールで目が覚めた。この話、本当なのか？」

「ああ。まだ逮捕はしてないけど、明日の朝一番で引くよ。自供するかどうか、保証はないけどな。決定的な場面は押さえてねえし」

「つまり、結局防犯カメラの映像頼りだったんだな？」

「犯人が特定できたからいいだろうが」沖田が怒ったように言った。

「しかし、現場の公園には防犯カメラはなかったじゃないか」

「カメラがなかったのは、現場付近だけだ。駐車場には防犯カメラがあったし、その後は近くをチェックして……所轄の連中が絨毯《じゆうたん》爆撃で映像を見つけ出したんだ。感謝しろよ。SSBCの連中にも、だ」

「……分かった。それで、何者なんだ？」

「屋島《やじま》颯太《そうた》、二十三歳。心当たり、ねえか？」

「ない」西川は即座に否定した。聞いたこともない名前である。二十三歳ということは、仮に関わりがあったとしてもここ数年のことだと思う。それなら絶対に忘れない自信がある。

「本当に覚えはねえか？」沖田が念押しした。

「ない」何度言われても、これには自信がある。

「そうか……」

「何者だ？」

「まだ名前と住所しか分かってねえ。本格的な周辺捜査は明日以降だ。何しろ、ついさっき名前が割れたばかりなんだから……ＳＳＢＣの連中が残業してくれてさ」

「それについては感謝するよ。しかし、犯人は若い奴だったんだな？」

「ああ。追跡捜査係と関わりがある人間じゃねえようだ。どういうことなんだろう？」

「それは俺にも分からないよ。とにかく何か分かったら、すぐに教えてくれないか？　こんな状態じゃ、気持ちが悪い」

「だな」沖田が同意した。「どんな感じか分からないけど、とにかく叩いて、何が出てくるかチェックしておく。連絡が取れるようにしておいてくれよな」

「分かった。いつでもいいから連絡してくれ」

「採血でもしている時にスマホが鳴ったら、看護師さんが失敗するかもしれねえな」

「よせよ」西川は思わず顔をしかめた。自分が意外に注射器が苦手だということを、今回の入院で思い知っていたのだ。

五十を超えても、まだ新しく経験することがある……しかし今後、それは主に医療分野に関してだろう。初めての検査、最新の治療法、痛みや苦しみとの戦い。

そんなものを新たに経験せずに済めば、それに越したことはないのだが。

7

「今回は、あんたらに手柄を譲るよ」晴海署の刑事課長が沖田に告げた。

「しかしこれは、あくまで晴海署の事件ですよ」

「仲間の仇討《あだう》ちだろう？　手錠《わっぱ》をかけてやれよ」

「仇討ちって……死んでませんよ」軽口のつもりだろうが失言だ、と沖田はむっとした。

「言葉はどうあれ、そういうことだろう？　もちろん、逮捕した後はうちできちんと叩くけど、手錠は任せる」

「では、引く時に、少し痛めつけておきますかね」

沖田の言葉に対して、刑事課長は何も言わなかった。渋い表情を浮かべているから、今の言葉に批判的なのは分かるが、逮捕劇になれば何が起きるかは分からない。

屋島颯太は、東京メトロ葛西《かさい》駅から歩いて十分ほどのアパートに住んでいた。平成初期、あるいは昭和末期に建てられたような、かなり年季の入った二階建てで、学生や独身サラリーマン向けの１ＤＫだということは、事前の調査で分かっている。

犯行現場になった晴海ふ頭公園までは近いような遠いような……車やバイクならば行きやすい場所なのだが、屋島颯太は車もバイクも持っていないようだ。少なくとも彼名義での登録はない。そして依然として、西川、あるいは追跡捜査係との関係が分からない。どうも怪しい感じはするが、その辺は本人を叩いてみないと分からないだろう。

「どう行きます?」

　牛尾が小声で訊ねる。既に所轄の刑事たちは裏口に回っている。屋島の部屋は一階で、すぐに裏口からも逃げられそうなのだ。

「俺がドアをノックする。お前、バックアップを頼む」

「分かりました」

「沖田さん、どれぐらい手荒にやっていいんですか」麻衣がどこか嬉しそうに訊ねた。

「そこは流れで——いや、穏便《おんびん》に頼む」刑事課長の顔を思い出しながら沖田は言った。

「これは、合法的な報復じゃないんだぜ」

「ちょっとした事故——」

「林、ここで問題を起こすわけにはいかねえんだ。俺たちはあくまで手伝いなんだから、所轄に迷惑をかけたら本末転倒だぜ」

「……分かりました」麻衣が不満げに唇を尖らせる。しかし一応、納得はしたようだ。

「すぐにノックする。配置についてくれ」

　沖田は二人を下がらせた。牛尾はドアから三メートルほど離れた自転車置き場の端に、麻衣はそこからさらに二メートル離れた歩道の上に陣取る。近くには、さらに所轄の若手刑事も二人いるから、まず逃すことはない。

　全員の位置関係を把握してから、沖田は牛尾にうなずきかけた。牛尾がうなずき返したのを見て、すかさずドアをノックする――インタフォンもない建物なのだ。

返事なし。少し間を置いて、沖田はさらに力を入れてノックを繰り返した。さらにドアに顔を近づけ、「屋島さん、いますか？　警察です」と声を張り上げた。こういう時「警察だ」と名乗るかどうかは難しい。しかし今回は逃げ道を塞《ふさ》いでいるから問題ないだろうと判断した。

ドアの向こうで人が動く気配がした。沖田は少し身を引き、ドアが開くのに備えた。ほどなく、ドアが外に向かってゆっくりと開き始める。沖田はすぐにドアを摑んで押さえた。隙間から顔を突っこんで、屋島の顔を確認する。

「屋島さん？　警察です。ちょっと話を聴かせてもらいたいことがあるので、ご同行――」

ドアが大きく開いた。沖田の額にぶつかるような勢いで、後ろに飛び退《の》いた瞬間にバランスを崩してしまう。何とか踏ん張って倒れずに済んだが、屋島はその隙を突いて、ダッシュで逃げ出してしまった。

「牛尾！」

叫んで振り返ると同時に、鈍く重い音が聞こえる。次いで、少し甲高《かんだか》い声での悲鳴。

牛尾が、屋島の右腕を抱えて、地面に押さえこんでいた。格闘技の教科書に載せたいぐらい完璧《かんぺき》に決まった脇固めだった。そこへ麻衣が駆けこんでくる。

「林！」

短い一言が牽制《けんせい》になったようで、麻衣はスピードを落とした。慎重に手錠を取り出すと、牛尾が絞っている左腕を摑み、手首に手錠をかけた。「午前八時十分、公務執行妨害《ぼうがい》の現行犯で逮捕」と、淡々とした口調で告げる。

本当は、この辺は危ういところだ。屋島にはまだ逮捕状が出ていない。任意で引っ張って、防犯カメラの映像を観せて事実関係を確認して逮捕――という予定を立てていた。今は、単に「呼びに来た」沖田を突き飛ばして、警察の業務を妨害した、という現行犯逮捕である。この容疑で公判を維持できるかどうかは微妙だ。

まあ、いい。

沖田は立ち上がり、牛尾たちに押さえこまれている屋島のところへ行った。うめき声を上げながら何とか立ちあがろうとしている屋島を見下ろし、静かに声をかける。

「諦めが悪いな」

「俺は何もやってない！」苦しそうに屋島が叫ぶ。

「まだ何も話してない。何かやってないのか、あんたの方から話してくれてもいいんだぜ」

沖田の微妙な言い回しで、屋島は混乱したようだった。しかし、彼と言葉遊びをしている暇はない。

「これからゆっくり話をさせてもらう」

「何だよ、俺をどうするつもりだよ！」

「だから、俺と話をするんだ」逮捕するまでは追跡捜査係で、その後の取り調べは所轄で、というのが直前の取り決めだった。しかし実際に身柄を押さえてみると、この男に対する取り調べはどうしても自分でやりたいという気持ちが湧《わ》き上がってくる。少なくとも初期段階……自供を引き出すまでは。刑事課長は文句を言うかもしれないが、ここは引けない。人を舐めている人間には、しっかりした教育と矯正《きょうせい》が必要だし、沖田はそういうことが大好きだ。

屋島は、取り敢えずは素直だった——名前と生年月日、住所、本拠地を言うまでは。しかしそれきり、自分の殻《から》に閉じこもってしまう。取調室で相対している沖田の目を見ようともしない。

冗談じゃねえぞ、と沖田は焦りを感じた。この取り調べの様子は、映像で中継されて、外にいる刑事課長も観ている。強引に取り調べを分捕《ぶんど》ったのに、いきなり話が止まってしまったから、鼻を鳴らして馬鹿にしているかもしれない——だから追跡捜査係には任せられないんだ、と。

「もう一度聞く」上手い手を考えつかないまま、沖田は話を繰り返した。「一昨日《おととい》——三月十五日の夜、どこにいた？」

質問を無視——下を向いて、床の模様を必死に観察しているようでもあった。

「おい！」

沖田は声を張り上げた。屋島がびくりと身を震わせる。それでも沖田の顔を見ようとはしない。目を合わせたら全てを喋ってしまう、と恐れているかもしれない。緩急、緩急と自分に言い聞かせながら、沖田は声を落とした。

「あんたがその時間どこにいたか、俺たちには分かっている。でもな、あんたの口から直接聞きてえんだよ。そうしてくれたら、積極的に警察の捜査に協力していることになる。それなら俺たちも、いろいろ考えるってことだ。悪いようにはしねえ」

「そんなの、脅《おど》しじゃないか」唇を捻《ね》じ曲げるようにして屋島が言った。

「違う。取り引きだ。これから司法手続きが進む中で、我々はあんたの態度について様々な意見を付与できる。それは、検察官の処分や裁判の行方にも大きく影響するんだぜ」

「裁判……?」

「そう、裁判だ。俺たちの仕事は、あんたを逮捕することじゃねえ。逮捕はほんの入り口で、裁判であんたを裁けるように下準備をすることが本番なんだ。それで、俺の感触では、あんたは間違いなく裁判にかけられる」

「俺は、そんなことは……」

「何もしてないと言うつもりか? 無駄だ」

「だから、俺は裁判なんて……」

「あんた、今まで裁判にかけられたことはないよな。それどころか、逮捕されたのも今回が初めてだ。だから、これからどうなるか、司法手続きの手順も分からないだろう。それを詳しく説明してもいいけど、その前にしっかり話を聴かせてもらおうか。いいか、三月十五日の夜、あんたはどこにいた？　忘れたとは言わせねえぞ、つい最近の話なんだから」

「呑んでた……」消え入るような声で屋島が言った。

「どこで？　家か？　だったらアリバイの証明にはならねえ。あんた、一人暮らしだよな？　ずっと家にいたとしても、それを証明できねえだろう」

「いや、家じゃなくて」慌てた様子で屋島が訂正する。「外で呑んで……」

「だったら、どの店に行ったか教えてくれ。領収書、もらってきたか？」

「そんなもん、もらったことはないよ」

「家計簿をつけてないのか？」

「家計簿って？」

　どうも話が嚙み合わない。屋島は、一般常識に欠ける人間のようだ。頭の回転も速くはないし、社会人としての経験を積んでいる様子もない。誰かに何か言われたら、黙って従うようなタイプ——西川を襲ったのが本当にこの人間だとしても、自分で計画したとは思えない。誰かに頼まれて計画を実行しただけではないだろうか。

　つまり、黒幕がいる。

　その人間を割り出さない限り、この事件はいつまで経っても解決しない。しかし今は、そこに突っこまない方がいいだろう。まずは屋島に、事実関係を認めさせないと。

「どの店に行ったか、きちんと証明できないなら、あんたが何時にどこにいたか、俺が説明してやってもいいぞ。どうする？　俺は一分一秒単位であんたの動きを説明できる。ただしそうすると、裁判員たちが受けるあんたの印象は悪くなるぞ。自分では事実を認めず、警察に追い詰められたから仕方なく喋った——非協力的だし反省していないと見たら、裁判員はどう判断するかな」

「何で俺が裁判に……」

「どうして逮捕されたと思ってる？　そもそもあんた、どうして家から逃げ出そうとした？　まずいことがあったからだよな？　だから咄嗟《とっさ》に逃げたんだろう？　その理由を聴かせてもらおうか。素直に喋れば、あんたにはメリットがある。俺たちも同じだ。だけど、もしも喋らなければ……」

「喋らなければ？」屋島のこめかみを汗が伝った。

「あのな、警察が一番熱を入れる仕事は何だと思う？」沖田は微妙にペースを変えた。

「そんなこと、知るかよ」

「仲間が襲われた事件だ。警察官は何より仲間を大事にする。だから同僚が被害を受けたら、何を差し置いても捜査するし、犯人を捕まえたら厳罰《げんばつ》を与えられるように頑張る。他の事件とは熱の入り方が違うんだ」

「そんなの、そっちの勝手な事情だろう」

「いや、あんたにも関係あるんだよ。警察官を襲ったらどうなるか、これからじっくり知ってもらう」

「俺は何も――」

「十五日午後九時、あんたは晴海ふ頭公園にいた。実は俺も会ってる。覚えてないか？」

屋島が唇を噛む。こめかみの汗も止まらない。ようやく、どういう状況に追いこまれているか理解したのだろう――ここで理解しても、もう手遅れだが。

「これからあんたの部屋を調べさせてもらう。俺の同僚を襲った凶器が出てくるかもしれねえな。処分していれば別だが……凶器はどうした？」

「何も言わねえよ」

「まだ分からねえのか？　否認したり黙秘したりしていたら、お前の立場はどんどん悪くなるんだ。何年刑務所に入ることになるか、俺も予想できねえ」

「そんな……」

「お前、この男を知ってるよな」沖田はスマートフォンに西川の写真を表示し、屋島に示した。「お前が襲った男だ。顔は当然知っているよな？　人違いで襲ったら大変なことになる」

無言。しかし屋島は、こめかみと額の汗を素早く指先で拭《ぬぐ》った。その汗が、自分の犯行を証明する証拠になる、とでも思ったのかもしれない。そう、実際沖田は、間違いなくこの男の犯行だと確信を抱いた。何もなければ、警察に呼ばれたら怒り、必死になって言い訳をするものだ。自分の行動を丸裸にされているという恐怖が、この汗と曖昧《あいまい》な証言という形で表れている。

「じゃあ、取り敢えず留置場に入ってもらおうか。あんたは公務執行妨害の現行犯で逮捕されているから、まずそれでしばらく引っ張る。その後に、殺人未遂容疑で再逮捕してやるよ。まず一ヶ月半ぐらい、留置場の中で過ごしてもらう。その後で裁判が待ってるからな。その頃には、あんたの名前は新聞やテレビ、ネットでも流れて、今までと同じ生活は二度とできなくなる。あんた、仕事は？」

屋島が顔を背ける。まだこの男がどういう人間か分かっていないが、普通に働いてはいないのかもしれない。

「じゃあ、これで最初の取り調べは終わりにする。次はいつになるか、まだ分からないから、じっくり考えておいてくれ。どう話したら一番自分に有利になるか、想像してみるのもいいんじゃねえか？　どうせ留置場の中では、やることがねえんだから」

沖田は立ち上がりかけた。そこで屋島が急に「俺は！」と声を張り上げた。

「どうした？」沖田はゆっくりと椅子に腰を下ろした。「何か話したいことがあるなら聴くぜ」

「俺は……これは、バイトなんだよ！」

「バイト？　何言ってるんだ？」今の言葉が嘘でなければ、何となく筋が読めてきた。

「闇サイトだよ。いいバイトの話があったんで、乗っただけだ」

「相手は？　誰に雇《やと》われた？」

「知らねえよ」

「会ってないのか？」

「いや……でも、名前は知らない」

「いつ、どんな形で会った？」

「一昨日の夕方」

「一昨日？」犯行の数時間前に？　何だか妙な話になってきた。「そもそもいつ、この話に引っかかったんだ？」

「先週の金曜日。それで、十五日――火曜に会って詳しい内容を聞いて、金を受け取る約束になった」

「人を襲うバイトだぞ？　そんなバイト、よく簡単に受けたな」

「闇サイトでは、もっとひどいバイトもある。警察官なら知ってるだろう？」

「その件を話し合うつもりはねえよ。まずはあんたのやったことをはっきりさせねえとな……西川の家へは行ったのか？　十四日の夕方だ」

「いや」

「本当に行ってないのか？」

「そんな話は知らねえ」

やはり誰か黒幕がいるのだ。その黒幕が西川の自宅に手紙を投げこんだか、あるいは他のバイトを使ってやらせたか……意外に大がかりな犯行だったのかもしれない。

「それであんた、いくらもらったんだ？」

「……バイトだから。すぐに終わる話だし」

「相手が誰かも知らないでやったのか？」

「警察官だなんて知らなかったんだ」屋島が本気で訴えかけた。「本当に」

「警察官を襲うことに抵抗はなかったのか？」


「十万？」西川が目を見開いた。

「そう、お前の命は十万円ってことだ。安いもんだねえ」この話を聞いた時には沖田も腰を抜かしかけた。死刑になる可能性もある犯行を十万円で引き受ける感覚……。

「闇バイトなんて、そんなもんじゃないのか？　別に殺し屋に依頼したわけじゃないしな」西川は必死にショックから抜け出そうとしているようだった。

「殺し屋なんて日本にはいないだろうが。今回も『殺せ』とは言われなかったらしい。襲って怪我をさせろ、という指示だったそうだ」

「何なんだよ、その中途半端な指示は」西川が眉をひそめる。

「それは黒幕を捕まえてみないと分からない」

「その手がかりは？」

「闇サイトから引っ張り出すのはかなり難しい。でも、何とかするよ。今回捕まえたのは、ただの実行犯だから」

「何でそんな大袈裟な話になってるんだろう？」

「分からん」沖田は正直に認めた。屋島に対する取り調べは夕方まで続いたが、肝心なことは何も分かっていないと言っていい。「まあ、これからみっちり攻めるよ。実行犯が分かっていれば、必ず黒幕は逮捕できる」

「そうとは限らないことは、お前にはよく分かってるだろう」

「こっちには意地があるんでね」沖田は自分に言い聞かせるように言った。

「それで、黒幕に関する情報は？」

「屋島は一度だけ会ったんだが、顔ははっきり覚えていないそうだ。似顔絵も描《か》かせてみたんだけど、はっきりしない。年齢は四十代……中肉中背の男としか分からないな」

「うちの防犯カメラの映像は観せたか？」

「もちろんだ。合致《がっち》するかどうか、確証はないそうだ」

「しょうがないか……」

「素人が、一発で相手の顔を記憶できるわけねえだろう」

「服装は？」

「屋島が会った時は、防犯カメラの映像とは違う服だった」

「しかし、何で直《じか》に会ったのかね？　闇サイトでゲットしたバイトだったら、相手とは直接会わないのが普通だと思うが」

「金の問題じゃねえかな。振りこんだりすれば証拠が残る。直接会って現金を受け渡するのが、一番証拠が残りにくい」

「リスクもあると思うが」

「その辺は、黒幕に聞いてみないと分からねえな。闇サイトで動いている人間の考えは、俺にはよく分からん」

「そうか……しかし、実行犯を逮捕しただけで気を抜くなよ」

「お前に言われるまでもねえよ」沖田はうなずいた。「勝負はこれからじゃねえか」

「そうだな……しばらくはよろしく頼む。しかし俺も、何とかこの後の捜査には参加したいな。自分の手で、黒幕に手錠をかけたい」

「そこは無理するな。入院生活を楽しんでおけよ」

「そういうのは、ジイさんになったらいくらでも経験できるだろう。まだ早いよ……それに、もう飽きてきた」

「何だったら、捜査資料を持ってきてやろうか？　暇つぶしにちょうどいいだろう」

「資料を読みこむのは暇つぶしでも何でもないぞ。立派な仕事だ……でも、資料を外へ持ち出すのはまずいだろう」

「そりゃそうだ。だったら、とにかく大人しくしてるんだな。いい静養になるだろう」

「こういう静養は嫌だよ。どうせならちゃんと有給を取って、一週間ぐらい温泉に行きたい」

「退院したら、そうすればいいさ。奥さんにも散々迷惑かけてるんだろう？」

「そんなことはない……コーヒー、飲むか？」

「もらおうかな」朝早くから動き詰めで、かなり疲れている。しかも今日はまだ終わらない。この辺でカフェインの刺激を入れてもいいだろう。西川の妻が淹れるコーヒーが美味いのは分かっているし。

紙コップがあったので、西川がポットからコーヒーを注いでくれた。受け取って鼻先に持っていくと、香ばしい香りで眠気が吹き飛ぶ。一口啜《すす》ると、酸味と苦味、微《かす》かな甘みのバランスが口中と喉を刺激する。これに少しだけ砂糖とミルクを加えると、最高の味になるだろう。ただし砂糖とミルクも、コーヒーに見合った上質なものでなくてはいけない。

「喫茶店の話、本気で考えた方がいいかもしれねえな。美也子さんのコーヒー、本当に金が取れるよ」

「まあな」淡々とした口調で西川が言った。

「店をやれば、豆にも金をかけられるだろう？　そうしたらもっと美味くなる。本格的な喫茶店になりそうだな」

「静岡で店を出すか、なんて話をしてる」

「静岡？　実家で？」

「義母が、嫁さんに実家を譲るという話をしてるんだ。リビングが広いから、ちょっと改装するだけで店にできそうなんだよ。駅から近いし、立地もいい。でも、俺も静岡に引っ越すことになるかもしれないし、困った話だ」

「定年してからの話だろう？　だったらどこに住んでもいいじゃねえか。静岡なんて気候は穏やかだし、老後に住むには最高だぜ」

「しかし俺には、基本的に縁がないところだからな。ジイさんになって慣れられるかどうか、自信がない」

「人間って、歳を取っても順応能力はそんなに衰《おとろ》えないんじゃねえか？　だいたいお前、東京に固執《こしつ》する理由、あるのか？」

「それはないけど……東京には慣れてるから、楽なんだよな。それよりお前こそ、どうするつもりだ？　響子さんが共同オーナーになって、静岡に行くことになったら——お前も向こうへ行くか？」

「それは考えてもいなかった」沖田はコーヒーをぐっと飲んだ。響子とは結婚しているわけでもなく、互いの家を行き来するだけという状況がずっと続いている。そんな状況で、響子が静岡に引っ越すと言い出したら、自分はどうしたらいいのだろう。「思うんだけど、こういう話は真面目に話し合い続ける必要があるだろうな。急に決めたなんて言われたら、こっちがパニックになる。響子と美也子さんが何を話し合っているかも把握しておいた方がいい」

「定年まであと十年と考えると、そんなに時間はないんだよ」西川がうなずいた。「そろそろ真面目に考えておかないと、腰を抜かすことになりかねない」

「美也子さんは、この件については前向きなんだろう？」

「ああ」

「だったら俺も、響子とちゃんと話しておくよ。いきなり本当の話になって、腰を抜かしたくないからな」

「それより、いい加減響子さんと結婚したらどうだ？　今の状態は心地好《よ》いかもしれないけど、いざというときには籍を入れてないと、面倒なことになるぞ。それこそ入院の時とか、最悪、死んだ時とか」

「俺はそう簡単に入院しねえし、死なねえよ」

「急に病気になるかもしれないし、誰かに襲われる可能性もある」

「足を折って入院した時も、別に不便はなかったぜ」何年も前の話だが。

「全身麻酔で手術するようになったら、連絡先は家族になるのが普通だろう？　俺はお前の面倒を見るつもりはないからな」

「それはこっちも願い下げだ」

「意見が一致してよかった」西川が真顔でうなずいた。「石橋の方はどうだ？　家は分かったか？」

「いや、まだだ。今日は逮捕にかかりきりで、手を打てなかった。明日以降、ネジを巻いて行方を探すよ」

「頼むよ。今のところ、やっぱり石橋が黒幕の可能性が高いと思うんだ」

「そんなに恨まれてると思うか？」

っていた」

「まあ、今考えると俺も若かったということだよ。ワルを少し騙すぐらいは問題ないと思っていた」

「お前らしくねえな。騙したって、何をやったんだ？」

「それは、今言わなくていいだろう」

「聞かないと、石橋を見つけ出した後の対応を決められないんだけどな。石橋を逮捕でもしたら、その話は必ず出さないといけないだろう」

「まあな……」

西川が意を決したように話し出した。確かに少しずるいやり方だが、それが十年以上も尾を引いて、相手が復讐しようという気持ちになるかどうかは何とも言えない。沖田だったらさっさと忘れてしまいそうだが、恨みをなかなか忘れない——忘れられない人間はいるものだ。

8

それほどの恨みだろうか……沖田に話してしまうと、西川は、自分は心配し過ぎではないかという疑念を抱いた。

石橋は粗暴・粗雑な男で、過去の強盗事件も、入念な計画の下に実行したものではなかった。近所に、金を貯めこんでいる年寄りがいるという情報をたまたま耳にして、発作《ほっさ》的に犯行に及んだだけである。

資産家の家なので、当時も防犯カメラがあり、家に侵入する石橋の姿がしっかり映っていた。それを手がかりに逮捕されたのだが、その後は黙秘……取り調べ担当を任された西川は、最初から難儀した。最初の勾留《こうりゅう》期限が過ぎたところで危機感を覚え、ついにちょっとした嘘で揺さぶりにかかったのだった。

石橋が押し入った日、たまたま家には家族が少なかった。七十八歳の主人とその妻は旅行中。息子は出張していて、家にはその妻と高校生の息子しかいなかった。いち早く気づいた息子が反撃を試《こころ》みて返り討ちに遭い、膝を負傷したのだが、実は石橋はかつて、この息子と同じ高校に在学していた。私立のスポーツ名門校で、野球部は甲子園の常連である。鹿児島出身の石橋も、中学の時から実力を注目された野球選手で、東京に住む親戚《しんせき》を頼ってこの高校に入学したのだった。ただし、野球部の厳しい練習についていけずに退部、素行不良もあって、二年もたずに退学し、その後は転落の歴史を辿っている。それを知った西川は「野球部のOB会が激怒している」と嘘をついたのだ。この高校の野球部OB会が、監督の選任にも発言権があるというぐらい、相当の力を持っていることが分かったからである。少しやり過ぎの感じはあったが……西川はOB会長に会い、名前を出していい、というお墨《すみ》つきを得た。この会長は、石橋という選手がいたことは覚えていなかったが──レギュラーどころかベンチ入りもできないレベルだった──野球部の名前を汚《けが》した人間は許せない、と激怒したのである。その時既に、石橋は高校を中退してから十年も経っていたのだが、「野球部関係者は永遠に品行方正であるべし」というのがこの会長の信念だった。

「OB会が激怒していて、陸上部に詫《わ》びを入れると言っている。寄付を集めて、怪我した生徒に見舞金を贈《おく》るそうだ。お前の往生際の悪さにもご立腹だぞ」と言ったら、石橋の態度が一変した。そこまでOB会が動いているなら、今後どんな目に遭うか分からないと考え、ビビったのだろう。強盗に入るような人間に恐怖心を抱かせるとは、いったいどういうOB会なのか、と西川は疑念を抱いた。

しかしそれから石橋は、素直に話し始めた。ただし野球部のOB会は、怪我した生徒に見舞金を贈ることはなかったが。中途半端に野球をやめて退学してしまった人間の犯行に関して、OB会が責任を取る必要がないのは当然である。そしてこの選手の家族は、刑事裁判と並行して、石橋に対する民事訴訟を起こした。将来ある陸上選手の夢を壊したのだから、当然だろう。石橋は敗訴し、彼の家族が損害賠償として三千万円を払った。西川の感覚では、それでも足りないぐらいだが……石橋はこの裁判を通じて、野球部OB会の話は嘘だと知り、西川に対する怒りを募らせたのだ。もちろん西川としては、逃げ道は作っておいた。いわく、そういう話は実際にあったのだが、OB会としてそこまでやると、まるで野球部に責任があったように思われてしまう。基本的に個人が起こした事件なので、OB会としては関わらないことに決めた——つまり、途中で方針転換した、というシナリオである。しかし石橋が、この話を信じた形跡はない。担当弁護士も動いたようで、疑いは確証にまで高まっていたかもしれない。しかし西川、そして警視庁を訴えなかったのは、結果的に「騙された」と言い切れなかったからだと思う。

あの時、西川が焦っていたのは間違いない。取り調べ担当を任され、どうしても結果を出さないと面目が立たないと、毎日のように頭を悩ませていたものだ。相手はどうせチンピラで、計画性なく強盗事件を起こし、一人の有望なアスリートの将来を奪ったクソ野郎である。そんな人間に軽く嘘をついて自供を引き出しても、何の問題があるというのだ――この件は、西川の係の人間全員が承知していた。さすがに勝手にやったらまずいと思い、考えついた時点で係長に相談していたのだ。結果、ゴーサイン……今の西川だったら、絶対にあんなことはしない。どんなクズ野郎が相手でも、証拠を揃え、論理的に追いこみ、自供させる。それが当たり前なのだが、当時の西川は、その「当たり前」をスルーしてしまうほど焦っていた。

沖田が帰ってから、西川はスマートフォンを手にして、連絡先を確認し始めた。このスマートフォンのデータは何代も前からずっと引き継いでいるので、連絡先は増える一方である。大袈裟に言えば、警察における西川の歴史の象徴《しょうちょう》のようなものだ。とうに退職している人の電話番号もまだ残っている……その中から「小川孝也《おがわたかや》」の携帯の番号を呼び出した。問題の事件が起きた時、まさに西川の直属の上司・係長だった男で、五年ほど前に定年退職している。この携帯の番号は、官給品のものだったか、プライベートなものだったか……十年前に少し一緒に仕事をしただけの人間の情報は、さすがの西川も完全には覚えていない。

思い切ってかけてみた……かかった。少なくともこの電話番号はアクティブだ。ただし、今も小川が使っているとは限らない。確か携帯電話の番号は、前の持ち主が解約してから数年すると、新しい契約に使えるようになるのではなかったか？

「もしもし」さまざまな疑念が一気に吹き飛ぶ。西川の上司だった頃、小川は五十代の前半だったはずだが、低く張りのある声はその頃と変わりがない。

「小川さんですか？　捜査一課でお世話になった西川です」

「おお、どうした？　入院中と聞いてるぞ。大丈夫なのか？」

西川は無言で苦笑してしまった。自分が襲われた件は、未《いま》だに広報されていない。しかしOBともなると、どこかから情報を入手するものなのだろう。大きなお世話だと思う一方で、刑事は辞めても死ぬまで刑事なのだとつくづく思う。

「大した怪我じゃありません。俺も腕が鈍りました」

「もともと君は、武闘派じゃないだろうが」

「十年前だったら、軽く攻撃をかわして、その場で犯人を逮捕していたと思います」

「ま、そういうことにしておくか」小川が笑いながら言った。「そんなことは誰にも証明できないわけだし」

「そういうことでお願いします……それより、ちょっと小川さんのご意見をお聞かせ願いたいんですが」

「OBに助けを求めてくるなんて、君らしくないな。年寄りの意見なんか聞いても、参考にならないだろう」

「いえ、ぜひ」西川は石橋の件を説明した。聞いていた小川が、途中から緊張してくるのが分かる。彼にとっても、この件は非常にまずい事件として記憶に残っているのだろう。

「あれは確かに、嫌な事件だった。ただし、解決しているじゃないか」

「犯人の石橋にとっては、まだ解決していないのかもしれません。我々を――私をまだ恨んでいる可能性があります」

「奴は出所したのか？」

「それは確認できています。ただ、まだ居場所が分かりません」説明しているうちに、さらに不安になってくる。入院している自分は本当に安全なのか？　病院も、夜間になれば警備員などの数は限られる。これだけ大きな病院だと、警備の目が行き届かない場所もあるだろう。

「居場所は突き止められるだろう。死んでいない限り、完全に姿を消すのは不可能だ。しかし君、本当に石橋がそんなことをやったと信じているのか？」

「今のところ、他に犯人候補はいません。実行犯は逮捕できたんですが、そいつは闇サイトで見つけたバイトとしてやった、と言っているだけです。石橋という人間は知らないと証言しています」

「闇サイトか……最近、そんな話ばかりだな」

「はい」

「しかし、君ね、何十年も刑事をやってきて、恨んでいる人間が一人ということはあるまい。石橋一人に絞ってしまうと、真相を見失う恐れもあるぞ。他に誰か、君に恨みを抱いている人間はいないのか？」

西川は目を瞑った。何度も考えてみた。それこそ新米刑事の頃から仕事の時系列を追って、自分が逮捕してきた犯人の顔を思い浮かべたぐらいである。脳内でそんな作業を高速で行って最後に残ったのが、石橋だった。それだけ、自分もまずいことをしたという意識が強かったのだろうが。

「ありません。こんなことをするのは石橋だけだと思います。でもそれは、あくまで私の個人的な感触です。当時一緒に仕事をしていた小川さんはどうお考えですか？　印象をどうしても伺いたいんです」

「可能性の一つではあるな」

「それは――」

「確かに我々は、ずるい手を使った。しかしあれは、人としての倫理にもとるほどの悪どいやり方じゃなかったと思う。言ってみれば、スポーツの試合中に、審判の目が届かないところでちょっと反則気味の手を使う程度だ」

その考えはちょっと違うのでは、と西川は反発を覚えた。人の人生とスポーツの試合を一緒にするのは、いくら何でも乱暴だ。スポーツを人生の縮図のように言う人もいるが、スポーツはあくまで、人生の一部分に過ぎない。

「小川さん、そうやってご自分を納得させていますか？」

小川は「いや」と否定したが、その言葉が出るまでにほんのわずかな間が空いた。それで西川は、自分の指摘が的を射ていたことを悟《さと》った。

「私もずっと同じように考えていました。どんなに卑怯《ひきょう》な手を使っても、あの男は刑務所に叩きこむ必要があった。それができたんだから、後悔することはないと自分に言い聞かせてきました。でも石橋にすれば、たまったものじゃないですよね？　男盛りの三十代から四十代を奪われたんですから」

「それだけ悪いことをやったからだ。きちんと反省して、罪を贖わなくてはならない。俺たちはその手伝いをするだけじゃないか？　あの件は上手くやったと思うぞ」

「では、石橋は私を恨んでいないと？」

「それは石橋に聴いてみないと分からん。ただ、私が話した限り、あの男は気が弱い。長い間ずっと、人に恨みを持ち続けるほど忍耐《にんたい》強い人間とも思えない。別の筋を探した方がいいんじゃないかな」

「それをまったく思いつかないから困っているんです」

「それで俺に泣きついてきたか……しかし君と話していて、石橋が黒幕である確率は、俺の中ではぐっと下がってきたよ。最初は五割と思っていたけど、今は二割だな」

「だったら、追うだけ無駄という感じですかね」

「そこまで否定しない。しかし、他に広く視野を持った方がいい。この段階で狭い範囲に絞ってしまうと、肝心なことを見逃す恐れもあるぞ」

釈然としないまま、西川は電話を切った。そして普段の自分なら、今の小川と同じように考えている、と思い至る。事件発生から初期の段階では、あまり推測を絞りこまないことにしている。目についたもの全てを拾い集め、関係なさそうに思えるものでも、一度は検討しておく必要があるのではないか？　それを怠《おこた》ると、重要な証拠や証人を見逃してしまう恐れがある。冷静に考えれば、小川がアドバイスしてくれた通りに、視野を広く持って他の可能性を探っていくべきだと思う。しかしこれは自分が被害者になった事件……一刻も早く犯人を探し出さないと、自分が間抜けになってしまったように感じる。

――西川は、まだ石橋犯人説に固執した。当時同じ係で一緒に仕事をした同僚に次々に電話をかけ、石橋の可能性はあるか、と確認していく。

答えは様々だったが、話しているうちに石橋への容疑がぼやけてきた。「十年以上も恨みを持てるとは思えない」「出所して刑事に復讐するなど、危険過ぎる」「そもそも石橋が犯人だったのは間違いないんだから、そんな逆恨みをされても……」どれも感覚的な推測だったが、妙に納得できた。やはり自分は、感情的になって視野が狭くなっていたのだろうか。

連絡がついた全員と話し終えたところで、スマートフォンのバッテリーは五十パーセントほどに低下していた。そろそろ夕飯の時間だし、今日はこれぐらいにしておくか……と思ったところで個室のドアが開き、看護師が夕食のトレイを運んで来た。肉豆腐《にくどうふ》、ほうれん草のおひたしに春雨《はるさめ》のサラダ、味噌汁《みそしる》。「白米百八十」と書かれた紙がトレイに載っていることから、丼《どんぶり》に盛り切りの白米が百八十グラムだということが分かる。普段自分が夕飯に食べているより少ない感じ……逆に言えば、今の自分は少し食べ過ぎなのかもしれない。退院したら、意識して少し食事の量を減らそうか。

食事が終わると、あとは寝るだけ……この時間に風呂を使うこともできるのだが、予約が必要だ。三月、まだ暑いわけではないので汗もかいておらず、西川は今日は風呂に入らないことにしていた。となると時間が余ってしまう——時間が余れば動かざるを得ないのが西川の性格だ。我ながら損している感じもするが……休める時に休む、という感覚は希薄《きはく》だ。

直接の手がかりを知るわけではないが、話したい相手がいた。話が長くなるのは分かっているので、食事中に充電しておいたスマートフォンのバッテリーを確認する。七十パーセントまで回復しているから、しばらくは大丈夫だろう。

「何だ、お前、電話なんかしてて大丈夫なのか」相手はいきなり皮肉っぽく切り出した。

「それは怪我のことですか？　それとも病院の管理体制のことですか」

「両方だよ」

「怪我は大したことないですし、個室なので電話も問題ないです」

「個室か。豪勢なことだな」

「ここしか空いてなかったんです」

「そうか？　西川は何となく金持ちのイメージがあるんだけどな。山手線の内側に一戸建てを持ってるし」

「ガンさん、それは完全に勘違いです。俺はローンで苦しんでるんですよ。見立てがおかしくなりました？」

「ほざけ、馬鹿野郎」

　結構乱暴な言い合いでも、緊迫することもない。岩倉剛は捜査一課時代の先輩刑事で、異様な記憶力の持ち主として知られている。自分が手がけたわけでもない事件のディテイルまでしっかり覚えていて、それが事件解決の手がかりになったことも一度や二度ではない。未解決事件に興味津々《しんしん》で、実際、一時は追跡捜査係に籍を置いていたこともある。退職した後は、未解決事件を検証する本を出したい、と昔から語っていた。西川は、自分と似たメンタリティを岩倉に感じている。今は、長年本拠地にしていた捜査一課を出て、立川中央署にいる。どうも、私生活が少しごちゃごちゃしていることが原因のようだ。ただし岩倉は秘密主義なので、プライベートはよく分からない。

　西川は早々、今自分が置かれている状況を説明した。岩倉はすぐに、石橋の話に食いついてきた。

「弁護士が居場所を教えない？」

「ええ」

「それは弁護士も怪しいな。石橋の復讐作戦に噛んでいるかもしれない」

「それはないでしょう」さすがに西川も否定した。「弁護士が、そんなリスクを冒《おか》すとは思えない」

「いや、考えてみれば石橋の弁護士も、お前に恥をかかされたようなものじゃないか」

「しかし、違法な方法で復讐というのは、やはり考えられませんよ」

「何だよ、お前、自分の考えを補強したくて俺に電話してきたんじゃないのか？」

あっさり見抜かれ、西川は言葉を失ってしまった。岩倉もデータ重視のタイプなのだが、いきなり勘が発動して、データの沼からとんでもないアイディアを引き出すことがある。

「まあ、そうですけど……十人に聴いて十人が否定的でした」

「俺は五分五分と見るけどな」

「全面的には賛成してくれないんですね」

「そんなの、本人をとっ捕まえて話を聴いてみない限り、分からないだろう。あるいは決定的な証拠を見つけ出すか」

「……ですね」

「いずれにせよ、お前が捜査するわけじゃないんだから、あまり気にするな」

「そうはいきませんよ。これは俺の事件なんですから」

「大人しくしてろって。お前もいい歳なんだからさ。もう無理は利かないんだぜ」

「そんなこともないですよ」

「俺はお前の年齢を通り過ぎてきた。五十の大台に乗る時は、結構来たぜ。できるだけ用心しておいた方がいい。何だったら、入院ついでに人間ドックでもやったらどうだ？」

「別にどこも悪くないですけど」

「自分で気づかない悪いところを見つけるための人間ドックじゃないか」

「採血、苦手なんですよ」

「ああ？」

「血管が出にくいみたいで」

「それは、人間ドックを受けない言い訳にはならないぞ」

「検討しておきますよ……しかし、残念だな。岩倉さんなら後押ししてくれると思ったんですけど」

「俺は常にフラットだよ。しかしお前、二十年以上刑事をやってきて、恨んでいるかもしれない人間が一人だけって、本当か？」

「ええ」

「にわかには信じられないな。刑事はとかく恨みを買いがちだし。他にはどうだ？」

「他って……もう散々検討しましたよ」

「私生活は？　実は女関係でトラブルを抱えてるってことはないか？　そういうトラブルは怖いぞ」

ガンさんじゃないんですから、という言葉を何とか呑みこんだ。岩倉は離婚しているが、実は離婚前から、二十歳も年下の女性と交際している、と噂《うわさ》されているのである。それが離婚の原因だとしたら、岩倉の言葉には説得力がある。

「俺は、そういうタイプじゃないですよ……というか、そういうトラブルは過去に一度もありません」

「嫁《よめ》さん一筋か」

「そういうことです」

「ただ、人間はどこで恨みを買っているか分からないんだから、もう少し間口を広げてじっくり考えてみろよ。ただし、あまり考え過ぎると頭が痛くなるから、ほどほどにな」

じっくりなのか、ほどほどなのか……岩倉は時に、矛盾《むじゅん》したことを平気で言うので、こちらは本音を忖度《そんたく》して読み取らねばならない。今は——電話で話しているだけで顔が見えない状態では、相手の本音は非常に読みにくい。いっそのことテレビ電話で、とも思ったが、さすがに病室では無理だろう。

「すみませんでした、余計なことを言いまして」

「いや、俺は構わねえけどな。今は暇だし」

「ガンさんが暇なんてこと、あるんですか？」

「ああ……それより、俺もそろそろ捜査一課に戻ろうかと思う」

「それは、おめでとうございます、と言っていいんですか？」岩倉は自ら捜査一課を出る道を選んだようだが、その「事情」を西川は知らない。聞くと、まずい事情に突っこんでしまいそうな予感がしているのだ。いかに親しい先輩でも、何でもかんでも話題にしていいというものではない。

「俺もう、定年が見えてきてるからな。最後ぐらいは一番慣れたところでご奉公してもいいだろう」

「追跡捜査係に来るつもりはないんですか？」未解決事件に関心のある岩倉なら、自分たちの同僚として迎え入れても、まったくおかしくない。

「それは俺が決めることじゃないけど、ラストは活《い》きがいい事件を担当して締めくくりたいね」

これは本気だ……西川にとっても都合がいい。一緒に仕事をするわけでなくても、近くにいれば岩倉のアドバイスを受けやすくなる。西川にとって、岩倉は知恵袋でもあるのだ。

「ガンさん、一課から何年ぐらい離れてたんですか？」

「ええと、五年かな？」

「結構長かったですね」

「ああ。外にいると分かることもあるんだな。なかなか面白かったぜ。お前も一回ぐらい、所轄に出た方がいいんじゃないか？　今だったらまだ、余裕もあるだろう」

その「余裕」が定年までの時間ということは分かる。しかし西川は、そんな余裕はないといつも感じていた。

「いやあ、ここでやるべき仕事もたくさんありますからね」自分を引っかけた人間を探すとか。

少なくともこの件を解決しない限り、どこかへ異動などとはとても考えられなかった。

「ま、本部へ戻ったら一杯やろう。あ、お前、頭をやられてるってことは、酒はＮＧじゃないか？」

「どうですかね。退院後の指示はまだ受けてませんから」しかし、酒がＮＧになる可能性はあるだろう。アルコールの影響で、傷の治りが遅くなりそうな気がする。

「酒抜きで飯でも構わねえよ。美味い蕎麦でもどうだい」

「何だか俺がガンさんを招待するみたいな感じになってますけど」本当は、全快祝いをして欲しいぐらいだ。

「理由なんか、どうでもいいじゃねえか」

「相変わらず強引ですねえ、ガンさん」

「何だったら沖田を巻きこんで、あいつに払わせろ。それともあいつ、まだピーピー言ってるのか？」

西川は思わず苦笑してしまった。確かに沖田は、昔から「金がない」と騒いでいる印象がある。しかし今は煙草もやめてしまったし、響子とつき合うようになってからは、無駄な金を使わないようになったらしい。だいたい夕飯は二人で一緒に、慎《つつ》ましく食べているようだし。悪いことではないが、沖田らしい尖った部分は少なくなったな、と思う。まあ、五十を過ぎても尖っていたら、扱いにくい老人へ一直線だと思うが。

電話を切ると、急に風呂に入りたくなる。もしかしたら空いているかもしれない……リハビリがてらナースステーションまで行って空きを確認したが、やはり埋まっていた。まあ、仕方がない。念のため、明日の夜の風呂を予約してから自室に戻り、丁寧《ていねい》に顔を洗った。髪の生え際ぎりぎりで傷を処置してあるので、洗顔剤が入らないように気をつける。「髪を洗った方が傷の治りが早くなる」と医師に言われているのだが、とても信じられなかった。シャンプーが傷口に入ったら、痛みで悶絶《もんぜつ》しそうだし。

大した怪我ではないが、やはり何かと不自由するものだ。今後は病院に縁のない人生を送りたいものだとつくづく思う。

昼寝したら夜に眠れなくなる……入院生活は時差ぼけのようなものだと思っていたが、今夜に限ってはよく眠れた。横になったと思ったらすぐに意識がなくなり、目が覚めた今は睡眠が足りている感じがする。やはり、ずっと電話で話していて疲れたのだろうか？こういうことを平然とこなしている普段の自分とは違うのだと意識する。

しかし、結局途中で目が覚めてしまうわけだ。せめて朝早い時間帯であってくれよと祈りながら、西川はスマートフォンに手を伸ばした。

しかし……その手が動かなくなる。何だ？　いきなり麻痺《まひ》がきたのか？　負傷してからこれだけ時間が空いてから、こんな症状《しょうじょう》が出ることがあるのだろうか。

いや、違う。麻痺ではない。指先にはしっかり感覚がある……誰かに押さえつけられているのだ。病室で？　看護師がそんなことをするわけがない。だったらいったい誰が？

腕を掴まれているようだ。体の他の部分は何とか動く。この状態から上手く脱出するためには――西川は腹筋を使ってはね起きた。全身に力が入り、頭の傷に鋭い痛みが走る。しかし腕を押さえていた力は一気に消えた。

西川は必死で横に回転して、ベッドから転げ落ちた。床に直撃――しない。何か柔《やわ》らかいものの上に落ちた。低いうめき声――男のうめき声が聞こえる。この時間、ここには女性の看護師しかいないはずだが、当直の男性医師が忍びこんだ？　何のために？

急にバランスが崩れ、西川は床に放り出された。誰かが下にいる。下になった人間が、自分を振るい落とした――強《したた》かに腰を打ったが、何とか立ち上がり「待て！」と叫んだ。部屋から脱出する人間の足音が、ばたばたと響く。重い足音を聞く限り、やはりそこそこ体重のある男性のようだ。

直後、女性の悲鳴、そして何かがぶつかるような音が聞こえてくる。西川は何とか廊下に駆け出そうとしたが、体が言うことを聞かない。またどこか怪我したのか？　いや、鼓動に連れて頭痛がするだけで、新しい痛みはない。

何でもないんだ！

無言で自分に気合いを入れ、西川は必死に立ち上がった。ベッドに手をついて体勢を整え、一呼吸おいてから廊下に飛び出す。

薄いピンクの制服を着た看護師が倒れている。ナースステーションから飛び出して来た他の看護師たちが悲鳴をあげる。看護師ならもっと冷静に……いや、無理か。病人や怪我人に対しては冷静に対応してくれるはずだが、今は暴漢が病院内にいるのだ。その状況を把握しているかどうか。

暴漢……一人の男が、廊下の端へ向かって全力疾走している。西川は、ナースステーションの外へ出たものの動けなくなってしまっている看護師に声をかけた。

「警備員に連絡を！　誰かが部屋に侵入した」

しかし看護師たちは動かない。完全なショック状態にあると判断して、西川は「早く！」と声を張り上げた。それで何人かの看護師が再起動して、ナースステーションに駆け戻る。

相手は俺を狙ってきた。だから追うべきではない——危険過ぎる。自ら罠《わな》にはまるようなものだと、考える必要もなく分かったが、西川は本能的に男を追わざるを得なかった。

頭は痛む。ベッドから転げ落ちた時に膝を打っていたようで、走るバランスが崩れてしまっている。まったくスピードが出ず、非常階段に辿りついた時には、男の姿は見えなくなっていた。荒い呼吸を整えながら耳を澄《す》ませると、階段を駆け降りていく音がかすかに聞こえる……何とか忘れず持ってきたスマートフォンを取り上げ、一一〇番通報した。沖田に話した方が早いのだが、実際に緊急配備などを行うには一一〇番通報した方がいい。

落ち着け、落ち着け……自分に言い聞かせながら、西川は応答を待った。

第二章　黒幕

1

西川は、駆けつけた警察官に必死で事情を説明した。相手はどんな人間だったか、何か言われたか――ほとんど思い出せないのが情けない。普段、被害者から話を聴く時には、犯人に関する情報がはっきりせずに苛々《いらいら》することが多いのだが、今後は絶対そんな気持ちになれないだろう。切迫した状況に一瞬で追いこまれると、人は細かいことなど一切覚えていられないのだと、自ら経験した。

「男性、三十代から四十代、中肉中背ということですね」応対してくれたのは自分と同年代の刑事で、情報量の少なさにがっかりしている様子だった。

「病院ですから、防犯カメラは相当数あるはずです。そこを確認してもらった方がいいと思います」

「もうやってますよ。あとで西川さんにも観《み》てもらいますけど、大丈夫ですね？」

「もちろん」

「さっきから足を引きずってますけど、それは平気なんですか？　犯人にやられたんですか？」

「いや、転んだだけですから」

どこでどんな風に痛めたのか自分でも分からないので、曖昧《あいまい》に答えるしかなかった。

「一応、診断書を出してもらえますか？　被害に加えますから」

「明日まで痛みが残っていれば、そうしますよ」

「それにしても、この件、まだ解決していないんですか？　実行犯は逮捕されてるんでしょう？」

「それは晴海署に確認してもらわないと……捜査がどうなっているかは、ここにいると知りようがないので」

「向こうとすり合わせして、捜査を進めますよ。また事情聴取することになりますが、退院はいつになりそうですか？」

「早ければ週明けに。検査の結果次第ですね」

「分かりました。居場所ははっきりさせておいて下さい」

「街を出るな、ですか？　それは容疑者に対して言うべきだと思うけど」

西部劇などでよく使われる台詞《せりふ》だ。アメリカは警察や保安官事務所、さらにはＦＢＩなど各捜査機関の管轄権が複雑で、容疑者がテリトリーから出てしまうと、その後の捜査が難しくなる。それ故に、目が届かないような「遠く」へ行くなと脅すわけだ。

ひとまず事情聴取は終わったが、気分が悪い……すっかり目も冴《さ》えてしまった。時刻は午前一時。入院中は六時には起こされてしまうから、もうろくに眠れないだろう。いっそこのまま起きて、犯人像に関する推理を巡らせるのもいいかもしれない。そのためには頭をしっかりさせないと。

美也子のコーヒーはとうに飲み干してしまったので、自動販売機のコーナーに行って缶コーヒーを買う。そういえば、こんなものを飲むのはいつ以来だろう。立ったままタブを引き上げ、熱々のコーヒーを口に含む。甘い――甘過ぎる。缶コーヒーは、コーヒーとは名ばかりの、茶色い砂糖水なのではないか？

しかし甘い飲み物にはそれなりの効果もある。興奮して消費されたエネルギーが補塡《ほてん》され、体も気持ちも落ち着くのだ。

「よ」

声をかけられ、驚く。この呑気《のんき》な呼びかけは……やはり沖田だ。

「こんな時間に何やってるんだ」

「放《ほう》っておくわけにはいかねえだろう」

「これはうちの事件じゃないぞ」

「この病院は要注意だな」沖田が険しい表情を浮かべる。「危険人物が簡単に入りこめるんだから。夜間の警備体勢がなってない」

「夜になってから忍びこんだとは限らない。面会時間の間に入ってきて、どこかに隠れていたら、まず分からないだろう」

「病院を庇《かば》うのかよ」

「こっちは入院してる身だぞ」西川は声をひそめた。「下手に悪口は言えない」

「入院を長引かされるかもしれないしな」沖田が肩をすくめる。

「ま、何とかなるだろう。この病院にはあちこちに防犯カメラがあるし、それを全部無効化するのは不可能だ」

「そうか」沖田も缶コーヒーを買った。大きめサイズ……喉《のど》を鳴らして飲むと、はあ、と息を漏《も》らす。「こういうコーヒーも悪くねえな。呑《の》んだ後にはこれぐらい甘いのがいい」

「よく酒を呑んでる暇があるな」西川は皮肉を飛ばした。

「ちょっと情報源と会ってたんだ。何も手に入らなかったけど」

「そうか」

「それで、怪我《けが》は？」

「そいつを先に聞いてくれよ」西川は思わず文句を言った。「支援課の研修でもそう習っただろう。被害者に対しては、事件の様子を聴くのは後回しにして、まず怪我の状態、精神的にショックを受けていないかどうかを確認する」

「お前、あんな研修、真面目《まじめ》に聞いてたのか？」沖田が驚いたように訊《たず》ねる。

「無駄な研修なんて一つもないだろう。真面目に聞かないと、警視庁に損害を与えることになるぞ」

「お前は、被害者支援なんかに興味はないと思ってたよ」

「いいから……とにかく、お前の仕事の進め方は間違ってる」

「一目見れば、元気かどうかぐらいは分かるよ。礼儀として、念のために確認しただけだから」

「そうか」

言い合いしているのが馬鹿らしくなってくる。西川は溜息《ためいき》をついて、またコーヒーを一口飲んだ。このスペースにはベンチがいくつかあるので、その一つに腰を下ろす。そうすると、妙に疲れを意識した。沖田は立ったまま。酒が入っているのは間違いないが、ふらつくこともない。もしかしたら早い時間から呑んで、さっさと帰宅して寝ていたところを叩《たた》き起こされたのかもしれない。警察官は急いで呑んでさっさと酔っ払い、早く寝てすぐに酔いを醒《さ》ますような呑み方を若い頃《ころ》に叩きこまれる。沖田は元々酒は強いし、うたた寝しただけでも正気を取り戻すのかもしれない。

「家族に連絡は？」

「まさか」西川が首を横に振った。「こんな時間に、こういう話で起こしたくないよ」

「どうする？　俺《おれ》の方から連絡しておこうか？」

「いや、朝になったらこっちへ来るはずだから、その時に言うよ。怪我もしてないし、変に心配させる必要はないだろう」

「分かった。お前がそう言うならそうしよう。所轄の方には俺から言っておく」

「それで？　犯人に心当たりは？」沖田が話題を変えた。早くこの話をするためにここまで来たのは間違いない。

「分からない。今回もまったく顔を見てないんだ」

「観察眼が落ちたか？　ＳＣＵ（特殊事件捜査班）の八神《やがみ》にでも訓練してもらったらどうだ？」

「ああ」

「部屋は真っ暗だったんだよ。いくら八神でも、真っ暗だったら何も見えないだろう」

捜査一課出身の八神は、その特別な「目」を買われてＳＣＵにスカウトされた。ＳＣＵは、どこが担当すべきかはっきりしない事件——いわば各部署の「狭間《はざま》」に落ちた事件を担当する部署である。その中で八神は、特殊な「目」の持ち主として重宝されている。他の人なら見落としてしまう小さな手がかりを見つけ出すのが得意なのだ。現場でもそうだし、写真を見ただけでヒントを見つけ出すこともある。映像記憶の特殊なバージョンではないか、と分析する人もいるぐらいだ。映像記憶は、目に映った対象を映像として記憶するものだが、八神の場合、そこに「違和感」を見つけ出す能力に長《た》けているというわけだ。そういう八神を教師役に訓練……無駄だろう。この手の特殊能力は、訓練したところで身につくものではあるまい。

「じゃあ、相手が誰《だれ》かはまったく分からない？」

「見当もつかないな。廊下を逃げていく背中を見ただけだ」

「それで何かヒントにならないか？」

「腰まである中綿入りのパーカーに黒いジーンズ。足元はたぶん、濃紺《のうこん》のスニーカーだ」

「渋谷《しぶや》のスクランブル交差点で観察してたら、十分で百人ぐらい見つかりそうな服装だな。他に特徴は？」

「中肉中背というぐらいしか分からない。年齢は……」西川は眉間《みけん》に皺《しわ》を寄せた。「三十代から四十代、かな」

「範囲が広過ぎて、役に立たない」沖田の表情は渋い。

「悪かったな」西川はむっとして言い返した。「だけど、しょうがないだろう。看護師も襲われて、助けなくちゃいけなかったから」

厳密には「襲われた」わけではない。麻衣と同じように、逃げる犯人に突き飛ばされて倒れただけなのだ。もしも黒幕が同じ人間だとしたら、そういうふうに言い含めているのかもしれない。女性が立ちはだかったら、殴ったりしないで突き飛ばすだけにしておいて逃げろ、とか。

先ほどまで西川に事情聴取していた刑事が戻って来た。Ａ４サイズにプリントアウトした写真を何枚か持っている。

「防犯カメラの映像から切り出した写真です。確認してもらえますか？」

西川は立ち上がって写真を受け取った。解像度は低く粒子は荒いが、相手の姿ははっきりと見える。オリーブグリーンのパーカーに黒いジーンズ、濃紺のスニーカーは記憶にある通り。正面から捉《とら》えた写真もあった。マスクにサングラス、さらにベースボールキャップを目深に被《かぶ》っているので、顔はほとんど見えない。あのキャップは、自分を襲った時にも被っていただろうか？　ちょっとした格闘になったから、落ちてしまってもおかしくはなかったが。

「見覚えはない人間ですね」

「本当に？」刑事が疑わし気に言った。「明らかに西川さんを狙《ねら》って襲ってきたんですよ。何らかの関係があった人間だと考えるのが自然だと思いますが」

「いや、分かりません」

「そうですか？　追跡捜査係は秘密主義だって聞きますけどね」

「おい、ちょっとあんた！」沖田がいきなり声を張り上げる。「刑事とはいえ、こいつは被害者なんだぞ。そういう言い方はないだろう。総合支援課に行って、被害者支援の勉強をし直した方がいいんじゃねえか」

「あなたは？」刑事が目を細め、むっとした口調で聞き返す。

「あんたが嫌ってる追跡捜査係の人間だよ」

「追跡捜査係がこの件の捜査をするわけじゃないでしょう」

「同僚が襲われたらすぐに駆けつける、それが普通の人間の感覚じゃねえか」

「そうですか……」

刑事が手を差し出したので、西川は写真を返しかけ——返そうとして、もう一度ざっと眺める。やはり見覚えはなかった。八神ほどの画像記憶力はないかもしれないが、西川も人の顔はよく覚える方なのに。

「ご面倒おかけしますが、よろしくお願いします」西川は頭を下げた。

写真を受け取った刑事が去って行く。その姿が見えなくなったところで、沖田が小声で文句を言った。

「あんな風に下手《したて》に出る必要はねえんだよ。ちゃんと捜査して犯人を捕まえるのは当然だ――そのために、あいつらは給料をもらってるんだから」

「ちゃんとやってくれてるじゃないか。何も喧嘩腰《けんかごし》にならなくても」

「どうもやる気が見えねえんだよ。ああいう手合いには、気合いを入れてやらねえと」

「よせって」西川は釘《くぎ》を刺した。「襲われたのは、こっちの責任かもしれないんだから」

「お前が身に覚えがないっていうなら、責任があるかどうかも何とも言えねえだろう」

「それはそうなんだが……」

「ま、明日以降だな」言って沖田が缶コーヒーを飲み干し、立ち上がった。「ゆっくり寝ろって言っても無理かもしれねえが、せいぜい休んでおけよ。捜査が本格的に始まるのは明日以降――事情聴取を受けるだけでも疲れるぜ」

「分かってる」西川はうなずき返してコーヒーを飲み干す――飲み干そうとしたのだが、急にコーヒーの甘さがくどく感じられて、手が止まってしまった。こんな甘ったるい味に悩まされ、しかも眠れなくなったら馬鹿馬鹿しい。

まあ、こういう夜もあるかもしれない。

一生に何度もあるわけではないだろうが――あったら困る。

翌朝、西川はげっそりして目を覚ました。六時……毎日六時に起床なのだが、こんな時だけは勘弁して欲しかった。しかし看護師たちは、きちんと本来の義務を果《は》たしているだけだ。検温、血圧測定、どちらも異常なし。

美也子はもう起きている時間なので、電話してもよかった。しかし、こんなややこしい話を朝から電話でするのも気が引ける。ここへ来るまで待つか――いや、面会時間は午後二時からで、それまでは面と向かって話はできない。電話すべきか待つべきか、こんな単純なことさえ判断に困ってしまう。頭の怪我は、脳の内部にもやはり影響を及ぼしているのでは、と心配になる。いかに現代医学が進化しても、脳のことが全《すべ》て分かったとは言えないだろう。

八時、朝食。病院の日程は決まりきっていて、少しのずれもない。ある意味、こんな風にきちんとコントロールできるのはすごいことだと感心する。入院患者の容態が急に悪化したり、急患が運びこまれることもよくあるはずなのに、毎朝の起床と検査、朝食の時間がずれたことは一度もなかった。

朝食はいつもパンなのだが、日によって種類は変わる。今日は真っ白で柔らかい大きめのパンが一つ。バターの香り高く、それを食べただけでかなり腹が膨れた。さらにスクランブルエッグにサラダ、ヨーグルトと牛乳。十分なボリュームだった。

すっかり満腹すると、今度は眠気との戦いになる。しかし西川は、このタイミングで美也子と連絡を取っておくことにした。

「病院で？」事情を説明すると、美也子が疑わし気な声を上げた。

「たぶん、面会時間のうちに入りこんで、どこかに隠れていたんだろう。いずれにせよ、怪我はないから」本当は、左膝《ひだりひざ》にはまだ痛みが残っている。朝の検温の時に看護師にそれを訴えると、「午前中に検査をする」と言われた。レントゲンで検査を受けた後、何か怪我があれば、今度は整形外科のお世話になるようだ。退院する前に、この巨大な総合病院の診察科をどれだけ経験することになるのだろう。

「本当に怪我はないの？」

「まあ、ちょっと膝を打った。念のために検査を受けるけど、たいしたことはないと思うよ」

「ちょっと早めに行きましょうか？　一人だと大変でしょう」

「いや、面会時間前には会えないだろう。午前中にレントゲン撮影することになっているから、いつも通り午後に来てくれないか？　俺の方で、ちゃんと説明は聞いておくから」

「大丈夫？　あなた、仕事のこと以外だと全然こだわりがないから。病院での説明も、ちゃんと聞いているかどうか分からないし」

「いや、聞いてるよ」

美也子は、病院に行くとやたらと時間がかかるタイプだ。年齢的にも検査を受ける機会が増えてきたが、診察の時にいつも医師を質問攻めにしてうんざりさせているらしい。患者の質問にきちんと答えるのも医師の役目だとは思うが、あまりにもしつこいと、いい感情は持たないのではないだろうか。そうなると、治療にもマイナスになるかもしれない。

「とにかく、二時以降に来てくれ。それと、今日はできるだけコーヒーを濃くお願いできるかな」

「あら、どうして？」

「結局昨夜はほとんど寝てないんだ。でも、昼寝はしたくないから……そうでなくても昼夜逆転気味で、時差ぼけっぽい感じなんだよ」

「分かったわ。それじゃ、できるだけ濃いのを作っていきますね。でも、砂糖とクリームは使ってね。あまり濃いのをブラックで飲むと、胃が痛くなるから」

「胃は元気だよ」ボリュームのある朝食も残さず平らげてしまったし。

「それならいいけど、念のためね」

「分かった」

普段なら、こういうことを言われるとむっとしてつい言い返してしまう。しかし今は、これまでにないほど弱気になっていて、何も言えなかった。

「じゃあ、二時に行きますから。それと今日、竜彦もお見舞いに行くって言ってましたよ」

「あいつ、仕事は大丈夫なのか？」

「それは何とかなるでしょう。あなたの若い頃とは違うんだから……それに、彼女も一緒にお見舞いに行きたいんですって」

「それは歓迎《かんげい》だけど、君もいる時間帯にしてくれないかな。どうもあの二人とは話が弾《はず》まないんだ」

「あなたも、生活能力はないわよねえ」美也子が笑った。「娘が結婚相手を連れてきて動揺するのは分かるけど、息子の場合はそんなに緊張しないのが普通じゃないかしら」

「苦手なんだよ」西川は認めた。「歓迎すべきことなんだろうけど」

「昔から不器用なのは変わらないわね」

「そういうことなら、変わらないのは嬉《うれ》しくはないな」

　左膝は単なる打撲で、関節や筋肉には損傷はなし――レントゲンによる検査で「大丈夫」とのお墨つきを得て、西川はだいぶ気が楽になった。しかも昼過ぎには、さらに朗報がもたらされた。昨夜の刑事がまたやって来て、犯人を逮捕した、といきなり報告したのである。

「もう？」西川はつい正直に言ってしまった。

「防犯カメラの追跡で、何とかなりましたよ」刑事が胸を張る。

「何者ですか？」

「猪狩克典《いかりかつのり》、住所は中野《なかの》区本町《ほんちょう》、職業不詳、年齢は三十二歳――聞き覚えはありますか？」

「いや」

「間違いないですか？」刑事が念押しして確認する。

「少なくとも、仕事で関係した人間ではないですね。それなら、覚えています」

「プライベートではどうですか？」

「それは……記憶にはないですね」

「呑み屋で揉《も》めたとか、そういう相手では？」

「そういう経験はないもので」

「そうですか……となると、こいつが言っていることも嘘《うそ》じゃないわけか……」

「どういう供述をしてるんですか」

「それが」

刑事が椅子《いす》を引いて座った。そのタイミングで、逮捕時に撮影した写真を渡してくれる。

昨夜の防犯カメラの映像と重ね合わせてみるが、上手《うま》くいかない。やはり襲撃時は、完全に顔を隠していたのだ。

「何か問題でも？」不安になってつい訊ねてしまう。

「頼まれてあなたを襲った、と」

「闇《やみ》サイトですか？」ピンときた。要するにこの件は終わっていないのか？　黒幕は、西川を殺すまで続けるつもりだろうか？　闇サイトで集めたヒットマンは、基本的に捨て駒《ごま》である。作戦が失敗して逮捕されても、自分にはつながらないように工夫《くふう》をしているはずだ。おそらく、逮捕された猪狩という男も、自分にこの仕事を依頼してきた人間の正体は知らないだろう。いかにも現代風の犯罪という感じだが……自分で捜査できないのがもどかしい。しかしここは、同僚に任せるしかないのだ。

「どうもそのようですね。サイバー犯罪対策課にも協力してもらって捜査を進めますが、特捜になるかもしれない」

「いや、それは異例でしょう。俺は死んだわけじゃない」

所轄に加えて本部の捜査一課も入って特捜本部ができるのは、重大事件——主に殺人事件の場合である。何だか自分が勝手に殺された認定を受けたようで、気分はよくない。

「特殊事件ということですよ。刑事が短期間に二回も襲われた。こんな事件、聞いたことがない」

「それはそうだけど……」

「特捜の設置を決めるのは所轄ではないので、俺には何とも言えないですけどね。西川さんは捜査一課の人なんだから、よほど事情が分かるんじゃないですか」

「残念ながら、追跡捜査係は捜査一課の中では嫌われ者なので」

「ああ……それは噂《うわさ》じゃなくて本当なんですか？」

「本人が言うんだから、間違いないと思ってもらっていいですよ」

「とにかくしばらくは、話を聴くことが多いと思います。それで、昨夜の怪我は大丈夫なんですか」

やはり怪我の確認は後回しか……まあ、今回は犯人逮捕という重大ニュースがあったから仕方ないだろう。

「単なる打撲だそうです。このままなら、早めに退院できそうですよ」

「退院後のご予定は？」

「それは、医者の方から改めて説明があると思います。しばらく自宅療養かな」

「ご自宅のセキュリティは万全ですか」

そう言われると心配になってくる。防犯カメラはあるものの、それは最低限の抑止力に過ぎない。犯人が西川の動向を正確に把握しているのは間違いなく、自宅も襲われる可能性が出てくるだろう。自分だけではなく、美也子がいるから不安だ……。

「何か手を考えますよ。ホテルに籠《こも》る方が安全じゃないかな」

「あるいは、どこかの所轄の寮に入るか。それなら、日本で一番安全じゃないですかね」

しかし美也子と一緒というわけにはいかない。この際だから、美也子には静岡の実家に帰ってもらうか、竜彦の家にいてもらう方がいいかもしれない。しかし今回は、どこにいても安全とは言えない……黒幕は既に西川の家を割り出し、動きをトレースしていた。逃げ場はないと考える方がいいだろう。

「考えておきますよ」

「用心し過ぎることはないと思いますよ」刑事が忠告する。

「まったく、仰《おつしや》る通りで」そう言うしかないのがなさけない。しかし刑事は、人を守ることには慣れていても、自分を守る能力は欠けていたりするものだ。

事態は予想していなかった方向へ進んだ。午後早くに美也子が濃いコーヒーを持って顔を出した直後、総合支援課の柿谷晶《かきやあきら》という女性刑事がやって来たのだ。

「実はこの件、フォローしていまして」晶が事務的な口調で説明する。「犯行グループの全容が分かって、全員を逮捕するまで、西川さんを犯罪被害者として守る必要があるという結論に達しました」

「勘弁してくれよ」西川は思わず嘆《なげ》いた。そんな、被害者扱いされても……いや、実際に被害者ではあるのだが、西川は自分で捜査して黒幕に辿《たど》りつくつもりでいた。

「でも、奥さんも心配じゃありませんか？　ご家族にも危害が加えられる恐れもあります」

「ええ」美也子が深刻な口調で応じる。「ちょうど今、その話をしていました。私は実家の方に戻っていようかと思うんですが」

「ご実家、どちらですか」

「静岡です」

「そこも割れている可能性があります。用心し過ぎかもしれませんが、私どもで用意しているセーフハウスにしばらく身を寄せていただくのがいいかもしれません――いえ、支援課ではそれを強く推奨《すいしょう》します」

「セーフハウス？」西川は聞き直した。「そんなものがあるのか？」

「はい。何かと迷惑を受ける被害者家族も多いので。ほとぼりが冷めるまで隠れていられる場所を、都内に何ヶ所か確保しています」

「よくそんな予算があるな」

「それだけ、被害者支援が重要なものだと認識されているんです。誰にも尾行、監視されない形で西川さんと奥さんをそちらにお連れすることができますけど、いかがですか？奥様のご実家の方は、静岡県警に警戒を依頼しますので」

「それは……尻尾《しっぽ》を巻いて逃げる感じだな」西川は思わず顔をしかめた。

「何かあってからでは遅いんですよ。西川さんはもう、二回も襲われているんですし、徹底的に用心した方がいいと思います」

「そうか……」西川は美也子を見やった。美也子が素早くうなずく。警察官の妻というせいではあるまいが、度胸が据わっている美也子がそうした方がいいというのだから——ここは支援課の申し出に乗っておこう。自分はともかく、美也子は絶対に守らなければならない。「では、お世話になります」

「お願いします。私たちも、その方が安心ですから。退院予定はいつですか？」

「来週の月曜になると思う」

「正式に決まったら、すぐに連絡して下さい。病院からセーフハウスまで、我々が安全に誘導します」

「分かりました」緊張した声で美也子が言った。

「では、日曜日、あるいは月曜の午前中に詳細に打ち合わせましょう。月曜には退院するという前提で話を進めます」

「了解」

何だか逃亡犯のような気分だ。セーフハウスに入ってしまったら、自由に捜査もできないかもしれない。しかし今は、家族を守るのが最優先だ。

2

特捜か……となると、追跡捜査係としては困ったことになる。本部の捜査一課が本格的に捜査に参入したら、こちらが自由に動くのは難しくなるのだ。少しでも余計なことをすれば、公式・非公式に抗議の声が飛んでくるだろう。抗議だけで済めばいいが。

「しかし係長、これはチャンスですよ」沖田は前のめりになって言った。

「チャンス？」京佳が首を傾《かし》げる。昨夜からの流れに非常に不満な様子で、それは時間が経《た》つに連れてひどくなるようだった。そもそも、昨夜の病院での襲撃事件に関して、リアルタイムで報告しなかったのが気に食わないようだ。

「うちの刑事が狙われていて、その危機はまだ去ったとは言えない。刑事を狙った犯罪をこの段階で阻止《そし》すれば、捜査一課全体の株が上がります。うちは力を貸しただけで、手柄は求めない——ある意味、無償《むしょう》奉仕です。それなら、向こうも文句は言わないでしょう。たまには黙って汗をかけば、絶対に評判は上がりますよ。うちに文句を言っている連中も、見直すんじゃないですか」

「それだと、うちには具体的なメリットはないでしょう」

「長い目で見れば、絶対にメリットがあります。一人でも味方、理解者を増やすことが、追跡捜査係のためにもなるんです」

「タダ働きとしか思えませんけどね……」

「それでも、西川のためだと思って下さい。仲間がやられて何もできないなんて、刑事の名折れですよ」

「沖田さん、そんなに西川さんシンパだったんですか?」

「まさか」そういう話ではないのだ。警察は、治安を守る存在である。その警察官が誰かに襲われるのは、治安に対する重大な挑戦だ。今のところは広報されずニュースにもなっていないが、一般の人が知ったら不安になるに違いない。「この事件は、絶対に解決する必要があります。メンツも手柄も関係ありませんよ。とにかく、追跡捜査係も総出でやりましょう。係長、強行犯係を説《と》き伏せて下さい。お願いします」沖田は頭を下げた。

「メリットのない仕事をする意味は感じられないけど……」

京佳はまだ乗ってこなかった。コスパや結果だけを求めて仕事をするようでは、警察は駄目になっていく——治安維持のためには、一見無駄な仕事でも苦労しなければならない。

本部で係長にまでなるような人物なら、そういうことは当然理解できているはずなのだが。

「分かりました」京佳が溜息をつきながら言った。「では、私は強行犯係と話してきます。沖田さんは、どういう風に捜査に参加できるか、具体的な方法を決めておいて下さい」

「ありがとうございます」

京佳が席を立ったタイミングで、沖田は他のスタッフに声をかけた。喋《しゃべ》らない大竹の意見を聞くのは難しいが、無視するわけにもいかない……打ち合わせスペースに入って、すぐに話を始める。

「沖田さん、とうとう説得しちゃいましたね」麻衣が嬉しそうに言った。「さすが、同期の絆《きずな》っていう感じです」

「そういうんじゃねえからな」沖田はぶっきらぼうに言った。「警察全体のメンツの問題なんだ。追跡捜査係が犯人を挙げるかどうかなんて、関係ねえ。とにかくやるしかないんだ」

「完全に強行犯係の下に入るんですか?」牛尾が訊ねる。

「向こうが望めばそうするさ。ただし俺の予感だと、嫌がると思うな。うちと一緒に仕事をしたい人間なんかいねえだろう。そこでだ、うちはうちで、独自に犯人を追いかけるということになるわけだ」

「でも、その線は既に所轄が動いてますよ。同じ捜査をしていたら、所轄の邪魔をしていると言われるかもしれません」麻衣が指摘した。

「そうならねえように、今から皆で知恵を絞るんだよ」

「西川さんがいれば、何かアイディアを出してくれるでしょうけどね」牛尾が頼りなげに言った。

「あいつだけが頭を使ってるわけじゃねえぞ。今回はそれを証明しようぜ」

「お二人って、仲がいいのか悪いのか、本当に分かりませんね」牛尾が首を捻《ひね》る。

「そんなの、俺も分からねえよ。ただし、気が合わないことは間違いない。性格は正反対だからな」しかし沖田は、西川の思考をトレースしようとしていた。こういう場合、あいつならどう考えるだろう？　追跡捜査係で、西川がたった一人の参謀というわけではない。係全体で動く時は、その都度《つど》二人で相談して方針を決めてきた。それ以外の時は、スタッフがそれぞれ、自分のやり方、方針に従って個別に捜査を進めている。しかし今回は……追跡捜査係最大の危機かもしれない。いくら被害者とはいえ、ここに西川がいないのは何とも心細い。何だったら病室とオンラインでつないで会議をしてもいいが、あいつの方でいろいろ問題がありそうだ。

「鹿児島ですね」大竹がぽつりと言ったので、牛尾と麻衣がびくりと身を震わせた。この二人はまだ、大竹が喋ること自体に慣れていない。

「ああ？　石橋の実家か？」

「弁護士から連絡がありません——連絡しないつもりではないでしょうか。だったら、鹿児島の実家で話を聴く方が早いと思います。誰か一人が行くぐらいなら問題ないでしょう」

「そうだな……」沖田は顎《あご》を撫《な》でた。「お前、行ってくるか？　一人だと大変かもしれねえが」

「問題ありません」

「俺はこっちで弁護士を叩く。あの野郎、確かに信用できねえんだよ。石橋を匿《かくま》っているかもしれない」

「では我々は、別の線から石橋の足取りを辿ってみます」牛尾が言った。「逮捕時のデータを調べれば、当時の行動パターンが分かりますよね？　出所してからも、昔と同じ行動をしているかもしれません。会う人や行く店は変わらない――変えたくないかもしれませんよ。昔と同じ日常を取り戻すために」

「よし。ついでに西川に話を聞いてきてくれ。奴《やつ》なら、昔の話も覚えてるかもしれねえ」

「お見舞いですか？」麻衣がどこか嬉しそうに訊ねる。

「いや、あくまで事情聴取だ。しっかり話を聴いて、情報を引っ張り出してくれ。少し刺激してやれば、あいつは何か思い出すよ」

「分かりました」

「では、その方向でいこう。もう動き始めていい。係長には、俺が何とか言っておくから」

「係長は、大丈夫ですかね」麻衣が心配そうに言った。

「これぐらい、しっかりやってくれないと困るよ。点数を稼ぐチャンスなんだから……本人がそれを分かっているかどうかは分からないけど」

今の状態はビリヤードのようなものだ、と沖田は思った。誰かが最初の玉を突けば、他の玉はいきなりバラバラの方向へ動き出す。大竹は出張を許されて週明けに鹿児島へ向かうことになり、牛尾と麻衣は追跡捜査係に残って古い捜査資料の解読にかかった。その目処《めど》がついたら、西川に話を聴きに行くことになっている。沖田は石橋の弁護士に当たろうと思っていたのだが、それは少しだけ先延ばしにすることにした。まず、所轄に寄って、昨日の犯人の情報を集めなければならない。今回も、防犯カメラの追跡で犯人に辿りついてしまったのが、何となく悔しいのだが。

所轄では、刑事課長が応対してくれた。昨夜少しだけ遣り合った刑事がいないのでほっとする――わずかな時間接触しただけだが、絶対に気が合わないと確信していた。

「あんた、昨夜《ゆうべ》も病院に行ってたんじゃなかったか？」

「知らせを聞いたら、無視しておくわけにはいきませんよ」

「熱心なことだな。捜査できるわけでもないのに……同僚のためってか？」

「そういうわけではないですけど、今回の特捜では、うちもお手伝いすることになりましたんで」

「ああ？」刑事課長が目を見開く。「追跡捜査係がノーマルな捜査を？　それは規定違反じゃないのか」

「詳細は係長に聞いてもらっていいですか？　我々は命令された通りにやるだけですから」

「ふうん……それでうちに来たのか」

「そういうことです。最初が肝心ですから――容疑者に関する情報を仕入れておこうと思います」

「今朝《けさ》から状況はあまり変わってない。闇サイトで仕事を見つけて、バイト感覚で引き受けただけだと言っている」

「金額は？」

「十万」

「直接現金で受け渡ししたんですね？」

「ああ。前の一件と同じだな。証拠が残らないようにしたんだろう」

「変なところで警戒してますよね……黒幕についてはどうなんですか？」

「今のところは正体不明だ」

「しかし猪狩克典は、黒幕に会ってますよね？　それなら、どういう人間か、ある程度は分かっているはずですが」

「完全に顔を隠していたらしい。今のところは、目立つ特徴は分からないと言っている。マスクにサングラスだったら、そんなものだろう」

「証言、信用できますか？」

「現段階では何とも言えないな。まだ、逮捕したばかりなんだぞ」

「それでも、感触ぐらいは分かると思いますが」沖田は食い下がった。

「じゃあ、あんたも見てみたらどうだ？　今も取り調べ中だけど、映像で確認できるぞ」

「いいですか？」

「見る分にはタダだよ」馬鹿にしたように刑事課長が言った。

沖田は刑事課の一角に置いてある大型モニターの前に陣取った。取調室の様子を生中継
——最近はこのようにしている所轄が増えた。将来的には、取り調べの様子を完全録画して、問題がないようにしていくのだろう。

猪狩は大柄な男だった。テーブルや椅子と比較しても大柄に見えるのだから、本当に大きいのだろう。だらしなく椅子に腰かけ、右腕は椅子の背に回している。両足はテーブルの下に投げ出し、今にも椅子からずり落ちそうだった。対峙《たいじ》している刑事は、沖田よりも年上に見えるベテラン。淡々とした表情から発せられる言葉は、猪狩の耳を素通りしていくようだった。

「相手の名前も知らないで会ったのか？」

「バイトだから。金さえもらえれば、後はどうでもいいし」

「こんな危険な目に巻きこまれることが分からなかった？」

「そもそも人生なんて、一寸先は闇じゃない」

「今まで、闇サイトでこういうことをやった経験は？」

「こんなヤバい話はないよ」

「出し子とか？」

「それは言えないね」猪狩がニヤリと笑った。「自分が何をしてきたか、わざわざ言う必要はないだろう」

「それは後でゆっくり調べてやるよ。今回あんたを雇った人間と、以前に会ったことは？」

「ないね」

「顔は見えていなかったにしても、体型や声に何か特徴は？　そもそもどこで会った？」

「お台場《だいば》」

「黒幕はどうやってそこに来た？　車か？　公共交通機関か？」

「さあね」猪狩が肩をすくめる。「指示されて金をもらった後、しばらく目をつぶってろって言われたから……目を開けたら、もういなくなっていた」

「他に誰かいなかったか？　仲間とか」

「気づかなかったね」

猪狩との会話は一応成立しているが、話は一歩も進んでいない。取り調べ担当の刑事は、そつなく質問をぶつけていく。しかし猪狩の答えは曖昧で、犯行の具体的な細部はなかなか浮かび上がってこない。こういう手合いは、少し乱暴に揺さぶってやった方がいいのだが……取り調べを交代したい、という気持ちを沖田は必死で抑えこんだ。

取り調べには相当時間がかかりそうだ。それにそもそも、嘘をつかずに正直に話している可能性もある。闇サイトで手軽なバイトを探していて、たまたま引っかけてきた「仕事」。沖田の感覚ではとても「手軽」ではないが、こういう連中は犯罪に対する意識が沖田たちとはまったく違うのだろう――本当に気軽なバイトの感覚だったら、依頼してきた人間の正体も気にしないのかもしれない。もちろん、向こうから「詮索《せんさく》するな」と脅しをかけられていた可能性もあるが。その場合、黒幕に辿りつけるかどうか……やはり逆方向から捜査を進めていく必要もあるだろう。黒幕の可能性がある人間を捕まえて叩く――石橋悟。

沖田はモニターから離れ、刑事課長の席に戻った。

「どうだい？」刑事課長がちらりと沖田の顔を見て訊ねた。

「しらを切っているのか何も知らないのか、モニター越しじゃ判断できませんね」

「あんたが直接話すのは駄目だぜ。それはルール違反だ」課長が釘を刺した。

「そこをちょっと見逃してもらうわけにはいきませんか？」沖田は右手の親指と人差し指に、ほんの少し隙間《すきま》を作ってみせた。

「駄目だ。あんたは、容疑者に悪影響を与えそうだからね」

「この俺が？　追跡捜査係で一番紳士《しんし》的と言われる俺が？」

「おたくの係には、何人いるんだよ。つまらない比較はやめておきな――それより、おたくの係長、何なんだ？」

「何かありましたか？」

「今電話がかかってきたんだが、えらく上から目線でさ。うちが手を貸してやるからさっさと解決しろ、みたいな」

「すみませんねえ」みっともないことを……沖田は反射的に頭を下げてしまった。「とにかく欲しがる人でして」

「女性幹部は、色々難しい立場にあるんだろう。でも、うちとしては、何も言えないよ」

「こちらはあくまでお手伝いですから。サポートできることを探していきます」

「そういうことならよろしく頼むよ。まあ、あまり引っ掻《か》き回さないようにな」

「何か情報が入れば、すぐに連絡します」

「我々が知らないことを摑《つか》んでいたりするのかな？」

「今のところはないと思いますが」石橋の話はまだ伏せておこう。こちらできちんと捕まえて話ができてから、報告すればいい。相手はたった一人である。大勢で追い詰めたりすると、捨《す》て鉢《ばち》な行動に出る可能性もある。

「それでは、連絡は密にしますので」

「こっちからは、そんなに話すこともないぞ。猪狩克典は、そんなに簡単には吐かないと思う」

「あるいは、既に全部正直に話しているか」

「それについてはちゃんと裏を取る。サイバー犯罪対策課とも協力してきちんとやっていくから」

「ありがとうございます」

一礼して、沖田は刑事課を出た。何だか妙に疲れた……結局何も分からず、所轄と磐石《ばんじやく》の信頼関係を築けたわけでもない。むしろ、京佳のせいで鬱陶《うっとう》しがられていると分かっただけだった。前の係長・鳩山も使えない人間だったが、少なくとも沖田たちの足を引っ張るようなことはしなかった。一度、京佳とはじっくり話し合っておくべきかもしれない。追跡捜査係の仕事とは——いや、警察の仕事とは？

石橋の担当弁護士・橋岡に対する沖田の評価は急落した。

わざわざ訪ねていったのに、「連絡はない」「どこにいるかは分からない」と答えは曖昧だった。「それなら直接訪ねるから住所と電話番号を教えてくれ」と頼むと、完全拒否。電話連絡が取れないなら手紙を出して欲しいと頼んでも、首を縦に振らなかった。こちらが手紙を書くから、封筒に住所だけ書いて投函《とうかん》してくれればいいと言ったのに、それが大変な重労働であるかのように拒否するのだった。

しょうがない……取り敢《あ》えず追跡捜査係に戻って、次の作戦を考えよう。弁護士事務所を出て、急ぎ足で歩き出した瞬間、スマートフォンが鳴る。麻衣だった。

「今、電話で話して大丈夫ですか？」

「ああ」

「今、病院にいます。西川さんと話してました」

「何か、鹿児島の話は分かったか？　こっちは、弁護士につれなくされたばかりだよ」

「西川さんも、特に思い出すことはないと……古い話ですし、石橋の家族とは会っていなかったそうです」

「他に、石橋の居場所に関する手がかりは？」

「それもないですね」

「分かった。君たち、本部に戻って書類の精査を続けてくれねえか？　目が疲れるだろうけど、それが追跡捜査係の仕事だから」

「それは大丈夫ですけど……何だか手詰まりみたいですね」

「諦《あきら》めるのはまだ早えぞ。予定変更だ。俺も病院に行く」

「それまで待ってましょうか？」

「いや、西川と一対一で勝負してみるよ」


一対一の勝負のつもりが、気の抜けた雑談になってしまった。

西川は今日、朝から検査、診察に加え、所轄からの事情聴取、家族との話し合い、さらに後輩の麻衣たちからの事情聴取まで受けた。しかもその合間に、総合支援課との話し合いまでしたのだという。沖田が訪れた時、西川の病室には一人息子の竜彦と若い女性がいて、何やら深刻な表情で話しこんでいた。話ができるような状況ではないと思って出直そうとしたが、結局西川に部屋に引き入れられてしまった。沖田は竜彦とは知り合い——竜彦が中学生の時から知っているのだが、しばらく会わないうちにすっかり大人になっていたので驚いた。今は大学を卒業して、既に就職し、実家を離れている。ということは、一緒にいる女性は恋人だろうか。父親の見舞いに連れてくるぐらいなら、かなり深い関係だろう。まさか婚約者とか……西川は二人を紹介せずに「少し外してくれ」とだけ頼んだ。

二人きりになると、沖田は椅子を引いて座った。

「竜彦君の彼女かい?」

「ああ。怖がらせてしまった」

「昨夜の件とか、リアルに話したんじゃねえだろうな」

「誤魔化《ごまか》すわけにもいかないだろう」

「デリカシーがない奴だねえ。こういう時は、多少の嘘はいいんだぜ」

「そうもいかない。今、彼女も含めて総合支援課に保護してもらうかどうか、考えてる」

西川は、支援課からの提案を説明した。

「そいつは悪くねえと思うぜ」沖田はうなずいた。「用心し過ぎるってことはねえんだから。俺たちがさっさと事件を解決してやるから、お前は安心してゆっくり休んでろ」

「そうもいかないだろう」西川が渋い表情を浮かべる。「この事件は、俺が自分で解決する。絶対に犯人を挙げる」

「怪我人が無理言うな。少し頭を低くしておくことも大事じゃねえか?」

「そう思うか?」

「ああ。たまには支援課も建設的なことを言うじゃねえか」

「別に建設的ではないけどね」

「支援課のセーフハウスって、どこなんだ?」

「都内だけで何ヶ所かあるそうだ。竜彦の勤め先が埼玉の奥の方だから、そっちに近い方に避難するかな」

「今の彼女はどうする? 一緒に避難か?」

「難しいところだな」西川は腕組みをした。「結婚してるわけじゃないし、彼女には彼女の生活と仕事がある。こっちの揉め事に巻きこむのは申し訳ない……ただし、支援課の保護下にいれば、全員が安心できる」

「この際、安全優先がいいんじゃねえか。それに、息子の嫁さんとよく知り合ういい機会だろう」

「それは……こういうことをきっかけにはしたくないけどな」

「分かるけど、長期間不便な目には遭《あ》わせねえよ。そのためにも、お前には昔の話を思い出してもらわねえと。石橋は家族とは会ってねえ。聞いたか?」

「ああ」

「すると、石橋が頼っていきそうな人間とかに心当たりはねえのか?」

「散々考えたけど、思いつかない」

「そうか。分かった」西川が「思いつかない」と言うなら、当時その辺の捜査はきちんとしていなかったということだ。やっていれば、この男が忘れるはずはない。だいたいあの事件は石橋の単独犯行であり、それほど大きな事件ではなかった。周辺捜査が甘くなるのも当然である。もちろん理想を言えば、どんなに小さな事件でも、徹底的にディテイルまで解き明かすべきなのだが、現実にはそんなことは不可能である。事件は絶え間なく起こる一方、警察の人員と時間には限界がある。

「今日は疲れたよ」西川が目を閉じ、両手で顔を擦《こす》った。「こんなに色々なことが、一気に起きるなんて、滅多《めった》にない。犯罪被害者の気持ちが少しだけ分かったな」

「気持ちが分かったというより、今のお前は完全に犯罪被害者じゃねえか」

「そう考えると、ますます疲れる。何が一番ストレスになるか、分かるか？」

「いや」分かる、などと簡単に言うのは傲慢《ごうまん》だ。

「犯人が捕まっていないことだよ。特に今回の事件では、黒幕の正体が明らかになっていないこと、捕まっていないことで、また何かあるかもしれないと疑心暗鬼になってストレスが溜《た》まってくる。黒幕の手がかり、まだないんだろう？」

「だからお前に、石橋のことを聴きに来た」

「俺にそんなことを聴いてるようじゃ、先は長そうだな」西川が溜息をついた。

「焦るなよ。お前が犯罪被害者であることは分かってる。ストレス解消のために犯人を逮捕するのが一番だということもな……普段、支援課の連中が言ってるのとは違う感じだな」

総合支援課は、しばしば当該部署の捜査を邪魔してしまう。被害者への事情聴取に割って入り、ストップさせてしまうこともしばしばだ。話の聴き方がきつくなって、被害者が精神的にダメージを受けてしまうというのだが……現場の刑事としては、一刻も早く犯人を逮捕して事件を解決することこそ、被害者のストレス解消になると思うのだが、支援課は必ずしもそうは考えていない。場合によっては、警察官とも接触せず、静かな時間を孤独に過ごす方がいいかもしれない……一方で西川のように、一刻も早い犯人逮捕を望む人間もいるわけだ。西川の場合は実際、黒幕が逮捕されないと身の安全が確保できないという事情もあるのだが。

「とにかく、急いでやるから。お前も何か思い出したら連絡してくれよ」何度この話をしただろう。同じ話を繰り返しているということは、それだけ捜査が進んでいない証拠だ。

「ああ」西川が深刻な表情を浮かべて腕組みをした。「ちょっと心配なんだ」

「何が」

「当時のことを思い出せていないんじゃないかって。診察結果では、脳に損傷はないっていうことだけど、実際には何か、影響が出てるんじゃないかな。長期記憶が危なくなってるとか」

「おいおい」

「真剣な話だ」西川の表情は本当に真剣だった。「俺から記憶力がなくなったら、もう刑事失格だよ」

「馬鹿言うな。記憶力を武器にしている刑事なんて、ガンさんぐらいだろう」

「記憶力は、ないよりあった方がいい。何かと役に立つ」

「でも、ちゃんと検査を受けて問題なしになったんだろう？　ちょっと考え過ぎじゃねえのか。ストレスが溜まってるだけだろう」

「どうかね」西川が首を捻る。

「もしも記憶力が怪しくなってるなら、今から体を鍛《きた》え直して、武闘派として再出発すればいいじゃねえか」

「沖田……」西川が溜息をついた。「お前がさっさと黒幕を逮捕すれば、何も問題なく全部解決するんだよ」

もっともだ。

しかし今の西川には冗談も通じなくなってしまっている——それも心配だった。

3

退院は極秘に行われた。

通常は、入退院を担当する支援センターに行って、会計を済ませて退院——となるのだが、今回、西川の退院手続きは全て病室で行われた。その後は、支援課の柿谷晶のつき添いつきである。彼女は朝一番で美也子を迎えに行き、既に池袋《いけぶくろ》にある支援課のセーフハウスに荷物を下ろしているという。何と素早い動きかと感心する一方で、不安になってきた。支援課が大急ぎで動かねばならないほど、西川を取り巻く環境は危険だというのだろうか。

「ちょっと面倒臭いですけど、おつきあい願います」晶が真顔で言った。

「面倒臭いのには慣れてるけど」西川はうなずいた。

「歩けますか？」

「下半身には怪我はないよ」少しむっとして西川は言い返した。

「いえ……入院していると、どうしても筋力が落ちるんです。一週間の入院で、すっかり歩けなくなる人もいます。入院日数の三倍はリハビリが必要、という説もあります」

「まさか」ただ寝ているだけではないか。

「実際、そういう人を何人も見ています」晶が真剣に言って念押しした。「歩けますね？」

「ああ」

「実は、密《ひそ》かに脱出するのに、少し歩かなければいけないんです。ここから中央病棟まで行って、そこの地下駐車場から出ます」

「何でそんな面倒なことを？」

「この動線が一番、外部から入ってくる人と接触する可能性が低いんです」

「……了解」支援課が必死に考えてくれたのだから、ここは従うしかないだろう。

「もう出られますね？　荷物はまとまっていますか？」

「大丈夫だ」

晶の口調はテキパキしていて頼もしいが、少しだけ押しつけがましい感じがある。元々捜査一課の刑事だったのが、スカウトされて支援課に異動になった。そもそも晶本人が犯罪加害者家族——兄が逮捕、有罪判決を受けて服役した——であり、その特異な経験を支援業務に活《い》かすために人事が特別に入庁させた、と言われている。それが本当なら、かなり特殊な採用だったのは間違いないだろう。警視庁は職員の採用に際してかなり厳密な調査を行う。本人はもちろん、家族にも過去に犯罪歴があると採用しない、というのもよくあることだ。その暗黙の了解を破って犯罪加害者家族を採用したのは、将来的に様々な人への支援活動を広げていこうという狙いがあったからだという……それにしても晶には、外部に対して棘《とげ》を突き出すような雰囲気がある。自分を守るために、他の人と必要以上に親しくしないようにしている感じだ。そういう人生はかなり辛《つら》く味気ないものだと思うが。

西川は、入院中の着替えが入ったバッグ、それに自分のブリーフケースを持った。下着などしか入っていないバッグは軽いが、ブリーフケースの重みがきつい……このブリーフケースはお気に入りで何年も使っているのだが、ショルダーストラップがなくハンドルだけなのが欠点である。荷物が重くなると、指先に全ての重さがかかってしまう。しかしここで、荷物が重いなどと文句を言うわけにはいかない。

しかしすぐに、晶の忠告をリアルに感じることになった。入院を甘く見ていた。どうせただ寝ているだけで、むしろ体力が有り余っているだろうと思っていたのに、何となく足が上がらない。靴底を擦るようなすり足になってしまっていることにすぐ気づいた。そして、入院していた東病棟から中央病棟に至る渡り廊下はやたらと長い……今の西川の感覚では、終わりのない旅が続くようなものだった。ようやく半分ぐらいまで来たところで、とうとう立ち止まってしまう。晶は大股《おおまた》、早足でどんどん先に行ってしまうが、美也子はさすがに気づいた。急いで戻って来て「大丈夫ですか」と声をかける。

「ああ」答えたものの、情けないことに息が切れている。

「取り敢えず、荷物を」

「大丈夫だ。自分で持てる」意地を張っているだけだと自覚していたが、ここで美也子に頼ってしまっては何にもならない。これから一種の逃亡生活が始まるわけで、その中で家族を守っていくのも自分の大事な――一番の役目になるのだから。

「西川さん、車椅子を持ってきましょうか」気づいて引き返して来た晶が言った。

「冗談じゃない。それじゃ、病人みたいじゃないか」

「病人のふりをしてもらうのも、いいカムフラージュになるんですけどね」

「大丈夫だ」西川は言い張った。「ちょっと移動距離が長いだけだから……中央病棟に入ったら、後は地下までエレベーターだろう？」

「そうですね」

「じゃあ、大丈夫だ。行こう」西川は荷物を持ち直した。「あまり長いこと立ち止まっていると、おかしく見えるんじゃないかな」

「……ですね」

晶は、歩くスピードを落としてくれた。それでも西川は、遅れずについていくだけで精一杯だった。中央病棟に入るとエレベーターの前で一休み……いつもは、エレベーターの到着が遅いと苛つくのだが、今日はこの時間が、呼吸を整えるのにちょうどいい。

エレベーターの扉が開くと、看護師が一人だけ乗っていた。晶と素早くうなずき合う。どうやら既に打ち合わせ済みのようだ。

三人が乗りこむと、看護師が、行き先階の押しボタンが並んだ下にある小さなセンサーにネームプレートを当て、「B2」のボタンを押す。なるほど……この病院には、入館証などがないと入れない場所があるのだろう。西川は自分が入っていた個室と、そのフロアにしかいなかったので気づかなかったが、実際にはかなり高級な病院のようだ。自分が金持ちなら、特別室にでも入って王様気分を味わえたのだろうが。

地下駐車場に来ると、西川は思わず身震いした。入院している間に三月も後半に入ってしまったが、まるで二月のような寒さである。駐車場には暖房などが入っていないので寒いのか、あるいは今日は特に気温が低いのか。

「今日は寒かったか?」西川は両腕をこすりながら、思わず美也子に訊ねた。

「今日は二月並みですって」

「道理で寒いわけだ」

ずっと立っていたら風邪《かぜ》を引くかもしれないと心配になってきたところで、目の前に車が停《と》まった。黄色い小型車——黄色い車も街中で見かけないわけではないが、この車はかなり鮮烈な色で目立つ。こんな車で移動していると、かえってターゲットになってしまうのではないだろうか。

晶が運転席から降りてくる。

「荷物は……後ろで大丈夫ですね」

「ああ」

「奥さん、後ろで大丈夫ですか」

「いいですよ」

「そんなに長い時間走りませんから、ちょっとだけ我慢して下さい」申し訳なさそうに晶が言った。

美也子は、車に乗りこむだけで苦労していた。日本の軽自動車のように空間効率は良さそうなボディスタイルなのだが、ドアが二枚しかないので、リアシートへのアプローチが大変なのだ。西川のバッグなどを置いてしまうと、本当に狭そうである。

「大丈夫か」慎重にフロントシートを元の位置に戻しながら、西川は美也子に声をかけた。

「何とか」そう言う美也子の口調は苦しそうだった。十分で車酔い、三十分以上乗っていたら、明日の朝は筋肉痛に悩まされるかもしれない。

西川は助手席に収まったが、こちらも決して居心地がいいとは言えない。

「ずいぶん小さい車を調達してきたんだな」西川はつい言ってしまった——文句に聞こえ

るかもしれないと思いながら。

「覆面パトは避けました。ばれたくないので」

「そこまで用心するか？　普通の人は、覆面パトかどうか見分けがつかないだろう」

「今回は用心しました。支援課としては警戒体制マックスです」

晶がエンジンを始動させる。小さな車の割には太い、乾いた排気音……嫌な予感がする。

小型軽量ボディに大きなエンジンを無理矢理搭載《とうさい》したスポーツモデルなのかもしれない。

日本でも昔は、こういう車は珍《めずら》しくなかった。西川が若い頃は、免許取り立ての若者が、小さなハッチバックを最初の車に選ぶケースも多かったのだ。軽ければ速いという、簡単な理論によって……しかもこういう車は安く作れるから、いかにも若者向けだった。

「これ、君の車か？」

「いえ、知り合いから借りました。アバルト595　コンペティツィオーネ」

「イタリア車？」名前の響きがそんな感じだ。

「ええ」

「洒落者《しゃれもの》の知り合いがいるんだな」

「洒落者というわけではないですが……私の車はオープンツーシーターなので、三人乗るのは無理です」

「オープンカーね……車にこだわるんだな。最近の若い人は、車になんか興味がないと思ってたよ」

「いろいろありまして……では、出発します」

晶の運転は凶暴だった。よく言えば「キビキビしている」だが、アクセル、ブレーキの使い方がかなり乱暴である。ぐっと加速して一気に停まる――運転している方はメリハリが利《き》いて楽しいかもしれないが、同乗者としては辛いとしか言いようがない。気になって、ちらりと後ろを見ると、美也子の顔は早くも真っ青になっていた。足回りが固く突き上げの強い車で、こんな乱暴な運転をされたら、誰だって酔う。西川も危うさを感じていた。しかし美也子は、西川の顔をしっかりと見て、首を横に振った。私は大丈夫――。

幸い、ドライブは二十分で終わった。晶が車を乗り入れたのは、まだ築浅のマンションだった。地下駐車場のゲートが自動で開き、傾斜路を下っていく。しかし途中で車を停めると、わざわざ後ろを振り向いて、ゲートが閉まるのを待った。

「ここから誰かが入って来ると思っている？」

「このマンション、セキュリティはしっかりしてますけど、駐車場は弱点なんです。こういうタイミングで侵入できますし……すみません、こういう場所しか用意できなくて」

「いや、逆に駐車場だけ心配してればいいってことだろう？　それなら、まだ安心だ」

「そう言っていただければ……お疲れ様でした」

晶が車を停めた。マンション内への入り口になる部分……そこへ車を停めたまま外へ出ると、すぐに運転席を倒して、美也子が外へ出られるルートを作った。美也子が大義そうに体を折り曲げて、何とか外へ出て来る。その後で晶が車内に身を乗り入れて、荷物を取り出した。

「では、このまま部屋にご案内します。どうぞ」

晶に促《うなが》されるまま、エレベーターに乗りこむ。エレベーターホールに入るまでに、セキュリティゲートは二ヶ所。まずはかなり安全なマンションと言っていい。

エレベーターは七階で停まった。外で一瞬見た限り、十階建てぐらいに見えたので、かなり上階部分だ。この手のマンションの場合、やはり上へ行けば行くほど防犯的には安全になる。昔は「最上階の部屋は屋上から侵入できるから危険だ」と言われていたのだが、オートロックなどのセキュリティ設備が普及した今、マンションの屋上まで行くのは困難になっている。

「2LDKの部屋を用意しました。それほど広くはないんですが、しばらく隠れているには十分かと思います。ご不便おかけしますが」

「とんでもないです。お世話になります」美也子が大袈裟《おおげさ》に礼を言った。

家具つきモデルルームという感じだ、と西川は思った。LDKは十二畳ほど。ロングタイプのソファが二脚と、大きめのローテーブル、それにダイニングテーブルと椅子四脚のセットが置かれていた。あまりにも綺麗《きれい》過ぎて生活感がないが、そんなことはどうでもいい。ポイントは安全かどうかだけだ。

西川は窓辺に歩み寄り、カーテンと窓をゆっくりと開けた。窓を開いて顔を突き出し、外を確認する。

「ベランダはここだけ？」

「隣の寝室にもあります」

そのままベランダに出て、周囲の様子を確認する。前は道路で、向かいのマンションとは十メートルほど離れていた。しかもこちらよりだいぶ低い……向こう側からこの建物へ侵入するのは不可能だろう。念のために上を見上げてみると、ベランダにも四ヶ所に防犯カメラが設置されているのが分かった。これは後づけ……支援課が、セーフハウスとしての機能を強化したのだろう。

「かなり入念に監視してるんだね」

「そうですね。セキュリティ的には大使館レベルです」

「ここを支援課がキープしてる？」場所、そして広さからいって、新築なら六千万円から七千万円はする物件ではないかと西川は踏んだ。いくら警視庁でも、そんな部屋を購入する予算はない。だったら賃貸《ちんたい》か？　しかし、いつ使うか分からない部屋に、毎月家賃を払うのは、この緊縮財政のご時世では許されないだろう。昔は公安が、極左の監視などのためにに小さなマンションやアパートをいくつも確保していたのだが、今はそういうのもどんどん減らされている。

「これが鍵《かぎ》です。三つ用意してありますし、私の方でも別に合鍵を持っています」

晶がダイニングテーブルに鍵を置いた。それが合図になったように、全員がテーブルにつく。

「家電や寝具などは用意してありますが、何か足りないものがあったらこちらに言って下さい。それと、通販などは利用しないでいただけますか？　配送業者をチェックするのが難しいので」

「分かった。買い物は？」

「大丈夫です。ただし、外出の際は、必ずこのカードを持っていって下さい」

晶が、首からかけられるネームプレートを四枚取り出し、テーブルに置いた。

「マンションのオートロックを解除する時に使って下さい。それにセキュリティ機能を持たせているので、居場所を確認できます。こちらに四人入られるというお話でしたから、誰が何番のカードを持っているかだけ、決めてもらえますか？　それが分かれば、こちらで確認しておけます」

「支援課は、ここまで用意しているわけか」西川は感心してしまった。相当の予算を使えているのは間違いなく、警視庁が事件関係者に対するフォローにどれだけ力を入れているかが分かる。

「とはいえ、できるだけ外へは出ない方がいいんだろう？」西川は確認した。

「できれば……特に西川さんは、ここに籠っていていただけると、我々も安心できます」

「まあ、そんなに長くはないだろう。特捜になったそうだから、すぐに犯人に辿りつくよ」

「余計なことはしないで下さいね」晶が釘を刺した。

「余計なこととは？」西川はとぼけて訊ねた。

「自分で捜査するとか……落とし前をつけたい気持ちは分かりますけど、退院したばかりなんだから無理はしない方がいいです」

「あの渡り廊下を一気に歩けないぐらいだからな」皮肉で言ったつもりだったが、後から不安になってくる。相当体力が落ちているのは間違いない。街を歩き回って尾行や聞き込み、張り込みどころか、得意の書類の読み込みにも難儀するかもしれない。集中力まで落ちてしまっていたら、刑事としての自分の価値はゼロになってしまう。

「念のため、一日二回は私に定時連絡して下さい。それと、今後特捜などが事情を聴きたいと言う場合にも、私を通すようにします」

「そこまで用心しなくても……」

「誰かが特捜の刑事の振りをするかもしれません。用心に越したことはないです」

「過去に、そういう形で被害者家族が迷惑を被ったことがあるとか？」

「あります」晶があっさり言った。本当かどうかは分からない……単に西川を脅しているだけかもしれないのだが、ここは素直に従っておくことにした。一応、しっかり気を遣ってもらっているのだし。

「息子さんたち、ここへは夕方ですか？」

「その予定だ」

「何時に帰って来るか分かったら、連絡して下さい。最寄駅からここまで警護します」

「それはさすがに大袈裟だよ」

「いえ」晶が真顔で否定した。「会社からつけられている可能性もあります。それを排除するために、警護しながら周辺を調べます。問題なければ、明日以降は余計なことはしません」

「分かった」

「ちょっと台所を見ていいですか」美也子が立ち上がる。しばらく冷蔵庫や戸棚を確認していたが、厳しい表情で戻って来た。

「柿谷さん、買い物は普通に出ても大丈夫ですか？　しばらくここで暮らすなら、食べ物が必要です」

「そうですね」晶も立ち上がった。「すみません。この部屋はいつ使うか分からないので、非常用の食料しか置いてないんです。それも使っていただいて構いませんけど……西川さん、味が濃いものを食べたいんじゃないですか」

「病院食には飽きたね」西川は正直に言った。

「じゃあ、私が一緒に行きますから、近くで買い物を済ませましょう」晶が提案した。

「できるだけ出ない方がいいですし、特に一人では……今回は私がガードします」

「すみません」美也子が本当に申し訳なさそうに頭を下げた。自分が夫の勤務先に迷惑をかけていることを、辛く思っているのだろう。

出る前、美也子は小さな箱を取り出して西川の前に置いた。

「これは？」

「持ち運び式のエスプレッソメーカー。コーヒー道具一式を持ってくるわけにはいかなかったから、取り敢えずこれを……コーヒー粉は持ってきてあるから」

「試してみるよ」美也子のコーヒーほど美味《うま》いはずがないが。

「それ、後で私も試させてもらっていいですか？　ハンディ型のエスプレッソメーカーを買おうかなと思っているんですけど、試すチャンスがないので」

「もちろん、大丈夫ですよ」美也子はいつもの愛想《あいそ》を取り戻していた。すでに日常……というわけではないが、女性の方が環境の変化に馴染《なじ》むのが早いのかもしれない。

自分は？

まだ鼓動が落ち着かない。情けない限りだが、こんな生活が長く続いたら、今度は精神的に参ってしまうかもしれない。このマンションに腰を落ち着けてから、まだ十分ほどしか経っていないのに。

二人が出て行った後、西川はエスプレッソメーカーの取説を隅《すみ》から隅まで読んだ。いつもながら、取説というのは読みにくい。独特の取説文体というのだろうか……敢えて理解しにくく書いているとしか思えない。

ようやく使い方を理解したと思えたので、実際にエスプレッソを淹《い》れてみた。こんな小さな機械で濃厚なエスプレッソが淹れられるのかと疑問に思ったが、香ばしいエスプレッソがカップに溜まっていく。コーヒーというより泥《どろ》を思わせるような濃さ……普通は、これに砂糖やミルクを加えて飲むのではないだろうか。ストレートで飲んだら、一発で胃を痛めそうだ。

しかし、キッチンの戸棚や冷蔵庫を探しても砂糖などは見当たらない。仕方なく、ブラックのまま飲んでみた。エスプレッソを飲む機会はほとんどないので緊張したが、実際に飲んでみると、警戒していたほどの濃さや苦さは感じられない。普通のカップ一杯に飲めと言われたら躊躇《ちゅうちょ》するが、小さなエスプレッソカップだったら問題ない。眠気覚ましにもちょうどいいのではないだろうか。

とはいえ、ほんの少量なので、二口で飲み干してしまう。何となく物足りない感じがして、もう一杯淹れようかと思ったところで、美也子と晶が帰って来た。美也子にしては買い物が早い……もしかしたら晶が、やたらとせっかちな人間なのかもしれない。

二人は両手に荷物を抱えていた。これだけの量なら、四人で一週間ぐらいは籠って生活できるかもしれない。まだ非常用の缶詰もあることだし。

美也子が買った物を冷蔵庫に入れ終えると、晶が「私はそろそろ失礼します」と言った。

「申し訳ない。仕事の時間を奪ってしまった」西川は立ち上がって丁寧に頭を下げた。

「これも——これが仕事なんです」

「エスプレッソは？　何とか淹れられるようになったけど」

「すみません。やはり急ぎますので、また今度にしておきます。それより、連絡を絶《た》やさないように、よろしくお願いします」

晶を送り出すと、急にげっそりと疲れを感じた。ソファに腰かけると、寝てしまいそうになる。しかしここで昼寝すると、夜はまた眠れなくなって、時差ぼけ状態が続くことになるだろう。せっかく退院したのだし、今日からはできるだけ早く日常を取り戻すようにしないと……そのためには昼寝などせずに、普通に活動している方がいい。しばらくこのマンションで暮らすことになるのだから、街の様子ぐらい見ておいた方がいいのではないだろうか。ただしそれでは、晶に迷惑をかけることになりかねない。

竜彦たちが帰って来て夕飯を食べてから、「散歩」として出かけようと決めた。人数が多ければ誰が狙っているにしても手を出しにくい。ただし、家族を抑止力に使うようで、気は進まなかったが。

よりによってすき焼きはどうなんだ、と西川は半ば呆《あき》れた。とはいっても、すき焼き鍋《なべ》の用意がないので、実際にはちょっと豪華な肉豆腐という感じだ。牛肉、焼き豆腐、しらたき、ネギと西川家流のすき焼きと同じ材料を揃《そろ》えて、初めから煮込んでしまう。味つけも同じ。事前に煮物のように仕上げるか、目の前で自分たちで料理していくかの違いだけである。

西川はまず、焼き豆腐を試してみた。淡白な焼き豆腐には甘辛い醤油《しょうゆ》味が染みこみ、意外に濃く感じられる。病院の薄味の食事に舌が慣れてしまっているのだと気づいた。豆腐の濃い味が、身震いするほど美味い……このまま食べ進めたらどこかで気絶するかもしれないと思い、西川は一度お茶を飲んで舌と胃袋をリセットした。そうすると猛然と食欲が湧《わ》いてきて、具をご飯に載せて簡単な牛丼を作った。家ではこれに七味唐辛子をたっぷりかけてかきこむのだが、今日は用意がない。

それでも、汁がたっぷり染みた白飯を食べているうちに、自分が若返ったような感じがした。外回りで立ち食い蕎麦《そば》や牛丼が主食だった若い頃を思い出したせいかもしれない。美也子のこの料理は、チェーン店の牛丼よりもはるかに上品な味なのだが。

「父さん、それは……」竜彦が嫌そうに言った。

「何だ」

「いや、いきなり汁かけ飯は」

「お前も好きだろう」

「好きだけど、今日ぐらいは……」竜彦が、恋人の間島葵《まじまあおい》をちらりと見た。なるほど、恋人の前でだらしない父親はやめてくれ、か。ただ、汁かけ飯が下品かどうかは、昔から議論があって結論は出ていない。

「ごめんなさいね」美也子が代わりに謝った。「久しぶりに病院を出たから、こういう食べ方をしたくなるのよ」

「分かります」葵が笑いながら言った。「父もよく、そんなふうに食べてます」

「分かるか、竜彦？　こういう食べ方が普通なんだよ」

「俺はやらないけどね」

「今の、覚えておくぞ。二十年後もお前が茶碗《ちゃわん》を汚さずに飯を食べてるかどうか、検証しよう」

「父さん、入院しても理屈っぽいのは変わらないな」竜彦が溜息をつく。

「そりゃそうだ。脳には異常なしのお墨つきを得たからな。異常なしということは、前と変わらないということだから」

「多少柔らかくなってくれた方がよかったけど」

「それは犯人に言ってくれ」

食後、葵が淹れてくれたコーヒーを飲みながら、竜彦が土産《みやげ》に持ってきた高級チョコレートをつまむ。普段、甘いものはあまり食べないのだが、さすがに一粒数百円もするチョコレートは違う。甘みと苦味のバランスが取れていて、コーヒーの味をさらに引き立ててくれた。

腹が一杯だと、やはり動きにくくなる。今夜の散歩はやめにしておこう。代わりに三人を集めて、明日からの注意事項をきちんと伝えた。できるだけ一人で動かないこと。何かあったら躊躇なく警察に通報すること。逆に警察が尾行している可能性もあるが、守ってくれているのだから気にしないこと。

「二人は普通に仕事をしていて大丈夫だ。ただし、職場で何かおかしなことがあったら、すぐに警察に連絡すること。連絡は通っているから、ちゃんと話を聴いてもらえる。それと、俺にも忘れず連絡してくれ」

「だけど父さん、連絡を受けても動けないじゃないか」竜彦が反論する。

「何も知らないで取り残されるのが嫌なんだ」

「分かった、分かった」竜彦がうんざりした表情を浮かべる。

「それと葵さん、窮屈《きゅうくつ》な思いをさせて申し訳ないけど、これも安全のためだから」

「こちらこそすみません。実家が近くならそちらに行くんですが、鹿児島なので……」

「そうか、鹿児島のどこ？　鹿児島だったね」その時、西川の頭の中で何かがかちりと音を立てた。「ちなみに、鹿児島のどこ？　鹿児島市？」

「はい、そうですけど……」急に西川の口調が変わったので、葵が警戒したような表情を浮かべる。

「鹿児島市のどの辺ですか？　私は全然土地勘がないんだけど」

「ええと」葵が自分のバッグからタブレット端末を取り出して、地図を表示させた。「この辺です」

「鹿児島中央駅から歩いて行けるぐらい？」

「そうですね」

「じゃあ、本当に街中なんだ」

「ええ」

「ちなみに、鹿児島駅だとだいぶ感じが違うのかな？　隣町というほど近くない？」

「そうですね。JRで一駅、車だと二十分ぐらいかかると思います。田舎の二十分ですから、結構離れてますね」

「そうか……」

「何かあるんですか？」

「いや、何でもない」

鹿児島市と聞いて、石橋の実家を思い出したのだ。しかしそんなに離れていては、どんな街かも分からないだろうし、石橋を知っている可能性もないだろう。聞いてみてもよかったが、無駄になる可能性が高いと思って何も言わなかった。

二人が部屋に引き上げると、西川は美也子にだけは打ち明けた。

「明日から、俺も捜査を始める」

「大丈夫なんですか」美也子の顔が瞬時に蒼褪《あおざ》める。

「体は大丈夫だ。とにかく、他の連中に任せておけないから」

「こんな時ぐらい、沖田さんを頼ってもいいんじゃないですか」

「自分でやった方が早いんだ」

「でも、外にいると危険なんじゃないですか」美也子が食い下がる。

「追跡捜査係で仕事するよ。向こうに資料も置いてあるし、あそこなら安全だ。行き帰りだけ注意すれば大丈夫だろう」

「それでいいんですか？　柿谷さんが気を遣って、こんなところまで用意してくれたのに」

「あれが支援課の正規の仕事だから。普段からこんなことばかりやってるんだよ」

「何だか申し訳ないわ」

「その辺はお互い様だ。無事に解決したら、何か差し入れでもしよう」

「気をつけて下さいね。歩くだけでもまだ不自由なんだから」

「そんなの、歩いていればどんどん元に戻るよ。リハビリだ」

「まあ……あなたには『やめろ』と言っても無駄でしょうね。私が知っている中で一番頑固な人だから」

「そんなこともない」

「でも、本当に怪我にだけは気をつけて下さいよ。今の私たちには、将来の夢もあるんですから」

「それって、喫茶店のことか？」

「老後の小遣い稼ぎには最高でしょう。暇な時は、あなたは本を読んでいてもいいし、散歩だってし放題」

「おいおい――」

「老後が来る前に死なないで下さいね」

労《いたわ》りの台詞とも言えるが、よく考えるととんでもない発言である。そもそも俺の「老後」はいつからなのだろう？

4

「マジか」沖田は思わず声を張り上げた——いや、実際には驚きで、声は裏返ってしまっている。

昨夜鹿児島入りした大竹からの一報。石橋の現在の住所、そして携帯電話の番号を、自宅での聞き込みでゲットしたのだという。電話では答えられなくても、遠くからわざわざ来てくれた人には話すということなのか……それにしても、まだ朝の九時である。極めて短時間で情報を引き出したとしか思えない。

「お前、どんなテクニックを使ったんだ？」

「普通に聴いただけです」

「それで答えた？」

「ええ」

どうにも納得できない。しかし大竹のコミュニケーション方法は、他人が真似《まね》できるものではなさそうだ。あんなに喋らない人間が、どうして普通に聞き込みができるのだろう？

「分かった。情報を教えてくれ」

大竹が告げる石橋の携帯電話の番号と住所を、沖田は書き取った。

「では、これで戻ります」大竹が淡々と言った。

「おいおい、ちょっと待てよ。石橋は、実家とは連絡を取り合ってたんだろう？」

「そういうわけでもないようですが」

「家族とは縁切りしていても、昔の友だちとは繋《つな》がっている可能性がある。せっかく鹿児島まで行ったんだから、そういうところを探ってみたらどうだ？　確か、羽田《はねだ》行きの最終便は九時前じゃねえか？」

「八時四十分です」

「そこまで粘《ねば》ってもいいだろう。明日は少しゆっくり目の出勤でもいいぜ」

「分かりました」大竹は特に反論もしなかった。出張というのは微妙な仕事で、たまに本拠地を離れて羽を伸ばせる気楽さもある反面、どうしても結果を出さないといけないというプレッシャーもある。しかし大竹からは、どちらの感情も感じられなかった。

　そもそも感情がない人間なのかもしれない。

「おはよう」

　声を聞いて顔を上げると、西川が追跡捜査係に入ってくるところだった。京佳が目を見開いて立ち上がる。西川は係長席に行って素直に一礼した。京佳が低い声で説教を――内容は聞こえないが説教以外にあり得ない――始める。西川は相槌《あいづち》も打たず、ただ黙って何度もうなずいていた。しばらく続けている間に、京佳の方が疲れてしまったようだ。西川の態度は、まるでベテランボクサーの戦いだ、と沖田は思った。相手に打たせるだけ打たせておいて、急所には絶対ヒットしないように巧《たく》みにかわしていく。自分からは手を出さず、スタミナを温存して、後半戦に一気に攻める作戦——係長相手にそんなことをして、何の意味があるのかは分からないが。

「何やってるんだよ」西川が向かいの席についたので、沖田は思わず文句を言った。「怪我は大丈夫なのか」

「悪名高い東京の通勤ラッシュに耐えられたんだから、問題ないだろう」

「支援課にはちゃんと言ってあるのか？　向こうは気を遣って、隠れ家まで用意してくれたんだろう？」

「後で挨拶《あいさつ》しておくよ。それで、捜査の方はどうなんだ？」

「いきなりそれか？」

「それが知りたくて本部に出てきたんだ」

「まったく……」沖田は軽く悪態をついてメモ帳に視線を落とした。「大竹が鹿児島に行ってる。石橋の連絡先をゲットしてきた」

「よし、行こう」西川がさらりと言った。

「お前も行くのか？　足手まといになるぜ」

「そんなことはない。俺は元気だ」

「だったら、外の廊下で五十メートルのダッシュをやってみるか？　それで俺についてこられたら、連れていってやってもいい」

「そんな馬鹿なことをしている暇はない。行くぞ」西川が立ち上がる。その動きを見た限り、体調には問題なさそうだ。となると「ここで大人しくしていろ」とは言えない。

「コーヒーぐらい飲んだらどうだ？」

「いや」西川の顔が歪《ゆが》む。「コーヒーの用意ができないから、今日はないんだ。どこかで飲もう」

「石橋に電話してからじゃなくていいか？」

「いきなり行って驚かした方がいい」

「普通に働いているから、この時刻はいないと思うよ」

「働いているなら、弁護士はそこに連絡を入れているだろう。奴の個人情報はほとんどないんだよな？」

西川の念押しにむっとする。しかし実際、自分たちは石橋を追い詰めていないのだから、反論しようもない。

「弁護士はどうも非協力的でね。俺は、何か情報を摑んで、石橋を匿《かくま》っているんじゃないかと思う」

「否定はできないな」西川がうなずいた。「もしもそうだと分かったら、その弁護士も叩き潰《つぶ》してやればいい。だいたい、石橋みたいな人間の弁護をしてたんだから、ろくな弁護士じゃないよ」

俺でもそこまでは言わないけどな、と沖田は苦笑した。西川は完全に戦闘モードに入っている。そしてこの状態の西川が、普段の冷静さを失い、時にとんでもない暴走をすることを沖田は知っている。

石橋はいなかった。西川は切れなかった。しかし二人の話し合いは平行線を辿った。沖田は、電話番号が分かっているのだから、取り敢えず電話を突っこんでみるべきだと主張したのだが、西川は「それは最終手段にしたい」と譲らなかった。今のところ石橋に関する情報は二つ――住所と携帯電話の番号――しかなく、そのうち一つが怪しくなっているのだから、もう一つは慎重に使いたいということらしい。

「だけど、どうするよ。このまま張り込みか？」それなら牛尾や麻衣も使わなくてはいけない。そうなると京佳の指示が必要で、面倒なことになる――自分たちが動いているだけなら、京佳もあまり細かいことは言わないのだが。

「ちょっと防犯カメラのチェックをするか」西川が周囲を見回した。石橋が住んでいるのはワンルームのマンションで、オートロックのドアの内側に防犯カメラが見えている。それにこのマンションは最寄り駅から歩いて五分ほど、商店街の近くなので、近くにはかなりの数の防犯カメラがあるはずだ。石橋が映っている可能性も高く、何かの手がかりになるかもしれない。

二人はそれから手分けして、周辺の防犯カメラの映像をチェックした。昼過ぎまで粘って、かなりの数の映像が集まった。本来はＳＳＢＣの係員が現場を回って映像を集めるのだが、今回は特別だ。そもそもSSBCに出動を要請《ようせい》していたら、今日は間に合わなかった可能性が高い。

二人はそのまま、SSBCにデータを持ちこんだ。これらの情報を分析するのは、分析捜査支援担当。追跡捜査係も、最近はここの世話になることが多くなった。防犯カメラの映像追跡と、DNA型の鑑定技術の発達は、未解決事件の捜査にも大きな影響を与えている。

「じゃ、確かに受け取りました」応対してくれたのは、まだ二十代にしか見えない若い職員だった。

「ええと、一応名前を教えておいてもらえるかな」沖田は訊ねた。

「東田《ひがしだ》です。東西南北の東に田んぼの田、です。SSBCには一人しかいない苗字《みようじ》ですから、お見知りおきを」

「よろしく頼むぜ……ちなみに俺は沖田、こいつは西川だ」

「存じております」

何か微妙に嫌な言い方だ……沖田は西川と顔を見合わせた。自分たちの悪い評判が、SSBCにまで広がっているのだろうか。

「どうせ悪い話だろう？」

「とんでもないです。お二人のご活躍《かつやく》は、外から見ていても感激します」

「よせよ」沖田はつい荒っぽい口調で言ってしまった。「普段は他の部署から突っこまれてばかりだから、そんな風に言われると困る」

「失礼しました」東田がさっと頭を下げる。「でも、悪く言う人は、だいたい心が狭いんだと思います」

「君は心理学にも通じてるのか？」

沖田が皮肉を言うと、東田の耳が真《ま》っ赤《か》になった。おっと、これはまずい。自分たちを評価してくれている若い刑事は大事にしておかないと。この先、味方になる可能性もある。

「とにかくよろしく頼むよ」

「急ぎますよね？」

「ゆっくりでいい仕事なんてないんだけど……SSBCが忙しいのは百も承知で、急ぎで頼む」

「では、この映像の内容について、予《あらかじ》め聞かせて下さい。何を探すか、何を狙うかを事前にはっきりさせておきたいので」

二人は促されるまま、大きなテーブルについた。東田が矢継《やつ》ぎ早《ばや》に質問を重ね、答えをタブレット端末に打ちこんでいく。東田による事情聴取は三十分にも及んだ。SSBCには民間のIT企業などからリクルートされた専門家も多いのだが、通常の異動で赴任してくる警察官もいる。こういう事情聴取を臆《おく》さずできるということは、東田という男は元々警察官かもしれない。

「――はい、では、これでOKです。分かり次第、結果はお知らせしますので」

「何時でも構わねえぜ。俺は二十四時間営業だからよ」沖田は言った。

「すみません、私は二十四時間営業ではないので……でも、できるだけ早く何とかします」

「頼んだぜ」

二人はそのまま警視庁の食堂に移動して、遅い昼食を摂《と》った。沖田はコロッケと生姜《しようが》焼きのAランチ。西川はざるそば。

「何だよ、ざるそばなんかじゃ力が入らねえだろう」沖田はついからかった。

「今は、こういうさっぱりしたものがありがたいんだ。カロリーは十分補給できてるから」

「それならいいけどよ」

強がりにしか聞こえなかった。いつもの西川に比べて口数が少なく、歩くスピードも普段よりかなり遅い感じがする。威勢のいいことを言っていたものの、まだ怪我が治り切っていないのか、あるいは精神的な不安が悪影響を与えているのか。いずれにせよ、普段のパワーの五割程度しか出ていない感じがする。このまま調子が戻らないようなら、ぶん殴ってでも黙らせて、家に——セーフハウスに帰らせよう。心配だし、戦力にならない人間の面倒を見ている余裕は沖田にもない。

しかし、この場では「大丈夫か」とは聞かないことにした。どうせ「大丈夫」と答えるに決まっているのだから。

「取り敢えずＳＳＢＣの連絡待ちだな」さっさと食べ終えた沖田は、分かりきった結論を口にした。石橋の自宅で張り込むとか、近所で聞き込みをする捜査もあるが、そんなことを言い出したら西川は「自分も出る」と言い出すに決まっている。それでは何にもならない。

「張り込みしておく必要はないか？」西川の方で言い出してしまった。

「お前はどう思う？　俺は、石橋はもうあそこにいない感じがするんだ」

「俺もそんな予感がする。奴が本当に黒幕なら、行方《ゆくえ》をくらましていると考えるのが自然だ」

「何しろ目的を達してないからな」

「ああ」西川が暗い表情を浮かべる。「その目的っていうのは、俺を殺すことだろうが」

「そこはもう、安心だと思うんだけどな。奴が黒幕なら、二回失敗してることになる。しかも使った人間は二人とも逮捕された。ということは、もう上手くいくはずがないと分かっているはずだ。諦めるだろう」

「そういう風に判断できるほど、冷静な人間かどうかは分からないけどな」西川が反論した。

「まあな……しかし、今まで以上のリスクを押してまでやるだろうか」

「やらないと思ってるなら、俺が動くのに文句を言うなよ。危険なことはないはずだろう？」

「そりゃそうだが」これはまずい。理屈での押し合いになれば、西川には勝てない。

「一応、若い連中に聞き込みをやらせてみるか。牛尾たちはまだまだ、足を使わないと」

「俺たちは？」西川が不満そうに言った。

「資料の精査。お前が一番得意なことだろう？　そもそもの、捜査一課の件――別の犯人がいるという話も、掘り返しておいた方がいいだろう。それに、大竹が出張に行ってるから、連絡係も必要だし……俺たちが本部に残ろう」

「お前、もう疲れてるのか？」西川が疑わし気に訊ねた。

「そういうわけじゃねえけど、係長に任せきりだと、何かと心配じゃねえか」沖田は声をひそめた。「俺たちが司令塔をやっている方が安心なんだよ」

「分かった。午後は資料整理をする」

西川が案外簡単に納得したので、沖田はほっとした。ここで意地になられると、絶対に喧嘩になる。そして沖田としては、怪我人相手に喧嘩するわけにはいかない……一方的に西川に攻められて終わることになるのだろうが、さすがにそれは耐えられない。

「お前の体調を聞くのも面倒臭いし、お前も説明するのが面倒だろう？　だから今後、お前の体調の話はなしでいいな？　本当にやばそうな時だけ言ってくれ」

「あるいは、いきなり倒れるとか。その方が分かりやすいだろう」

「自棄《やけ》になるなよ」

「自棄にはなってない。自信がなくなっただけだ」

「ああ？」

「俺は、そんなに体力に自信があったわけじゃない。まあ、平均的な五十代という感じじゃないかな。でも今まで、病気にも怪我にもほとんど縁がなかった。それがいきなりこれだろう？　何だか急に自信がなくなった」

「今回はしょうがねえだろう。格闘技の達人でもなければ、避《よ》けられねえ」

「そうだけど、やっぱり情けないよ。歳《とし》を取ったとも思うし、これから今まで通りに仕事をしていけるかどうか、自信がない」

「段々衰《おとろ》えてくるのは間違いないけど、今回の件は年齢は関係ないんじゃねえか？　避けられないことだよ。悔しかったら、自分で事件を解決するんだな」

「そのつもりで出てきた」西川が自信ありげに言ったが、目は泳いでいる。こんな西川を見るのは珍しい――初めてかもしれない。西川は曖昧な言い方はしないし態度も見せないのだ。デジタル的に、できるかできないか、一かゼロかという感じ。しかし今の西川は、一とゼロの間で微妙に揺れ動いているようだ。

「とにかく焦るな。少しずつ慣れて、じっくりやればいいだろう」沖田はわざとのんびりした口調で言って、温《ぬる》くなったお茶を一口飲んだ。

「いや、急ぐ」

「おいおい――」

「自分の家じゃないところに押しこめられて、これから何日そこで過ごすか分からないんだぜ？　今はまだ大丈夫だけど、いずれストレスにやられそうだ。早く日常を取り戻したいんだよ」

「分かるけど、無理したら後が大変だぜ」

「今無理しないと、近い将来が駄目になるんだよ。俺には家族もいるし、普通の生活もある。早くそれを取り戻したいんだ。ようやく被害者の気持ちが分かったよ」

「いい勉強だな」

「別に、経験する必要はないけど」

「まあ――」そこで沖田は、ある人物に気づいた。「頭を低くしてろ」と西川に告げる。

「何だよ」西川が不満そうに言い返す。

「支援課の柿谷がいる。見つかるとまずいだろう」

「まずい――いや、もしかしたら俺がここにいることを分かって、忠告しにきたのかもしれない」

「何でお前の居場所が分かるんだ？」

「こいつだ」西川が、ワイシャツの胸ポケットから社員証のようなカードを取り出した。

「これで居場所を常に把握しているらしい」

「GPSか……首に鈴をつけられちまったな。どうする？」

「逃げるしかないだろう」

西川が、ざるそばのお盆をテーブルに放置したまま、そっと立ち上がった。そこで沖田は、二つの異変に気づいた。その一、お盆は自分で片づけるのがこの食堂のルールである。そして西川はマナーを無視する人間ではない。その二、問題のカードを持っている限り、どこへ逃げても捕まってしまう──そんなことさえ分かっていないのだろうか？　だとしたら、今の西川は本調子には程遠い。

5

捜査に動きがなくなった時は、最初に立ち戻るのも大事だ。沖田はそれを言いたかったのかもしれない。

西川は、沖田が集めてくれた捜査資料を小部屋に持ちこみ、出入り口に「立ち入り禁止」の札をかけた。書道三段の腕前を持つ麻衣がわざわざ毛筆で書いてくれたもので、妙な迫力──勝手に入ったら殺す、とでも脅すような強さがあった。

狭い空間に一人きり。西川としては非常に居心地がいい。基本的に狭い場所が好きで、自宅の階段下に作った小さな書斎も、中で椅子を回せないぐらい狭い。外へ出る時は、一度床を蹴《け》って椅子を外まで転がしていく必要があるぐらいだった。閉所恐怖症の人なら、五分で悲鳴を上げるような場所──この小部屋も同じようなものである。仕切り代わりのファイルキャビネットの高さは一・五メートルほどで、閉塞感《へいそくかん》はさほどではない……西川は、座ったままあらゆるファイルにアクセスできる、この狭さが気に入っている。

さて……美也子のコーヒーがないのが残念だが仕方ない。食後のコーヒーは、食堂で買ってきた紙コップ入りの百円のもの。取り敢えず苦味とカフェインは摂取《せっしゅ》できるので、これで我慢しよう。

コーヒーを一口。さて、まずは――資料を種類別に仕分けしていく。きちんとフォーマット通りに書かれた、担当者と上司の捺印《なついん》のある供述調書、報告書、報告書にもなっていない刑事の手書きメモのコピー。

初めに関係者の供述調書を時間軸に沿って並べ、古い順にざっと目を通していく。

佐木が怪しいという話は、犯行直後から出ていたようだ。複数の社員が佐木の名前を出し、「会社の金を使いこんでいて、社長と揉めていた」と証言している。中でも島野高大《しまのたかひろ》という今年三十五歳になる社員は、事件が起きる二日前に、社長が佐木を詰問《きつもん》している現場を目撃していた。しかも「認めて金を返せば見逃してやってもいい」「返さなければ警察に話を持ちこむ。材料は揃っている」などと、社長が突っこむ内容だったという。それに対して佐木はしどろもどろに返答するだけで、防戦一方だったそうだ。これだけ揉めていたら、殺したいほど恨みを抱いてもおかしくはない。

もう一つ、西川に情報を提供してきた人間も指摘していたバイクについて調べる。

資料の中には、バイクの写真があった。レースに出るようなマシンをイメージした尖《とが》ったモデル……というより、そのままレースに出られそうな感じだった。赤と黄色をベースにした派手《はで》なカラーリングに、空気を切り裂くようなデザインのカウリング。ハンドルとステップの位置のせいで、胸がタンクにつくほどの前傾姿勢を強いられそうだ。メーカー名は「モト・ロッソ」。調べてみると「赤いオートバイ」を意味するイタリア語のようだ。実に分かりやすい。

写真、それに輸入元が発行している豪華なカタログも見つかった。読みこんでいくと、四百万円という乗り出し価格も納得できないわけでもない……エンジンだけは日本メーカーのものを使っているが、組み立ては一台一台手作業で、パーツもワンオフが多いという。カタログから離れ、ウェブでも「モト・ロッソ」について調べてみる。創業は一九八〇年、その頃は日本もバイクブームだったので結構な数が輸入されたようだが、九〇年代以降は日本のバイクブームは落ち着き、長い不況のせいもあって、輸入が途絶えてしまう。五年ほど前に新しい代理店が決まり、久しぶりに輸入されるようになったのだった。

しかし、ネットでの評判は見かけない。他のバイクの情報は、大量に流れている。愛車自慢からカスタム情報、ツーリングの記録まで。しかし「モト・ロッソ」に関しては、ほとんど記載がなかった。画像検索してみると「たまたま街で見かけた」マシンを撮影したものや、カタログからダウンロードした写真ばかり。オーナーの声はまったく見つからない。

金持ちは金があることを明かさない、と西川は皮肉に思った。金があることが分かると、窃盗《せっとう》・強盗団のターゲットになる恐れがあるから、金持ちは自分の素性《すじょう》、暮らしぶりを隠すものだ。高級車を何台も持っていても、保管しておくガレージは家から離れた場所に確保し、自宅からそこへ行く時は古びた軽自動車を使ったりする。バイクが金持ちの象徴《しょうちょう》になるかどうかは……何とも言えない。

しかし佐木は、このメーカーのバイクを持っていた。「H1-R」というフラッグシップのハイパフォーマンスモデル。日本製の千ccエンジンをさらにチューンして、最高出力は二百五十馬力を謳《うた》う。西川のマイカーとほぼ同じ出力だと思うと頭がくらくらするようだった。車重はわずか二百三十キロ。どれだけ強烈な加速感を味わえるのだろう。

刑事たちのメモを見て、一年前、日本にはこのバイクは十台しか存在していなかったことが分かった。輸入元に確認したのだろうが、そのうちの一台が佐木の所有だった。当然、ナンバーやカラーリングも分かっている。

このバイクが、犯行現場の新橋付近にいた――Nシステムの記録に残っていた。

犯行当日、佐木は有給を取って高尾にツーリングに行っていた。宿泊先はバイカー専用の宿で、チェックイン後にもバイクを出して、山梨県境の峠道《とうげみち》を敢えて夜に攻めるライダーもいるようだ。しかし佐木のバイクは、犯行時刻の直前、新橋の会社近くにいたことが分かっている。Nシステムがエラーを起こすことはまずないので、この情報は間違いないと言っていいだろう。

しかし特捜本部は、この情報を佐木にぶつけられなかった。事情聴取されることを察したのか、佐木は事件直後に姿を消してしまい、問題のバイク「H1-R」も未《いま》だに発見されていない。もっともバイクは、どこか田舎の車庫にでも隠してしまえば、まず見つからない。最悪、ふ頭まで走って、海に落としてしまってもいい。

本人は千葉に隠れて生きていたようだ。さすがに以前のようにバイクを乗り回すわけにはいかなかっただろうが、いつか自由になる日を夢見て、どこかで保存していてもおかしくはない。事件が起きた時、佐木はこの「H1‐R」を購入して一年ほどしか経っていなかったので、走行距離もそれほど伸びていなかっただろう。まだまだ乗れるので、大事に保管しておいて……という考えはまったくおかしくない。

念のため、西川は輸入代理店に電話をかけた。元々、イタリアの家具などを輸入していた会社で、バイク事業に参入したのは最近のようだ。社内に愛好家がいたのだろうか。あるいは社長の鶴《つる》の一声か。

「お待たせしました……警察の人は、一年ぶりですか」

「ああ──そうですね」西川は一人うなずいた。一年前、事件が発生した時にも、特捜本部の刑事が徹底的に事情聴取をしたはずだ──それこそ、通常の業務が滞《とどこお》るぐらいに。向こうは、その時のうんざりした状況を思い出したに違いない。「私は一年前の捜査には参加していませんでした。別の人間が話を伺《うかが》ったはずです」

「そうですか……今回はどんなお話でしょうか」

「問題のバイク──『H1‐R』についてなんですが、今でも国内の登録は少ないんですか？」

「そうですね……ちょっと待って下さい」相手がパソコンをいじる気配があった。「仰る通りで、『H1‐R』の登録台数は、今年一月の段階でも十五台です」

「中古車として売買されたり、廃車になった情報は入ってくるものですか？」

「ケースバイケースですね」相手は淡々とした口調で言った。「うちの直営店に持ちこんでくるオーナーさんもいらっしゃいますし、中古バイクの専門店などで売る方もいらっしゃいます。手放す時の事情によって、様々ですね」

「問題の人間――佐木昌也という人物に関してはどうですか？　彼がバイクを手放したか、今も所有しているか、そういうことは分かりませんか？」

「中古車として弊社《へいしゃ》に持ちこまれた形跡はないですね。それ以上のことは、分かりません」

「佐木昌也が亡くなったのはご存じですか？」

「はい、先週、ニュースで観ました。びっくりしましたよ」

「佐木さん名義の『H1‐R』がどうなっているかは……分からないですよね？」

「ええ。申し訳ありませんが」

「それは仕方ありません……一つ、確認させてもらっていいですか？」

「分かることでしたら」

「一年前なんですが、佐木さん名義になっているバイクに他の人が乗っていたら、分かりますか？」

「いやあ、それは……車も同じですけど、バイクも人に貸したりすることはあります。その相手が誰かなんて、分かりようがないですね。特にバイクは、必ずヘルメットを被っていますから、Nシステムで写っても特定できないんじゃないですか。乗っている本人に直接確かめるしかないでしょう」

「それはそうですね……それと、バイクも車体番号がありますよね？　チェックは可能ですか」

「車検証には記載されていますから、それで調べることはできます」

「御社では調べていない？」

「うちで車検証にアクセスできるのは、実際の売買の時だけですから。警察の方が、調べようがあるんじゃないですか」

「分かりました」交通関係のセクションなら頻繁《ひんぱん》に行っていることだ。自分がやっても、それほど難しくはないだろう。「仕事中に失礼しました」

「いえいえ……でも、気分は良くないですね。うちのお客様が殺されたって、何だか縁起が悪いです」

「しかし佐木は指名手配されていました。犯罪者だった可能性が極めて高い」

「それが確定するまでは、うちにとっては大事なお客様ですから」

「どんな人だったか、ご存じですか？」

「マニアですね。海外のバイクマニアです。ヨーロッパ産の高機能なマシンの魅力に目覚めて、辿りついたのが『H1‐R』です」

「よくご存じですね」

「実際に応対してお売りしたのは私なんです。一年前までは、東京営業所にいまして」

「なるほど」こんなに佐木に近い人間がいるとは……ここはもう少し食い下がろうと西川は決めた。「それだけ海外のバイクに乗っていたということは、金回りは良かったんでしょうね」

「ご本人はカツカツだと仰ってましたよ。給料のほとんどをバイクに注《つ》ぎこんでいると――それでも、車に比べれば何分の一ですけどね。フェラーリを一台所有したら、どれだけ金がかかるか」

「すみません、縁がない世界なのでよく分かりません」

「そもそもフェラーリの価格は、『H1－R』の何倍もします。燃費も天と地ほど違うし、メインテナンスや車検にかかる料金も桁違《けたちが》いです」

「移動手段として考えた場合、バイクの方がはるかに効率的ということですね」

「まあ、そんなに淡々とした話ではないですけどね。バイクにも車にもロマンがありますから」

「佐木は、どういう目的でそちらのバイクを買ったんですか？　自分でもレースに出るためとか？　そういう用途にも耐えられますよね」

「基本的にはツーリングですね。もちろん、『H1－R』は本格的なレースにも使えますけど、意外と長距離のツーリングにも向いているんです。東京―大阪ぐらいなら楽勝ですね」

「静岡辺りで腰が爆発しそうな感じもしますけどね。ものすごい前傾姿勢で、苦しいんじゃないですか」

「いえいえ、空力特性が優れているので、意外に楽なんですよ。バイクの場合、乗っている姿勢よりも、風との戦いが大変なんです。ハーレーは、エンジンは余裕があっていいんですけど、上体が直立しますから、風をもろに受けます。それだと、五十キロも走ると疲れ切ってしまう。『H1-R』の場合、きちんとしたライディングフォームを保っていれば、ほとんどカウルの陰に隠れて、風が当たらないんです。結果、疲れない」

「そんなに高いバイクをツーリングだけに使うのは、もったいないような気がしますが」

「それも人それぞれですので」

「なるほど……ありがとうございます。仕事中、お邪魔しました」

電話を切ると、西川はすぐに佐木の「H1-R」のナンバーを管理する運輸支局に電話を入れた。この手の問い合わせは頻繁にあるようで、話の流れはスムーズである。調べて折り返し電話してくれるということで、ここでの調査は一時ストップした。

疲れた……書類の精査は追跡捜査係の基本的な仕事で、西川は朝から晩まで書類を読んでいることも珍しくない。しかし今は、これまで経験したことのない疲労感を覚えていた。やはり入院していて、体力が落ちてしまったのだろうか。頭の働きも少し鈍くなって、集中力が薄れてしまったとか。

目を瞑《つぶ》り、首を後ろに倒して天井を仰《あお》ぐ。久々の肩凝《かたこ》りだ……入院中は肩凝りとは無縁だったので、何だか妙に懐かしい感じもした。

「どうだ？」

沖田の声に目を開く。同時に、コーヒーの香りが漂ってきた。

「いろいろ調べたけど、決定的な材料はないな」

「コーヒー、飲むか」

「ありがたいけど、どうした」

「隣で買ってきた」

「ああ」警視庁の隣の中央合同庁舎には、チェーンのコーヒーショップが入っている。セーフハウスにいるので、今朝は美也子のコーヒーを持って来られなかった西川も、そこで朝の一杯を買ってきたのだった。とうに飲んでしまったが。「奢《おご》りか？」

「これぐらいはな」

「明日、雨にならないといいけど」

「ほざけ」

沖田が鼻を鳴らし、西川の前にカップを置いた。自分も向かいに腰を下ろし、音を立ててコーヒーを飲む。

「どう思う？」沖田が訊ねる。

「何が？」

「一年前の捜査に瑕疵《かし》はあったと思うか?」

「いや」西川もコーヒーを一口飲んだ。少し濃過ぎる——苦みが勝《まさ》っているが、眠気覚ましにはちょうどいい。「今のところ、重大な問題はないと思う。特捜が佐木に目をつけるのも当然だ。あれだけ、社内の人間から金の問題を言われたら、疑うさ。金はいつでも、犯行の動機になる」

「だな」沖田がうなずいた。「俺もそうは思った。ただ、裏取りが弱い気がするんだ。佐木が会社の金を使いこんだ——それは社員の証言だけで、実際に金の流れを調べたりしていたわけじゃない」

「偽情報だって言うのか?」

「故意かどうかはともかく。会社の中では色々噂が流れてるもんだろう? 佐木も結構生意気な人間だったみたいだから、社内では白い目で見られて、変な誤解を生んでいたんじゃないかな」

「可能性はないとは言えないけど、金の話を否定できる情報もない……ただ、いろいろ考えてみると、全部弱いんだ。これはという確定的な情報がない」

「そうだなあ」沖田が、テーブルに出ていた『H1‐R』の写真を取り上げた。「バイクの件、調べてたか?」

「ああ。どこかにつながるかどうかは分からないけどな」

「このバイク、四百万だっけ?」

「乗り出し価格で」

沖田が口笛を吹いた。心底呆れている様子である。

「バイクに四百万って、どういう感覚なのかね」

「車に二千万使うのはどう思う？」

「ああ？」何が言いたいんだとでも言いたげに、沖田が目を見開く。

「フェラーリなら、それぐらいはするだろう。でも、フェラーリを買ってメンタリティを疑われる人はあまりいないはずだ」

「まあな。金持ちだなって思われるぐらいじゃねえか」沖田がコーヒーカップの蓋《ふた》を撫でた。「フェラーリよりもスーパーカブって知ってるか？」

「何だよ、その比較」

「フェラーリの百分の一の値段のスーパーカブの方が、乗っててはるかにスリリングだっていう話。そりゃそうだよな、体がむき出しの状態なんだから。つまり、それだけ趣味性が高いってわけだ。問題は、趣味に四百万も突っこむメンタリティだよ」

「他に趣味がなければおかしくないかもしれないけど、半端な額じゃないな」

「死んじまったから、今となっては何も聴けないけどな。それで、バイクの方で何か出てきたか？」

「今、車体番号をチェックしてもらってる。誰かに譲渡されていたりしたら、手がかりになるかもしれない。この後、防犯カメラの映像を再チェックしようと思うんだ」

「SSBCまで参加して、テープが擦り切れるほど観たはずだぜ」

「テープって何だよ」西川は思わず鼻を鳴らした。「お前がアナログのテープ世代だってことは分かってるけど、今時それはないだろう」

「分かった、分かった。安心したよ」

「何が？」

「意味のない突っこみをしてくるのは、入院前と同じだ」

「勝手に言ってろ」

「防犯カメラの映像チェック、手伝おうか？」

「いや、それは一人でできる」西川は腕時計を見た。「でも場合によっては、家に持ち帰るけど」

「家——セーフハウスでできるのか？　パソコンとかは持ちこんでないだろう？」

「しまった、そうだった。家に置いてあるもの、結構あるんだよな。一度帰って、取ってくるか」

「それはやめてもらえますか」第三者の声——誰なのかすぐに分かった。晶だ。

西川は咳払《せきばら》いしただけで反論もしなかった。支援課の庇護《ひご》を抜け出したのは自分の判断だし、ここでどんな非難を受けても何も言い返せない。

「何で出勤してるんですか」晶の声は平坦《へいたん》だった。それが逆に怖い。

「ああー、それは……整理整頓《せいとん》」

「はい?」

「入院している間に溜まった仕事を、整理だけしておこうと思ってね。そうしないと安心して休んでいられない」西川は沖田に必死に視線を送った。お前も同調してフォローしてくれ。そうじゃないと、柿谷晶という人間からは逃げられそうにない——しかし沖田は動かなかった。『H1-R』の写真を手にして、いかにも何か手がかりを探しているように凝視《ぎょうし》している。これは駄目だ……。

「もう終わったんですか? 終わりましたよね」晶が決めつけた。

「ああ、もちろん。そろそろ帰ろうと思ってたんだ」

「奥さんが心配しますよ。息子さんも、息子さんの婚約者も」

「一つ、訂正していいかな。彼女はまだ、息子と正式に婚約したわけじゃない」

「覚えておきます。とにかくお帰り下さい」晶が話の流れをあっさり断ち切った。「今後もこちらに来られるようなら、うちとしては本格的に監視をつけます」

「監視?」

「マンションに、二十四時間体制で人を張りつけます」

「支援課にはそんな余裕があるのか?」

「守る必要があると判断すれば、無理してでも」

「……了解」この戦いでは絶対に勝てない、と西川は諦めた。

「では、さっさと帰って下さい。こっちはずっと、チェックしてますからね」

晶が小部屋を出て行った。西川は彼女の気配が消えるのを待って、息を漏らした。

「いやはや、すげえ娘《こ》だな」沖田も溜息をついた。「猛烈だとは聞いてたけど、あれほどとは思わなかった。あれでまともに被害者支援なんかできるのかね？　むしろ、被害者が緊張しちまうんじゃないか」

「相手によって態度を変えるのかもしれない」

「で、どうする？」

「そりゃあ、帰るさ。また責められたらたまらない」

「で、明日もセーフハウスに籠ってる？」

「まさか。家にカードを置いて、ここへ来る」

「おいおい」沖田が急に真剣な表情になった。「そのカードは、お前を守るものでもあるんだぞ。どこにいるか分かっていれば、何かあってもすぐに救助に行ける」

「家と警視庁の往復だけで、どれだけ危険があると思う？　途中の地下鉄の中で襲ってくる奴がいると思うか？　警視庁の中に入ってしまえば、安全だ」

「支援課との方、自分で上手く話しておけよ。俺が間に入るのは嫌だからな」

「分かってるよ。それぐらい、自分でできる」

「だったらいいよ。明日もこっちへ来るんだな？」

「夜の間に何かあれば別だけど」

「じゃあ、今日はさっさと帰れよ。いつまでもここにいると、支援課がまた攻めて来る

「それは勘弁して欲しいな」西川も顔をしかめた。確かに柿谷晶は強烈だ。支援課ではなく組織犯罪対策部に置いて、暴力団員の取り調べでもさせる方が合っているかもしれない。

ぞ」

6

疲れるな、と沖田は思わず溜息を漏らした。溜息というか、弱気を。普段は響子に弱音を吐くことなどないのだが、とにかく今は参っている。自分のことだったら何とか気持ちをコントロールできるが、西川の問題だからだろうか。

響子の家で、彼女手作りの夕飯を食べ終え、ゆったりと流れる時間。今日は食事だけして自宅へ戻ろうかと思ったが、急に面倒臭くなってしまった。ここにも着替えは置いてあるし、泊まっても明日の仕事に差し障《さわ》りはない。響子はあっさり許可してくれた。

「デザートにデコポンでもどう？」

「デコポン？　何だ、それ」

「知らないの？　東京でも普通に売ってるわよ」

「スーパーとかには行かないからなあ」

響子が巨大な――普通のみかんの二倍もありそうなオレンジ色の果物を持ってきた。色合い、形からして柑橘《かんきつ》類だとは分かるが、味はどうなのだろう。沖田は大きな柑橘類というとグレープフルーツや甘夏《あまなつ》を考えて、子どもの頃の「酸っぱい」記憶を思い出してしまう。

「酸っぱくないか？」

「ものすごく甘いわよ。糖度十三度以上、酸度一度以下のシラヌイがデコポンって名乗れるの」

「そのシラヌイの一種みたいなものか」

「種類じゃなくて、登録商標……一定の基準を満たしたものだけが、デコポンになる感じ」

「長崎名物とか？」彼女の実家は長崎である。その実家の呉服店を継ぐと言っている息子は今、九州の大学で経営学を勉強中だ。その子がある事件に巻きこまれたのがきっかけで沖田と響子は出会ったのだが、精神的に追いこまれ、部屋に引きこもっていたあの小学生が、ずいぶんたくましくなったと思う。実家の両親は、「戻って店を継いでくれ」と響子に何度も頼んでいたのだが、結局息子が後継ぎとして名乗りを上げ、老舗《しにせ》の後継問題は解決してしまった。呉服——というよりファッションに興味を持っているとは思わなかったのだが……しかし響子の両親も孫は可愛《かわい》いわけで、諸手《もろて》を挙げて大歓迎している。

「熊本。でも、今はどこでも食べられるから。今日はスーパーで安かったから買ってきたの」

「そうか」

響子が皮を剝《む》き始めると、爽《さわ》やかな香りがダイニングルームに満ちた。レモンのように強い香りではなく、もっと甘やか……どんな味がするのだろう。

皮が分厚いせいか、サイズの割に中身は小さい感じがする。それでもみかんよりはずっと大きいか……響子は一房ずつ丁寧に分けて、小皿に盛った。

早速一つ食べてみる。これは——甘い。すっかり熟したみかんよりも甘さが強く、酸味はほとんど感じられないぐらい柔らかな味わいだった。

「美味いな、これ」本気で感心して沖田は言った。

「でしょう？　高いだけあるわ」

「いくら？」

「二個で六百八十円」

「それは高い」値段を知ると、急に旨《うま》みがアップしたように感じられた。「今頃が旬《しゅん》なのかな」

「二月から三月にかけてね。九州は果物《くだもの》も美味《おい》しいから、今度行ってみない？」

「実家へ？」つい顔が引き攣《つ》ってしまう。

「それは気にしないでいいから」響子が苦笑する。実は沖田は、彼女の実家には一度しか行ったことがない。いよいよ結婚の許可をもらおうとして実家を訪問したものの、東京で事件が起きてすぐに舞い戻ったせいで、結局きちんと挨拶もしないまま、結婚の話は曖昧になってしまった。そのせいもあって、今でも行きにくい。響子は「気にすることはない」と言ってくれるのだが。

「もうちょっとしたら、西川一家を誘って温泉にでも行ってみるか」

「いいわね」響子は乗ってきた。「今日、美也子さんと話したんだけど、精神的にだいぶ参ってるから」

「隠れ家生活は、まだ二日目なんだけどな」

「旅行でもないのに、自宅以外の場所でずっと過ごしていたら、嫌になるわよ」

「だよな」沖田も同意した。「美也子さんは、西川よりもタフそうだけど」

「でも、西川さんが襲われた件もあるし、犯人が全員捕まるまでは安心できないでしょう。どうなってるの？」

「ちょっと中だるみみたいな感じだ。西川は本部に出てきちまうし」

「大丈夫なの？」響子が目を細める。

「本調子とは言えないな。こっちでもケアしておくけど……本当に、一段落したら温泉もいいな。その話をして、美也子さんをリラックスさせてくれないか？　あとは喫茶店の話とか」

「分かった」響子もデコポンを食べた。表情が緩《ゆる》む――緩むほど美味いのだ。「美也子さん、静岡の実家を喫茶店に改装する計画を持ってるの、知ってる？」

「聞いた。でも、西川がそれに耐えられるかな」

「西川さんも、静岡でゆっくりしながら喫茶店の手伝いをすればいいじゃない。程よく仕事をするのが、老後も元気に生きるコツって言うでしょう」

「老後か……俺はどうするかな。君も静岡に行くつもりか？」

「まだピンとこないけど、本当に静岡で喫茶店を開くなら、手伝いたいわ。あなたはどうする？」

「まだ決められないよ。静岡なんて全然縁がないところだし、喫茶店で働くなんて想像もできない」

「そうよね……でも、定年まで時間があるんだから、ゆっくり考えてみたら？」

考えるだけならいい――しかし響子が前のめりになっているのが気がかりだった。彼女も色々と辛い思いをしてきた。結婚、出産、離婚。一人息子が事件に巻きこまれ、精神的なサポートが必要な時期も長かった。沖田とつき合うようになってから、妊娠・流産も経験している。今働いているIT系の企業では、正社員として仕事の面でも待遇《たいぐう》面でも安定しているが、今後どうするかを考える年齢になってきているのも間違いない。歳を取ったら、落ち着いた気候の静岡でゆっくり穏やかに過ごす――そんな風に考えても責められない。

その場合、やはり自分も静岡へ一緒に行って、彼女を支えるべきだろうか？　いや、そもそも彼女は、自分がついていくのを許してくれるだろうか。

歳を取ってから捨てられると、ショックは大きい。男の方が、メンタルはずっと弱いのだ。

翌日、沖田が登庁すると、西川は既に自席についていた。沖田の顔を見ると、胸の前でさっと手を振ってみせた。

「ああ？　何が言いてえんだ？」

「カードはないっていう意味だ。何で分からないんだ？」

「お前、ジェスチャー、下手だな」

「お前の読みが悪いんだ」

「そういうことにしておいてやるよ。可哀想《かわいそう》だからな」

西川がうなずき、ポットからコーヒーを注いだ。今までずっと使っていたポットではない。

「新調したのか？」

「昨日帰ったら、用意してあった」

「美也子さん、さすがだな」

「落ち着いたら温泉にでも連れていくよ。このところ、旅行とかも行ってないから——何がおかしい？　何で笑ってるんだ？」

「昨夜、響子と同じような話をしてたんだ。事件が解決したら、皆で温泉にでも行くかって」

「俺とお前が一緒に有給を取ったら、まずいんじゃないかな」

「ここの仕事も、そろそろ牛尾たちに任せようぜ。任せないと、若い奴は育たねえ」

「そりゃそうだけど」

そこへ、大竹が入って来た。一泊二日の慌ただしい出張で、しかも帰って来たのは昨日の最終便なのに、特に疲れているようには見えない。まったく平常運転という感じだった。

「お疲れ。昨夜話は聞いたけど、何かつけ加えることはあるか?」

大竹が首を横に振った。「いえ」と短く言うだけで済むのに、何も言わない。

「俺は詳しく聞いてないけど」西川が不満そうに言った。

「昨夜、こっちへ帰って来た時点で電話をもらったんだ。西川に説明してやれよ」

大竹が口を開き始めた時に、沖田のスマートフォンが鳴った。画面には、見覚えのない携帯の番号が浮かんでいる。

「もしもし?」

「あ、沖田さんですか? SSBCの東田です」

「ああ、お疲れ」

「いろいろなことが分かりました。直接お話しした方がいいんじゃないかと思いまして」

「もう? 昨日の今日じゃねえか」

「スピードがうちのモットーでして」

彼個人のモットーではないかと思った。今、SSBCには様々なデータの分析依頼が集中しており、作業は滞りがちだ。

「助かるよ。是非解説願いたい」

「そちらへ伺ってもいいんですけど、どうしますか？」

沖田は係長席を見た。京佳はいない……今日から福岡県警に出張だったと思い出した。最近、全国各地の警察本部で、警視庁と同じような未解決事件担当の部署を作ろうという動きが出てきている。西川はよく呼ばれて、組織の概要、仕事の取り組み方などを説明するセミナーを開いてきたのだが、今回の福岡行きは、京佳が自ら手を挙げたものだった。どうやら主任ではなく係長こそ、他県警への「指導」を担当すべきと思っている節がある。沖田にすれば、どうでもいい話なのだが。

「ちょうどいい。うちは今、人が揃ってるから、来てもらえればすぐに話が聞ける」実際には、牛尾と麻衣は朝から石橋の家を張り込んでいるが、二人には後から説明すればいいだろう。呑みこみは早いし。「いつでもいいよ」

「じゃあ、すぐに伺います。そちらに、大きいモニターはないですよね？」

「個人のパソコンだけだよ」

「何とかします……後ほど」

電話を切ると、西川が興味津々といった表情で見ている。

「ＳＢＣか？」

「ああ。これから説明に来るってさ」

「もう終わったのか？」疑わし気に西川が言った。

「スピードを上げてやったと言ってる」

「SSBCに、そんなに余裕があるとは思えないけどな」

「できたって言ってるんだから、いいじゃねえか。東田が来たら、何か奢ってやろうぜ。あいつを味方につけておくと、何かと便利だ」

「そうだな。あそこにネタ元――というか、こっちの依頼を優先してやってくれる人間がいたら、捜査の進み具合が全然違う」

「誘ってみるか」

「取り敢えず今は、コーヒーぐらい用意しておいたらどうだ」

「その間に、あいつは来ちまうよ」

「しょうがない」

西川が立ち上がり、追跡捜査係の片隅にある冷蔵庫を開けた。

「林の名前が書いてあるプリンがあるぞ」

「それは林のやつだろう」

「林には、後でもっといいのを買ってやることにして、今回はお茶請《う》けとして東田に提供しよう」

「大丈夫かね」麻衣が時々、冷蔵庫に自分用のスイーツを補給していることは沖田も知ってる。きつい仕事の合間の息抜きとして、悪いことではない。しかし……コンビニで売っているようなものならいいが、特別な製品だったらどうしよう。プリンを買うために、わざわざ表参道《おもてさんどう》まで行くのは面倒臭い。まあ……西川がリハビリがてら行ってくれるなら、それで構わないが。

仕方なく、沖田はお茶を用意した。今は全員が、好きな飲み物を買ってきて飲んでいるが、一応係としてお茶の用意はある。ここでお茶を淹れるなんて、いつ以来だったか……しかし沖田も、ちょうどいい温度と濃度で緑茶を淹れるノウハウは身につけている。若い頃に、「最年少の人間が毎朝お茶を用意する」という警察の伝統の洗礼を受けた世代だ。先輩たちの好みのお茶の淹れ方を覚えるのが刑事としての第一歩――と教わったのだが、今考えても、それが刑事の仕事と何の関係があるのか、さっぱり分からない。

電話を切ってから十分後、東田がやって来た。普段沖田たちが使うモバイル用のパソコンよりもかなり大きなノートパソコンを持ってきている。

「お待たせしました」

「こっちに打ち合わせスペースがあるから」

小部屋に案内し、二人は東田に向かい合う位置に座った。東田はすぐにパソコンをスリープモードから復旧させた。

「まずこれを見て下さい。現在の石橋です」

画面に一枚の写真が現れる。免許写真……ではない。正面から撮影されたものだが、きちんとした照明や機材を使い、腕のいいカメラマンが撮ったものではなかった。

「これは？」

「自宅近くの防犯カメラの映像から切り取りました」

「そもそも何で、現在の石橋の顔が分かったんだ？　あいつは長いこと服役していて、最近の写真は我々の手元にはない」

「ああ、それは加齢加工ソフトで……以前に逮捕された時の写真を、加齢加工しました。現在の姿に近いものができたと思います。それを、自宅近くで撮影された防犯カメラの映像と照合したんです」

「ノウハウは分かったけど、頼んだのは昨日だぞ」

それともSSBCには、見当たり捜査が得意な刑事のような人材がいるのだろうか。一種の特殊な能力を要する捜査で、今でも有効とされる。例えば指名手配犯や窃盗の常習犯の写真を頭に叩きこみ、雑踏《ざっとう》に立って、行き交う人の中から当該の人物を捜し出す捜査方法である。高い映像記憶能力と、無数の人の中から一人の人間を抽出《ちゆうしゆつ》する目の良さが求められる。

「AIで見当たり捜査のようなことができるソフトを開発しているんです。まだバージョン1もリリースできていませんけど」

東田がどこか自慢げに言った。実際にこの男がソフト開発に関《かか》わっているのかもしれない、と沖田は思った。

「つまり、画像照合をリアルタイムで自動的にやるようなソフトなのか？」

「ご明答です」東田が嬉しそうに言った。「対象になる画像と、こちらで既にデータベース化しているアーカイブを自動的に比較するんです。今回はそのベータ版を使っています。加齢ソフトを使って現在の姿形に加工した石橋の顔を、対象画像として使いました。自宅近くで何度も防犯カメラに映っていますが、その一覧をまとめましたので、ご覧下さい」

東田がプリントアウトを三枚、配った。表計算ソフトで作って印刷したものだが、字が細かい……最近の沖田にはちょっときつい内容だった。それでも辛うじて文字は読み取れる。上から下に向かって新しい順に並べられており、一番上は今月十五日だった。

「最後に目撃されたのが、三月十五日なんだね」

「ええ」

沖田は西川に目配せした。西川も素早くうなずく。三月十五日——西川が襲われた日だ。東田のレポートによると、石橋はその日の午後五時過ぎ、自宅近くの駅の防犯カメラに映っている。その後の映像はなし——ということは、それ以来石橋は帰宅していない可能性が高い。

「石橋の映像は……全部で十五本あるんだな？」

「それは持ってきました」東田がワイシャツの胸ポケットからUSBメモリを取り出した。情報流出を避けるために、警視庁では外部記憶装置の使用を控《ひか》えるようにというお達しが出ているのだが、SSBCはその原則とは関係ないのかもしれない。

「それと、これもです」東田が折り畳《たた》んだ小さな紙片を沖田に渡す。

「これは？」沖田は紙片を開いた。十数桁《けた》の数字とアルファベットの羅列《られつ》——どう見ても何かのパスワードである。

「USBはロックしてありますから、中を見る時はそのパスワードを使って下さい」

「準備は万全だな」

「当然です」東田が胸を張る。

「さすが、SSBCだ」

こういう時に自分の腕を自慢する人間は、だいたい嫌われる。しかし東田の場合は、怒る気になれないのだった。どことなく、子どもが自慢しているような微笑《ほほえ》ましい感じがする。

「まず、今の件が一点です。もう一点、おかしな場所に石橋がいた可能性があります」

「それは？」

「先日、新橋の事件で指名手配されていた佐木昌也が死亡しましたよね？　交通事故で」

「ああ」

「事故の少し前、その現場近くに石橋がいた可能性があります――可能性があるなんていう言い方はどうかな。防犯カメラに映っていたのは間違いないんだから」

「ちょっと待て」西川が緊迫した声で割って入った。「石橋が佐木の事故に絡んでいたとでもいうのか？」

「そうは言っていません。事故の直前、その近くに石橋がいた可能性が極めて高い、というだけの話です」

「可能性の話じゃなくて、事実を教えてくれ」

「では、この映像を観て下さい」西川は厳しく追いこむような喋り方をしているのだが、東田は動じる気配がない。キーボードに指を走らせると、画面上ですぐに映像が動き出した。

「それはこちらに」

「確かに石橋だ」気づいた西川が、呆気《あつけ》に取られたような声を上げる。「詳しい場所は？」

東田が二枚目のペーパーを取り出した。地図をプリントアウトしたもので、ほぼ真ん中にピンのアイコンが立っている。

「千葉だね？」沖田は確認した。

「ええ。市川です。このピンが立っているところはガソリンスタンドなんですが、ここの防犯カメラに石橋が映っていました。事故現場から百メートルぐらいしか離れていません」

「おかしいな。こんなところを歩いているのがそもそも変だ」沖田は指摘した。「この辺、駅も遠いし、移動するなら車を使うのが普通だろう」

「確かに」西川も同意した。「警戒している様子なのが、また怪しい」

「この近辺で、他に石橋が映っている動画はないのか？」

「残念ながら――ちょっと説明が必要ですけど、いいですか？」

「もちろん」沖田はうなずいた。

「先ほどの映像照合システムを使いました。うちのデータベースにある映像ならどれでも照合可能で、たまたまこのガソリンスタンドの映像は手元にあったんです。街角の全ての防犯カメラの映像とリアルタイムで照合するのは、さすがにまだ無理ですけどね」

「それができたら、完璧な監視社会だ。そいつは願い下げだね」

「警察としては、監視と治安を優先して考えるのが普通かと思いますが」東田が珍しく反論した。

「人間には、自分の行動を知られない権利もあるんじゃねえか」沖田もつい言い返した。

「犯罪者には、そういう権利はありません」

「まあ……それは否定できねえな。とにかく分かった。これで石橋の動きは多少確認できたってわけだな――大竹、あれをお出しして」

東田はやはり優秀だし、こちらに協力的だ。どうしても今のうちに「買って」おく必要がある。

大竹がすぐに、プリンと緑茶を持って戻ってきた。

「お疲れでした。十時のお茶にはちょっと早いけど、甘いものでもどうですか」沖田は精一杯の愛想を使った。「頭を使った後には、糖質を補給しておくのがいいのでは?」

「いいんですか?」遠慮がちに言いながら、東田は既にプリンに手を伸ばしていた。「これ、『南洋堂《なんようどう》』のクラシックプリンじゃないですか」東田の声のトーンが、どんどん高くなっていく。

「お高い店なのかい？」

「お高くはないですけど、行列ができて大変ですよ。半年ぐらい前に表参道にオープンしたんですけどね」

やはり表参道か……これはまずい。そんなに評判のプリン、しかも麻衣がわざわざ並んで買ったのなら、絶対に補充しておかねばならない。

「では、いただきます」東田が嬉しそうに言って、プリンを食べ始めた。一口食べて目を閉じ、「ああ」と感嘆の声を漏らす。「これは美味いです。昔ながらの硬いプリンの最高峰、みたいな感じですね」

「甘いものの食べ歩きが趣味とか？」

「好きなんですけど、なかなか時間がなくて。南洋堂のプリンは前から食べてみたかったんですよ。ありがとうございます」

「偶然でね……取り敢えず、映像データはこっちで預かる。何かあったらまたお願いするよ」

「いつでもどうぞ。何か甘いものがあったら、すぐに伺いますから」

「ああ、ありがとう」

なかなか役にたつ男だ。さて、これから、石橋が市川の事故現場の近くにいた謎《なぞ》を解かねばならない。そもそも石橋は自宅に戻っていない可能性が高いのだし……入念な監視は、しばらくは必要ないだろう。沖田は牛尾に電話をかけ、張り込みを中止して本部に戻るように命じた。

西川はさっそく自分のパソコンにＵＳＢメモリを挿し、複数の映像を確認し始めている。腕組みし、渋い表情……何か新しい情報が出てくると信じていたのに、上手くいっていない様子だった。

「どうだ？」

「うん……何とも言えないけど……気にはなるな」

「現場の聞き込みが必要だな。それと、防犯カメラの映像ももっと手に入れないと。千葉での奴の足取りをチェックだ」

「千葉県警が、死亡事故の捜査として防犯カメラの映像を集めているかもしれない。聞いてみたらどうだ？」

「そうだな」

沖田は早速市川中央署に電話をかけ、先日話した交通課長を呼び出してもらった。向こうも沖田を覚えていたが、怪訝《けげん》そうな口調だった。

「まだ何かあるんですか？　うちでは、普通に捜査を進めていますけど」

「実は、こちらの捜査に関係あるかもしれない事情が出てきて、事故現場周辺の防犯カメラの映像を探しているんです。ある人物を探していまして、事故の直前にそちらにいたことが分かったんです。映像、ありますよね？」

「ええ、大量に」

「では、それをお借りしてもいいですか？」

「大丈夫ですけど、かなりの数ですし、どうしますか？　メールというわけにはいかないと思いますよ」

「それに関しては、うちのＳＳＢＣから連絡させてもらっていいでしょうか。あそこなら、何か上手い手を考えつくかもしれないので」

「分かりました。でも、何かうちにも関係あるようなことなんですか？」交通課長は、未だに怪訝そうだった。

「直接は関係ないと思います……今のところは」

「引っかかる言い方ですね」

「失礼しました。でも、この情報はまだ手に入ったばかりで、分析も始まっていないんですよ。何か分かったら、遅滞なく連絡しますので」

「そうですか？　それならいいんですけど」

「ご協力、ありがとうございます」

沖田は少し間を置いて、ＳＳＢＣの東田に連絡を入れた。東田は、動画ファイルの受け渡しについては任せて欲しいと請《う》け合《あ》ってくれた。

まあ、何と協力的で愛想がいい人間なのか。沖田は、この事件が一段落したら、絶対に飯を奢ってやろうと決めた。酒を呑むかどうかは分からないが、いい食べっぷりを披露《ひろう》してくれそうな感じがする。沖田も、若い連中が嬉しそうに食べるのを見て喜ぶような年齢になったということかもしれない。

「あまり期待するなよ」西川が突然言った。

「何が？」

「石橋が市川にいたこと。佐木の交通事故と何か関係あると思ってるだろう」

「それは――まあ、結びつけて考えたくなるじゃねえか」

「偶然の可能性が高いと思う。俺たちは石橋のことを何も知らないと言ってもいい。奴が市川に顔を出す明確な理由、思いつくか？」

「それは……」

「期待するのは分かるけど、期待し過ぎちゃ駄目だ。関係あると思っていたものが、単なる偶然であることはよくあるだろう」

「その逆もあるぜ。関係ないように見えているものが実はくっついていた――」

「そう考えたくなるのは分かるけど、今回はそんな風に上手くいくとは思えない」

「悲観的だな」

「いや、現実的なだけだ」

西川がこんな風に言うのも珍しい。基本的には悲観的でも楽観的でもなく、どんな物事に対しても感情を交《まじ》えず淡々と対峙するのが、いつもの西川なのだ。

要注意……普段と少しでも様子が違うところがあったら、心に留めておかないと。検査では異常なしと分かったのだが、人間が脳の全てを分かっているとは思えない。

西川は、あの事件で変わってしまったのではないだろうか？

東田が持ってきた動画をひたすら集中して観ている。何か分かるかどうか……部屋の空気が緊張して、そこへ、「戻りました」と言いながら、牛尾と麻衣が部屋へ入って来る。

部屋の隅で、冷蔵庫が開く音がして、沖田は急に鼓動が跳ね上がるのを感じた。次の瞬間、麻衣が「あれ」と声を上げ、さらに鼓動が速くなる。

「どうした」と牛尾。

「プリンがないのよ。今日食べようと思って入れておいたんだけど」

「西川」沖田は身を乗り出して西川に声をかけた。「ヤバいぞ。どうする」

「謝っておいてくれ」西川がパソコンの画面に視線を据えたまま言った。

「謝るって、お前……」

「俺は忙しいんだ」

それきり西川は黙ってしまった。仕方ない。沖田は立ち上がって、冷蔵庫のところにいる麻衣に声をかけた。

「あー、林」

「あ、沖田さん、私のプリン知りませんか？」麻衣が振り返り、本当に困ったように目を見開いて訊ねる。

「その件なんだけど、ちょっとゆっくり話そうか」

「はい？」

「君のプリンは、追跡捜査係の業務に大きなプラスをもたらしてくれた。俺から賞状をあげたいぐらいだよ」

「それより、プリンはどこなんですか？」

「今、ＳＳＢＣかな」

「え？」

「申し訳ない」沖田は思い切り頭を下げた。「プリンは俺が買って返す。どうしてもある人に食べさせないといけなかったんだ」

麻衣の困惑が、一気に顔に広がった。

7

目が乾く。

西川は何度も目を瞬《しばたた》かせた末に、目薬の助けを借りた。いつもはこれですっきりするのだが、今日は痛むように沁《し》みるだけで、さっぱり効いてこない。時計を見ると、既に日付が変わっていた。いくら何でも集中し過ぎたか。

今日は警視庁本部にいる時から、多くの時間を映像の確認に費《つい》やしている。本部では、市川に現れた石橋の動画——東田は、新たに入手した動画をさらに送ってくれた——を観た。家に帰ってからは、一年前に新橋で撮影された佐木のバイクの映像を観続けている。

セーフハウスのリビングルームに通じるドアが開き、美也子が入って来た。

「まだ起きてたの？」心配そうに言って、両手で腕を擦《さす》る。

「今寝ようと思ってた。つい集中してしまってね」

「無理すると、脳にもよくないんじゃないですか？」

「少なくとも、絶対に目には悪いな」

西川はパソコンをシャットダウンした。冷蔵庫を開けて、少しだけ残っていたミネラルウォーターをペットボトルから直《じか》に飲み、歯磨きに向かう。何とも言えない違和感……いつも家で使っている歯ブラシと違うせいだと気づく。些細《ささい》な変化で、日常は完全にずれてしまっている。人間とはつくづく、「慣れ」の生き物だと思った。

そして寝室に入ると布団――普段はベッドなので、これも小さな変化の一つだ。いや、決して小さくはない。枕が変わっただけで眠れない人もいるぐらいなのだから、床からどの程度の高さで眠るかは、さらに睡眠に影響を与えるだろう。

今日もよく眠れそうにない。原因は、布団が変わったせいだけではないが。気になることが多過ぎる。今、美也子と話しておけることは……。

「あの二人、どう思う？」

「竜彦？　仲良くやってていいじゃないですか」

「どうも頼りないというか、ままごとみたいな感じなんだけど」

「まだ若いんだから、しょうがないでしょう」

「あれで本当に結婚するつもりなのかね。君、ちゃんと聞いたか？」

「そう言えば、ちゃんとは聞いてないわね。何となくそんな感じになっているというだけで……」闇の中、美也子がこちらを向いたのが分かる。「聞いてきましょうか？」

「ちょっと」西川は慌てて妻の腕を摑んだ。「もう十二時過ぎてるぞ」

「そうね……じゃあ、明日にでも聞いてみるわ。当たり前みたいに私たちとここにいるけど、やっぱりかなり異常な状況よね」

「それは否定できないな」プレッシャーを感じて、精神的に不安定になってもおかしくないのに、葵は何事もないように振る舞っている。もしかしたら本当に図太くて、まったく怖がっていない可能性もあるが……結婚前に、彼氏の両親とお試し同居、ぐらいに考えているのかもしれない。しかし、その辺の事情は聞きにくい——少なくとも西川には。

「こういう話を聞くのも君に任せてしまったら、申し訳ないけど」

「あなたは、こういうのが苦手なんだから、しょうがないでしょう」

「何だか情けないよ。人に話を聴く商売なのに、息子には話を聞けない……刑事失格って感じがしないか？」

「自分のことだと上手くいかないものでしょう。あなたは気にしないで、リハビリと仕事のことだけ考えて」

「リハビリと仕事のこと」か。普通の家だったら「早く体を治して」だけだと思う。美也子の場合は「どうせ止めても仕事をするのだから、最初から気合いを入れておくか」だろう。

「遅くなって申し訳ない。今日はもう寝よう」寝られないことは分かっていたが、西川は言った。せめて美也子には十分な睡眠を取って、いい体調でいてもらいたい。自分の事件に巻きこんでしまったことを、ひたすら申し訳なく思うのだった。

本当に、温泉にでも連れていきたい。しかし今のところ、とてもそんな予定は立てられない。

動画のチェックは翌日に持ち越された。市川で録画された佐木の映像は、昨日は西川が独占《どくせん》していたので、今日は沖田たちに任せる。西川は、一年前の殺人事件現場の映像に専念することになった。

昨夜も何度も観直したので、既に細部まで覚えてしまっている。烏森《からすもり》通りを西新橋方面から走ってきたバイクをほぼ正面から捉えた映像。特徴的なフルカウルは、間違いなく「H1-R」のものだ。乗っている人物は――判別できない。フルフェイスのヘルメットに黒い革ジャケット、同色の革のパンツという格好で、顔どころか体つきもはっきりとは分からない。ライディングウエアというのは匿名性《とくめいせい》が高く、人の個性をほぼ覆《おお》い隠してしまう。男性だろうとは思うが、間違いないかどうかは……。

その後、近くの場所にある別の防犯カメラの映像を確認する。今度は背後からバイクの姿を捉えたもので、ナンバーがはっきり映っている。間違いなく、佐木の「Ｈ１－Ｒ」だった。革ジャケットの背中は……やはり黒一色で、ブランド名の手がかりもない。ライディングウエアというのは、もっと派手な色で、ブランドのロゴなどが大きく入っているのではないかと思うが……その方が、他の車などからよく見えて、交通事故防止にもなるはずだ。あるいは佐木は、目立たないことを狙って、こういう上下黒のウェアを選んだのか。

ふと思いつき、西川は佐木の自宅の捜索結果をチェックした。押収したもの、そこにあるのを調べただけのもの——全てリストになっている。

リストに、「バイクライディングウエア、黒上下、ニシタキ製」とあるのを見つけ、西川は小さな疑念に襲われた。家宅捜索が行われたのは、犯行の三日後である。既に佐木に対する逮捕状を用意するかどうかというタイミングになっていて、それを補強するための捜索だった。

資料を引っ掻きまわし、ライディングウエアの写真を見つける。押収はしなかったものの、参考までに撮影したのだろう。床に広げて、前後の写真をきちんと撮っている。左胸のところに同色の長方形のワッペンがついていて、辛うじて「Ｎｉｓｈｉｔａｋｉ」のロゴが読み取れた。

映像に戻り、佐木を正面から捉えたところを確認する。映像を止め、モニターに顔を近づけて目を細める……分からない。左胸に長方形のワッペンがあるようにも見えるが、解像度が低い上に少しぶれているので、自信を持って「ある」とは言えない。

西川は前に座る沖田に声をかけ、画面を見てもらった。

「こりゃ無理だよ」沖田は何度も繰り返し動画を観たが、最後は目を擦りながらギブアップした。「俺の目が悪いとかじゃなくて、この映像は誰が観ても無駄だ」

「大竹も観てくれ」大竹は二人よりも少し年下である。ただし、「最近老眼が進んで」などという世間話すらしないので、彼の目の状態がどうなのかは分からない。普段眼鏡《めがね》をかけていないことは間違いないが。

大竹が画面に集中する。何も言わないが、普段より目が細くなっているので、必死に映像を観ているのは間違いない。繰り返し観ること三回。最終的には「分かりません」と短く結論を出した。

「若い二人を戻すか？」沖田が提案した。「あいつらは目がいいだろう」

「それよりSSBCの東田に頼んで、解像度を上げてもらうとかは？　それぐらいなら、簡単にできるはずだ」

「プリンよりも高いものを用意しないとまずいんじゃねえか」

「ああ、頼む」

「おい、昨日の林のプリンも、俺が買い直すことになったんだぜ？　何でおればかり、東田の面倒を見なくちゃいけねえんだよ」沖田が抗議した。

「何となく流れで、ということもあるだろうが。気が合いそうだし」

「何の流れだよ……奴に飯を奢る時は、お前もつき合えよ。というか、スポンサーとしてちゃんと銀行に寄って金を下ろしてこい」

「ああ、その時はその時で、また話をするよ」沖田も細かいことを気にするようになったものだ。

昼に、麻衣だけが戻って来た。提出書類を忘れていたということで、現場は牛尾に任せてきたのだという。それを聞いて、西川は思わず警告した。

「張り込みも、二人一組が原則だぜ」

「ちょっと聞き込みをしてみたんですけど、最近誰も石橋を見ていないんですよ。家には帰っていないと考えていいと思います。だから張り込みは念のため……もういいんじゃないですか」

「今日中に判断するよ。それよりちょっと観て欲しい映像があるんだ」パソコンの画面を指差す。

「細かい映像ですか？」

「ああ」

麻衣が、バッグから眼鏡を取り出してかけた。

「あれ？　君、眼鏡してたか？」

「本当に細かいものを見る時とかにはします……どれですか？」

「今再生する。座って、集中して観てくれ」西川は立ち上がって席を譲った。

「はい」

麻衣が西川の椅子に座り、パソコンのキーボードに指を載せた。顔をモニターに近づけ、動画に集中する。

「新橋ですね？　佐木の映像」

「ああ」

「どこを見ればいいですか？」

「バイクに乗ってる人間の左胸。ロゴの入ったワッペンみたいなものが見えるんだけど、確認できるか？」

「うーん……」麻衣が映像を停止させた。「もう一度確認します」

結局「もう一度」は三回になった。それでも麻衣は、はっきりと答えを言わず、最後は降参した。

「すみません、やっぱり自信ないです。ワッペンはあるようなないような……黒いワッペンなんですか？」

「ああ、黒地の同色みたいだな」

「映像で確認するのは分かりにくいですよね。停止させてもよく分かりません。ＡＩで処理とかできないんですか？」

「分かったよ、俺が連絡する」沖田が割って入った。

「どこにですか？」と麻衣。

「ＳＳＢＣ」

「あそこに頼むと、時間かかるじゃないですか。それとも何か、伝手《つて》でもあるんですか」

「プリン」

「はい？」

「高級スイーツがあれば、動かせる人間がいる。安いもんだよ」

「それ、昨日の話ですか？」

「そういうこと」

「その人、そんなにスイーツ好きだったら、相当太ってるんじゃないですか？」麻衣が皮肉っぽく言った。

「それが、折れそうなぐらい痩《や》せてるんだ」

「何なんですか、それ」麻衣が眼鏡を外し、首を傾げた。「食べても太らないコツがあったら教えてもらいたいです」

「それは個人的に聞いてくれないかね」沖田が固定電話の受話器を取り上げた。

話している様子を聞いた限り、すっかり顔馴染み……というか長年の仕事仲間のように思える。沖田も相手との距離の詰めるのが得意なのだが、それにしても今回は接近が早過ぎる。

まあ、こういうこともあるだろう。ＳＳＢＣの方は沖田に任せて……西川はニシタキのホームページにアクセスした。オンラインショッピングのページを開き、ビデオに映っていたライディングウエアを探す……ない。「過去発売製品」のページを見ると、そちらにあった。

外見は、ビデオに映った人物が着ていたウエアに似ている。しかし同じかどうか、確証は持てない。左胸にワッペンもなかった。

西川は受話器を取り上げ、ニシタキ本社に電話をかけた。広報につないでもらい、商品の確認をする。広報でもすぐには分からず、向こうが折り返し電話をかけてくるということで話がまとまった。受話器を置くと、つい文句を言ってしまう。

「商品のことがすぐに分からなくて、広報なんて言えるのかよ」

「今の、ニシタキか？」沖田が訊ねる。

「ああ」

「いくら広報だって無理だろう。ニシタキが扱ってる商品って、どれぐらいあるんだ？」

「かなりの数だと思うけど……」

「かなり、なんてもんじゃねえだろう」自分のパソコンを見ていた沖田が、呆れたように言った。「ウエアにヘルメット、グローブやブーツ……こんなの、全部覚えている広報がいたら、むしろおかしい。しかも毎年、新しい商品が加わる」

「そうだけど、自分の会社の商品について、すぐに答えられないんじゃ駄目だろう」

「うちの広報だって、警視庁内の全てを知ってるわけじゃないぜ。それぞれの部署でどんな事件の捜査をしているかなんて、広報は把握してない。問い合わせがあって、当該部署に確認して初めて分かるんじゃないか」

「警察と一般企業は別だ」

何の話だ……どうにも調子が狂ってしまい、捜査が上手く進まない。入院してから、どうも普段の自分とは何かがずれてしまったような感じがしてならない。

電話が鳴った。急いで手を伸ばして受話器を取り上げる。ニシタキの広報だった。

「お待たせしました。さきほどのお問い合わせの件ですが、あのウエアには、ワッペンはついていません」

「そうですか……」

「ただし、左胸に面ファスナーがついていて、別売のワッペンを取りつけられるようにはなっています。そのようにしてお使いのお客様も多いようです」

これでは結局、何も分からないのと同じだ。しかし西川は丁寧に礼を言い、受話器を置く。今日の午前中が全て無駄になってしまったかと思うと、一気に疲れが出てくる。電話が鳴ったが、受話器を取り上げる気になれない。

「はい、追跡捜査係」沖田が電話に出る。「ああ、どうも……え？　もう確認した？　間違いないか？——分かった。メールで送ってくれ」

沖田が電話を切り、パソコンに向かった。西川は立ち上がって沖田の背後に回り、パソコンを覗《のぞ》きこんだ。

「何だよ、気持ち悪いな」沖田が振り返って文句を言う。

「ＳＢＣからメールだろう？　一緒に見た方が早い」

「気持ち悪いから、あまり近づくなよ」

「見えないんだよ」

結局、沖田が少し横にどいてくれたので、西川はデスクにくっつくような形で中腰の姿勢を取った。沖田が添付ファイルをクリックし、まず画像を表示させる。すぐに、ライダーの上半身を拡大したものだと分かったが、先ほどの動画に比べると解像度がはるかに高く、高機能なカメラできちんと撮影したもののように見えた。

「なるほど」沖田が顎を撫でた。「東田の言う通りだな」

「ワッペンがない」

「ワッペンがないどころか、ワッペンをつける場所もない」言って、沖田がパソコンのモニターを指差した。

「そのようだな」西川も同意する。

革ジャケットの左胸には何もなかった。広報によれば、該当の販売中止モデルの左胸には、後からワッペンがつけられるように面ファスナーが備わっている。それに佐木の家で撮影された写真の左胸には、しっかりワッペンが確認できた。一方動画から切り出され、解像度を上げられた写真の左胸は、ツルツルしている。動画を観てワッペンが見えたと思ったのは、光がおかしな具合に反射していたせいなのだろう。

やはりＳＳＢＣで加工してくれた動画を観ても、面ファスナーもワッペンも確認できない。これはつまり……佐木が犯行当時、新橋にいなかった可能性も出てくる。

しかしバイクはどうなる？　佐木のバイクが新橋にいたのは間違いないのだ。ただし、高尾にいなかったかどうか——宿から出たかどうかは確認できない。既に宿の方に何度も事情聴取して「分からない」という結論が出ていた。バイカー専用のその宿は、一戸建ての小さな客室が建ち並び、それぞれに屋根つきのバイクの駐車スペースがある。監視がしっかりしているわけではないので、宿泊客が夜中にバイクで出かけても、宿の方には分かりにくい。とはいえ、もう一度聴いてみてもいいだろう。別の刑事が聴けば別の答えが出てくるのは、よくあることなのだ。

「ちょっと高尾まで行ってくるか」西川は沖田に声をかけた。

「問題の宿か？　でも、一年前に徹底して事情聴取して、防犯カメラがないかどうかも確認してたぞ。今更新事実が出てくるとは思えねえな」

「宿の人が何か思い出すかもしれないじゃないか」

「一年は長いぞ。事件直後ならともかく、一年経ったら忘れてるだろう」

「しかし今のところ、何も手がかりがない——というより、佐木が本当に新橋に来たかどうか、怪しくなってきたじゃないか」

「しかしなあ……」沖田は乗ってこなかった。「佐木が新橋に来なかったとしたら、どうして奴のバイクが新橋にあったか、分からねえだろうが。何か、合理的な説明がつくか？」

「真犯人が盗んだとか？」

「それはどうかね」沖田が首を捻る。「本当にそうなら、捜査はゼロからやり直しになる。

しかも手がかりなしだぜ」

「特捜とも話してみるか。向こうは、これで終わったと思ってるかもしれないけど」

「特捜と話すのは、気が進まねえな」

「だったら俺が話してくる。お前、高尾に行ってくれないか？」

「どっちも面倒だな。でも、高尾の方がましか……早速行ってくるよ」沖田は立ち上がり、麻衣に声をかけた。「牛尾は撤収させてくれ。それで、高尾に向かうように言ってくれねえか？　俺は向こうで落ち合う」

「私も行きますよ。もう一度本格的に聞き込みをするためには、人手がいるでしょう」

「じゃあ、頼むわ。提出物はいいのか？」

「刑事総務課に書類を出すだけですから……すぐ行ってきます」

「分かった。それじゃ、追いかけてきてくれ。俺は先行するから、向こうで会おう」

沖田が出て行くのを見送ってから、西川は荷物をまとめた。新橋署の特捜本部は近い。普段なら歩いてしまおうと考える距離だ。しかし今は体力に自信がなかった。タクシーを拾うか……これからずっとこんな感じが続くのかと思うとうんざりする。

　新橋署の特捜本部には、未だにピリピリした雰囲気が漂っていた。西川は足を踏み入れた瞬間にそれを感じたのだが、特捜を仕切っている刑事課長に挨拶をした直後、そのピリピリ感はさらに厳しいものになる。

「まだ療養中かと思ったよ」

「さっさと退院するように、医者に厳しく言われましたよ」西川は淡々とした口調で言った。「いつまでも寝ていると、筋肉が固まってしまうようで」

「追跡捜査係は、座ったままでも仕事ができるんじゃないか」

「それで済むなら楽なんですが……ちょっと観ていただきたいものがあるんです。お時間、いただけますか？」

「アポを取って――なんて普通のやり方は、追跡捜査係にはねえんだろうな」

「時間はかかりません」西川は自分のパソコンを開いて見せた。課長が何も言わないので、パソコンを持ったまま写真を示してみせる。

「これが何か？」課長がつまらなそうに言った。

「説明の前に結論を申し上げます。佐木は事件当日、新橋に行っていなかった可能性があります」

「ああ？」刑事課長が目を見開く。「うちのこれまでの捜査を全否定するのか？」

「否定ではなく、新しく分かったことです」

西川はライディングウエアのことを説明した。課長の視線がどんどん険しくなる。今にも爆発しそうだったが、西川としてはここで引くわけにはいかない。

「メーカーにも確認しました。よく似ていますが、佐木の自宅で確認されたライディングウエアと、新橋で撮影された映像に映っているライディングウエアは、よく似た別物である可能性があります」

「つまり？」

「佐木は新橋に行っていないかもしれない、ということです」

「しかし撮影されたバイクは、間違いなく佐木のものだろう」

「盗まれたかもしれません」西川は指摘した。「真犯人が佐木のバイクを盗んで、犯行に及んだ」

「おいおい」課長が嫌そうな表情で首を横に振る。「それはちょっと、想像が飛び過ぎじゃないか」

「不自然ではないと思いますよ」

「いや、あんたは外形的な事実だけを見ている」

「物証は一番大事なものでしょう」

「もしも佐木が犯人でないとしたら、奴はどうして逃げた？　一年も逃亡生活を送ってたんだぞ？　明らかに、警察に関わりたくなかったからだろう。もしも犯人でないとしたら、素直に事情聴取に応じて、自分の無実を主張すればよかったじゃないか」

「それは通用しないと思ったんじゃないですか」

「終戦直後の混乱期みたいに、拷問《ごうもん》してでも自供を引き出すようなことはしない」

「しかし、佐木が出てきて警察と話をしたら、まずいことになったんじゃないですか？　本当に犯人じゃないと証明されたら、逮捕状を取ったことは大きなミスになります」

「そんなことはどうでもいいんだよ」一転して課長が険しい表情を浮かべる。「人間は誰だってミスをする。警察だって常に百パーセント正しいわけじゃない。問題はその後だ。ミスを認めてきちんと謝罪し、ゼロからやり直す――それができれば、問題にはならないんだよ」

「警察はそういうことが苦手だと思いますけどね」

「それで、追跡捜査係は人のミスを追いかけてるわけか」課長が皮肉を吐く。

「それはあくまで結果です……取り敢えず、写真は確認していただけましたね」

「ああ」

「新橋にいたのは佐木ではない――これは、彼のアリバイにつながりますよ。あんな遅い時間に、高尾から新橋まで来る手段はない。犯行時刻、午前二時ぐらいでしょう」

「おいおい、何言ってるんだ」課長が声を上げて笑った。「高尾は、ど田舎じゃないんだぞ。遅くなっても、タクシーぐらい摑まるだろう」

「しかし一年前は、佐木がタクシーに乗ったかどうか、確認はしていませんでした」西川は指摘した。「一年経ってしまったら、チェックは難しいでしょう。それに仮にタクシーを使ったとしても、佐木は証拠を残していないと思います。現金で払えば、明確な記録は残らない」

「だから何なんだ！」課長が爆発した。「今から捜査をやり直せというのか？」

「捜査をやり直すのは、うちの仕事です」

「それで、うちにバツ印をつけるのか」

「それはうちの仕事ではありません」

「だったら勝手にしろ。うちはあくまで、指名手配犯が死んだということで、捜査を進める」

「それがミスに――」

「いい加減にしろ！」課長がまた怒鳴った。「あんたの机上の空論につき合っている暇はない。あんたは、自分を襲った人間でも探してればいいだろう」

「それは別の特捜が担当しています」

「だったら大人しくしてるんだな。何も自分から進んで、危ないところに突っこんで行くことはないだろう」

とりつく島もない……何だかんだ言いながら、この課長は面子《メンツ》を気にしているのだ。面子、そして自分の将来を。この課長は西川よりも少し年上のようだが、まだ先はあるだろう。もう少し出世して警察官人生を終え、いい天下り先を見つけたいと、定年後のことまで考えているに違いない。

結果的にその目論見《もくろみ》を、西川が壊すことになるかもしれないが。

確かに警察もミスをする。しかし、正式な処分が下るようなミスは、実際にはあまりないものだ。そして、小さなミスに関しては陰湿な対応がある――希望部署に行かせないとか、暇な部署に左遷《させん》するとか。この課長も、特捜でのミスが明らかになったら、多摩《たま》の奥の方か島嶼《とうしょ》部の所轄へ飛ばされる可能性がある。

しかしそんなことを一々考えていては、追跡捜査係の仕事はできない。西川たちは、純《じゅん》粋《すい》に事件に向き合うだけ——その背後にあるミスの原因までは、基本的には見ないようにしている。本当に、純粋に事件に向き合うために。

喧嘩別れのようになってしまったが、こうなると追跡捜査係には有利な側面もある。特捜の動きを気にせず、こちらの判断で勝手に捜査できるのだ。

そうなると、まずやることができた。佐木の「H1－R」を探す……彼のイタリア製高級バイクは、事件当日に新橋で防犯カメラに映ってから、どこかに消えてしまったのだ。行方不明のバイクが見つかれば、新たな手がかりになるかもしれない。

新たに手配だ。今日の午後は、その仕事で潰れるだろう。

8

クソ、冗談じゃねえ。

沖田は既に、ティッシュをかなり消費していた。しかし、くしゃみと咳は止まらない。これまで花粉症とは縁がなかったのだが、この季節に森林が多い多摩へ来て、ついに発症したのかもしれない。実際、都心よりも多摩の方が花粉が飛んでいる感じがする。しかも花粉症真っ盛りの三月だし。

しかし、泣き言を言っている場合ではない。マスクをつけると多少楽になったので、今日はこのままマスク頼りで仕事を続けることにした。

しかし、バイカーたちの宿の主人、上野《うえの》は、沖田の症状にすぐに気づいたようだ。

「目が真っ赤ですよ。コップが一杯になったんじゃないですか?」

「コップ?」

「コップに水が溜まるみたいに体に花粉が蓄積していって、容量を超えると花粉症を発症する、みたいな」

「それ、聞いたことがありますけど、本当なんですかね」

「どうでしょう。こっちの方が花粉が多いのは間違いないけど」

「やっぱりそうなんですか?」

「春先にツーリングに来て、結構苦しんでいる人もいますよ」

「参ったな……今まで花粉症には縁がなかったのに」

「仕事が終わったら、早く医者に行くことですね。相当きつそうだ」

「そうしますよ——それで、一年前のことなんですが」

「はいはい」上野が受付の中で身を屈《かが》める。しばらく窮屈《きゅうくつ》そうな姿勢でキーボードを叩いていたが、期待していたような情報が出てこなかったのか、首を静かに横に振る。長く伸ばして後ろで縛った髪がふわりと揺れた。この人は……アメリカのバイク乗りに憧《あこが》れているのかもしれない。でっぷり太った体形に似合わない長髪。そう言えば、建物の外に、ハーレー・ダビッドソンが駐車してあった。突き出た腹を誇張するようにふんぞりかえってあのバイクに股《また》がり、八王子《はちおうじ》や奥多摩のワインディングロードを爆走しているのかもしれない。

「一年前、何度も警察の人に話を聞かれましたよ」

「また状況が変わってきまして」どこまで話すか難しいところだと迷いながら、沖田は佐木が死亡した件を説明した。この事件は結構大きなニュースになっていたから、上野も知っているのではないだろうか。

「佐木さんが？」沖田の予想に反して、上野は驚いた様子で目を見開いた。「知らなかったな……いつなんですか？」

「先週です。指名手配されていたのはご存じですよね」

「ええ。その関係で、警察の人が何回も来ましたから。だけど、驚いたな……何で亡くなったんですか？」

「交通事故です。千葉県内でした」

「交通事故ねえ」上野は本気でびっくりしている様子だった。

「佐木は、ここでは常連だったんですか？」

「ええ。月イチとまではいかないけど、結構な頻度で利用してもらいましたよ。さすがに冬は来ないけど。この辺、結構雪も降りますからね」

「最後が去年の三月……その頃だと、もう雪の心配はないんですか？」都内在住者同士の会話なのに、雪国に住む人と話している感じだった。

「そうですね。春のツーリングシーズン開幕、という感じです」

「それで佐木も、自慢のバイク——ええと、モト・ロッソの『H1‐R』に乗ってきて」

「あれはすごいバイクですよねえ」上野が嬉しそうに言った。「日本には何台も入ってきてないんですよ。まあ、尖ったマシンなんですよ。峠道でちょっとアクセル操作に失敗したら、すっ飛んじまう」

「それは、バイクとしてはどうなんですか?」乗るだけで自殺行為ではないか。

「バイクなんてね、ちょっとバランスが崩《くず》れてるぐらいが面白いんですよ。それも、エンジン性能がシャシーの剛性を上回っている方がいい」

「それだと安定しないじゃないですか」

「そこをねじ伏せて乗りこなすのが、楽しみなんですよ。『H1‐R』なんか、特にその傾向が強いな」

「普通の人には乗りこなせない?」沖田は一歩深く踏みこんだ。

「大型バイクに慣れてる人でも、気は遣うでしょうね」

「……ところで、盗めますか?」

「え?」上野がパソコンの画面から目を上げた。

「いきなり盗んで遠出することが可能かどうか——例えばここから都心部までとか」

「佐木さんのバイクが盗まれたとでも?」

「可能性の一つとして話しています」

「大型のバイクに普段から乗っているような人なら何とか……相当慎重に運転すれば、ですけどね。でもそもそも、うちからバイクを盗むことはかなり難しいですよ。それぞれの離れに防犯システムをつけて、宿泊者以外の人間がバイクを動かそうとしたら、すぐにアラートが鳴りますから。ここと、警備会社にも連絡が入ります」

「一年前にも、その警報システムは入ってましたか？」

「あ、そうか」急に上野が元気をなくした。「そうでした。警備会社と契約したのは、去年の五月でした。四月に盗難事件があって……そういうことがあると、お客様の信頼を失ってしまいますから」

「佐木が最後にこちらに泊まったのは、ちょうど一年前——去年の三月です」

「でも、バイクが盗まれたようなことはなかったですよ。佐木さん、一泊して、次の日の朝は普通にバイクで帰りましたから」

「それは間違いなく『H1-R』でしたか？」

「はい？」

「宿泊客をきちんと見送ったりするんですか？」

「それは、その時々ですけど……」

「この時、佐木のバイクを見送りましたか？」

「いや、どうだったかな」上野が首を捻る。

「記録はつけてないんですか？」

「さすがにそこまでは」

つまり、佐木がどんなバイクに乗って帰ったかは分からないわけだ。「H1−R」は盗まれたわけではなく、誰かと交換した可能性もある。実行犯が何らかの理由で佐木のバイクを使って新橋に向かい、代わりに佐木には自分のバイクを渡した、とか。

しかし何のために？

上野はすっかり考えこんでしまった。何だか申し訳なくなって、沖田は丁寧に詫《わ》びて受付を離れた。外に出ると、ちょうど麻衣と牛尾が連れ立って到着したところだった。沖田は二人を連れ、宿全体の雰囲気を頭に叩きこむためにしばらく歩き回った。

受付や食堂、大浴場の入ったメーン棟を、一戸建ての離れが取り囲むような造りで、敷地はかなり広い。離れ自体はこじんまりとしているが、ログハウス風でなかなか洒落ている。そして小さな、バイク用の駐車場。見た限り、どこも二台ずつ停められるようになっていた。

敷地内を見て回りながら、沖田は二人に今の事情聴取の結果を説明した。つい踏みこんで、バイクが盗まれていた可能性、そして誰かとバイクを交換していた可能性を話してしまう。

「交換は……意味が分からないですね」牛尾が遠慮がちに言った。「佐木のバイクが新橋で見つかれば、佐木が疑われてしまう。それは予想できるはずで、わざわざバイクを貸すとは思えません」

「でも、真犯人を絶対に隠したいとしたら？」麻衣が反論する。

「それで佐木が一種の身代わり？　うーん……」納得できない様子で、牛尾が腕組みをして唸《うな》った。「そうなると、佐木の親分みたいな人間が実行犯ってことになるけど、それはリアリティがないな」

「じゃあ、真犯人が盗んだ。そして盗んだバイクを使って犯行に及んだ」

「それもおかしいんだよ」沖田は指摘した。「朝になって自分のバイクがなければ、当然気づく。盗まれたと分かって警察に届け出ないのは不自然じゃねえか？　よほど後ろめたいことがあるなら話は別だけどよ。佐木には、特に前科もなかっただろうが」

「となると、誰かが密かに佐木のバイクを一時拝借《はいしゃく》して新橋で犯行に及び、その後でここに返した……とか？」自信なげに牛尾が言った。

「いやあ……どうかな。厳しいか」自分で言い出したものの、沖田は否定的な見方に傾かざるを得なかった。「そんなことをする意味が分からねえな。リスクが大き過ぎる。それに、一時的に拝借して返しても、持ち主は何か異常に気づくんじゃねえかな。ガソリンが減っているとか、走行距離が不自然に伸びているとか」

「となるとやっぱり、夜中に佐木自身がこの宿を抜け出して、新橋に行ったということですかね」牛尾が周囲を見回した。「セキュリティはどうなってるんですか？」

「今は相当しっかりしてるけど、去年の三月——事件が起きた時にはザルだったようだ。

その時に何が起きたかは、実際には分からない。それでこれから、手分けして周囲の聞き込みをしようと思う。近所の人たちが何か見ているかもしれない」

「うーん……一年前ですよね」牛尾は疑わし気である。当たり前だ。沖田もここで何か出てくるとは期待していない。昨日の記憶より一年前の記憶の方が鮮明という人は、まずいないのだから。それに一年前、特捜はこの近辺での聞き込みも徹底して行っている。担当の刑事たちが、そういう基本的な捜査でヘマをしたとは思えなかった。

「じゃあ、行きますか」麻衣はさほど気にしていないようだった。「合理性が……」などと言い出してもおかしくない年齢なのだが、意外に足を使った捜査にも、その結果の無駄足にも慣れている。

三人はそこから分かれて、近所の聞き込みを始めた。しかし何の手がかりもないまま数時間……午後五時に宿の前に再集合した時には、全員の顔に疲労の色が濃厚に浮かんでいた。

「簡単にはいかねえと思ってたが……無駄足になっちまったな」

「明日もやりますか？」麻衣が訊ねる。

「そいつはこれから相談しようぜ」沖田としては、もういいかという気になっている。一年前のことを調べても、簡単には手がかりは出てこないだろうし、何よりくしゃみと鼻水がひどい。本当に医者へ行って、アレルギーの薬と目薬を処方してもらった方がいいかもしれない。「取り敢えず今日は解散するか。俺から西川に連絡は入れておくから、君らは直帰でいいよ」

「だったら、ちょっと早いけど、飯でもどうですか？」牛尾が提案した。

「八王子で？　何か美味いものでもあるのか？」八王子ラーメンが有名なはずだが、夕食にラーメンでは少し侘《わび》しい。

「中華なんですけど——前に仕事で来た時に、先輩に教えてもらった店なんです。西八王子ですから、どうせここから八王子へ戻る途中ですよ」

「中華か……」ちょうど腹も減っている。沖田の場合、仕事で空振りが続くと、必ず腹が減るのだ。

「私は中華でいいですよ」麻衣が賛成して沖田を見る。牛尾も同じように視線を送ってきた。

「分かった、分かった。じゃあ、さっと中華を食って解散しよう。ただし今日は、全面奢りはなしだぞ。給料日前だからな」

「案外安いですよ。安くて美味いから、お勧《すす》めなんです」

「じゃあ、予約しておいた方がよくねえか？　そんなにいい店なら、さっさと埋《う》まっちまうだろう」

「そうします」嬉しそうに笑みを浮かべながら、牛尾がスマートフォンを取り出した。

「安くて」美味い店じゃなかったのかよ、と沖田はメニューを眺めて苦々しく思った。夜の部のコースを頼むと、最低でも一人六千六百円、鮑《あわび》の入ったコースだと三万三千円にもなる。都心の一流中華料理店並みの価格だ。都心から五十キロも離れた八王子でこの値段を取るということは、相当高級な店だろう。

何となく、横浜の中華街の巨大中華料理店を思い起こさせる店の造りだった。湾曲した背の高いソファが丸テーブルを囲み、ある程度プライバシーが保たれている。そして広いフロアに客は沖田たちだけ……さすがにまだ、夕飯には早い時間なのだろう。

「お前、ここで食べたんだよな?」沖田は牛尾に訊ねた。

「ええ」うっとりした表情を浮かべて牛尾が認める。

「じゃあ、メニューの組み立ては任せる。美味くて安く、な」沖田は念押しした。

「任せて下さい」

牛尾が自信たっぷりに言ったので、沖田はお茶を一口飲んだ。もう酒にしてもいい時間なのだが、今夜はどうも嫌な予感がする。何か起きそうな時は、素面《しらふ》のままでいなければならない。

牛尾は三種前菜の盛り合わせ、コーンスープ、エビチリ、黒酢の酢豚に鶏《とり》の唐揚げと定番の料理を選んで注文した。どうやらこの店は、オーソドックスな料理を磨き上げて提供しているようだ。沖田の経験上、奇抜《きばつ》な料理に走る店より、こういう店の方が美味い。

予感は当たった。

前菜の鶏の蒸し物は柔らかく、チャーシューは香ばしく仕上がっている。クラゲの酢の物の塩加減も万全だった――ビールを頼んでおけばよかった、と後悔するぐらいに。コーンスープは、スープというよりとうもろこしの煮物ではと思えるぐらい具沢山《ぐだくさん》、エビチリや酢豚、唐揚げもオーソドックスな味ながら、長年この地で商売を続けてきた自信のようなものを感じさせる。

「こりゃ確かに美味い」沖田は正直に褒《ほ》めた。「何で八王子に、こんな美味い店があるのかね」

「八王子って、人口五十万人以上ですよ。それだけ人が住んでいれば、美味しいお店がたくさんあってもおかしくないです」麻衣が指摘した。

「なるほどね。しかも都心の店とも勝負しなくちゃいけないわけだから」この辺に住んで、都心部に働きに出ている人もたくさんいるだろう。そういう人は都心の名店に慣れているわけで、地元の店は相当の努力をしなければ客を確保できない。その努力の結果がこの味ということか。

締《し》めに頼んだチャーハンがまた絶品だった。ぱらりとしていて香ばしく、しかも米粒一つ一つにしっかりと卵がまとわりついている。量もたっぷりで、三人で分けて食べても腹が一杯になった。

牛尾と麻衣はデザートを頼んだが、沖田はパスした。料理のレベルからして杏仁豆腐《あんにんどうふ》などのデザートも美味いのだろうが、甘い味で料理の名残《なご》りを消し去りたくはなかった。むしろ濃いコーヒーで締めくくりたい。こういう時、西川ならいつも持ち歩いているコーヒーを楽しむのだろうが。

　警視庁に寄って覆面パトを返すという牛尾に、取り敢えずJR八王子駅に送ってもらった。車で帰れば居眠りしていけるのだが、時間がかかって仕方がない。今日はさっさと帰りたかった。

「俺はちょっと西川と話しておくから、先に行っていてくれ」麻衣に告げる。

「あ、私、京王線で行きます。その方が近いので」

「そうか……だったら、そっちまで送って行ってもらえばよかったのに」

「ここから京八の駅までは、ちょっとごちゃごちゃしていますから。車で走ってもらうのは何だか悪くて」

「牛尾に気を遣ってもしょうがないだろう。同僚なんだから」

「沖田さんと西川さんみたいにはいきませんよ」

「ああ？」

「あんな風に息ぴったりには」

　沖田は大袈裟に溜息をついて、「君は何も見えてねえな」と言った。

「そうですか？」麻衣が首を傾げる。「見えてることを素直に言ってるだけですけど」

「世の中、見えてるものが全てじゃねえんだよ。その裏に真実の姿があるんだ」

「何だかよく分かりませんけど……お疲れ様でした」怪訝そうな表情を浮かべた麻衣が踵《きびす》を返す。

いないのだから。

まあ、若い連中には俺と西川の本当の関係など分からないだろう──俺だって分かって

JR八王子駅の北口は、ひっきりなしに人が行き交う、ざわついた雰囲気だった。まだ帰宅ラッシュは続いており、背広姿のサラリーマンも目立つ。明らかに酒が入った陽気な赤ら顔も……こういうところで内密の話をするのは難しいものだが、沖田は駅ビルの茶色の壁に背中を預けて周囲を見回しながら、スマートフォンを取り出した。誰も自分になど注目していない──当たり前か。皆忙しいのだ。

西川はすぐに電話に出た。

「残念だが、手がかりらしい手がかりはなかった」沖田は先に結論を口にした。

「そうか……まあ、一年も前の話だから、人の記憶も曖昧になってるだろう」西川は淡々としたものだった。

「一つだけ、一年前の事件の日の夜、宿に佐木のバイクがあったかどうか、確証は取れていない。その頃は、防犯カメラもなかったんだ」

「そうか……実際どうだったかは佐木しか知らないわけだ」

「そうなる」

「念のため、佐木のバイクをもう一度手配しておいた。今に至るまで、見つかっていないわけだから」

「特捜でも手配してるんだよな？」

「もちろんだ。うちの名前で追加手配しておいたよ」

「真面目に探してもらえるといいんだけどな」

バイクや車を探すのは難しい。シャッターの降りる車庫に隠しておけば、まず見つからないからだ。佐木の「H1-R」のように日本に十台ほどしかないような珍しいバイクなら、たまたま街で見かけたらすぐに分かりそうだが。

「まあ、そこはやきもきしてもしょうがないだろう」西川はどこか他人事《ひとごと》のような感じだった。

「それで？　明日以降はどうする？　八王子での捜査はあまり意味がないと思うけど」

「一つ、聞いてほしい話がある」

「何か手がかりでも？」

「手がかりになるかどうかは分からない。自分でも判断できないんだ。お前の意見が聞きたい」

「俺ならいつでもいいよ。何だったら、これから合流するか？　軽く酒でも呑んで――お前はまだ、酒は駄目だったか」

「ああ。それに何だか疲れた。今日は帰る。明日の朝一番で相談するよ」

「分かった。体調、悪いのか？」

しかし西川は、既に電話を切ってしまっていた。本当に体調が悪いのだろうか？　話の途中で電話を切るような人間ではないのだが。もう一度電話をかけるか……いや、何となく出ないような気がする。念のため、沖田は美也子の携帯電話の番号を表示させた。番号は登録してあるものの、実際にかけたことはほとんどない。余計なことを言うと、彼女も緊張してしまうだろう。

まあ——子どもじゃないんだから、体調が悪ければ自分で何とかできるだろう。そもそもあいつはもう、警視庁にいないのではないだろうか。本当に体調が悪ければ、さっさと自宅へ戻っているだろう。

この異常な状態が、西川に悪影響を与えているのは間違いない。

第三章　黒幕Ⅱ

1

「何だ、元気そうじゃねえか」

　沖田はいつもより少し早めに出勤したのだが、西川は既に自席でコーヒーを飲んでいた。

「何が？」西川が目を瞬かせる。

「何がって、お前、昨夜はかなり体調が悪そうだったぜ」

「ああ、あれか」西川がカップをテーブルに置いた。「夕方、頭が痛くて、病院でもらってきた薬を服《の》んだんだ。それが効き過ぎたみたいで、少し朦朧《もうろう》としてた」

「あの病院は、そんな危ない薬を出すのか？」沖田は目を細めた。車の運転でもしていたら、事故を起こしかねないではないか。

「もらう時に、『かなり強い薬だ』と聞いた記憶がある」

「何だか危ねえな」

「でもそのせいで、家に帰ったらほとんど気絶したみたいに寝て、朝まで目が覚めなかった。久しぶりにすっきりしたよ」

「じゃあ、かえってよかったじゃねえか」

うなずき、西川がコーヒーを一口飲んだ。沖田は、出勤途中で仕入れてきたお茶のペットボトルを開ける。ようやく安心して、仕事の話に入る準備ができた。

「それで……昨夜の話は何なんだ？　何か相談があるみたいなことを言ってたじゃねえか」

「相談というか、感想を聞かせて欲しいんだ。可能性としてだけど、こういうことがあるかどうか」

「いいよ、聞くぜ」

「警察官が裏にいる可能性は？」

「ああ？」こいつ、何言ってるんだ？　沖田は思わず目を見開いてしまった。警察官――同僚が西川を襲ったというのか？

「警察官というか、元警察官かな。昨日、いろいろ考えたんだ。前にガンさんと話したことを思い出してさ」

「ガンさん？　何を話したんだ？」

「俺《おれ》は、人に恨みを買うような人間じゃない」

「まあ……俺に比べれば、そうかもな」沖田は皮肉を吐いた。

「だから、すぐに思い浮かべた石橋が今回の件の裏にいると考えていた。でも後から、ガンさんに言われたことを思い出したんだ」

「だから、何だよ」苛々《いらいら》して、沖田は先を急《せ》かした。西川は常に論理的な話し方をするし、何より効率を重んじる。前置きが長くなって本題になかなか入らないなど、普段ならあり得ないパターンだ。

「間口を広げて考えてみろって言われたんだ。人間、どこで恨みを買っているか分からないって……」

「ガンさんの金言も、そんなにありがたいもんじゃねえな」それぐらいなら誰《だれ》でも言える。

「そうだけど、気になってさ。刑事は容疑者と対峙《たいじ》する。だから恨みを買うこともあると簡単に考えてたんだ。何しろ一人の人間の人生を変えてしまうわけだから。だけど、それだけかな」

「お前が、犯人以外の人間から恨みを買うとは思えねえけどな。穏便に暮らしてきた小市民だろうが」

「ただし、一方的に——こっちは悪いことをしたつもりはなくても、逆恨みされてる可能性はある」

「何か思い出したのか？」

「南野彰人《みなみのあきと》、知ってるか？」

「……いや」沖田は一度否定してから考えた。自分の記憶にある名前ではない。人の名前を覚えるのは苦手ではないのだが。

「本当に知らないか?」西川が迫った。「一課にいた人間なんだが」

「捜査一課の刑事?」そう言われると、覚えていないことが情けなくなってくるが、警視庁の捜査一課は四百人からの大所帯で、人の出入りも激しい。同じ係で同時期に一緒だった同僚と上司ぐらいしか覚えていなくても、おかしくはない。

「そうだよ。覚えてないか? 十年以上前に辞めた人間なんだが」

「辞めた人間のことまで覚えておけるほど、俺の記憶容量に余裕はない」

「岐阜《ぎふ》県出身で、家業を継ぐために辞めたんだ。俺の係で後輩だった」

「まだまったくピンとこない」沖田は首を横に振った。

「花村《はなむら》事件」

「それは分かるけど……」十年以上前に起きた事件だ。「花村」は殺された被害者の名前である。

「あれ、うちの係でやってたんだ。俺が追跡捜査係に来る前だけど」

「南野っていうのは、それにどう絡んでくるんだ?」

「取り調べ担当をしてたんだけど、ちょっと軽率《けいそつ》なところがあって、花村事件の容疑者を調べている時にヘマをしたんだ。それで俺が、そいつの代わりに担当して——」

「落とした?」

西川が無言でうなずき、コーヒーを飲み干した。

「別に自慢するような話じゃない。そんなに厄介《やっかい》な容疑者じゃなかったからな。それを落とせなかった南野には、取り調べ担当の資質がなかったということだ」

「それがショックで警察を辞めたのか？」

「きっかけというか……元々、色々問題があった人間で、花村事件が解決した後で、所轄に出された。その直後に、家業を継ぐために警察を辞めたんだけど、俺に対する恨みを周囲に漏らしていたらしい」

「恨まれるようなことじゃねえだろう」警察では――仕事をしていくうえではよくあることだと思う。

「そうなんだけど、粘着質《ねんちゃくしつ》な男なんだよ」

「うーん……」沖田は顎《あご》に拳《こぶし》を当てた。しつこいというか、いつまでもマイナスの気持ちを忘れない人間はいる。誰かを殺したいほど恨むこともあるだろう。しかし、十年も経《た》ってから復讐《ふくしゅう》、というか嫌がらせをしようと企《たくら》むものだろうか。「お前はどう思う？　その南野って奴《やつ》が今回の黒幕だと、本気で思ってるのか？」

「いや、そうは言ってない。ただし、俺に恨みを持っている人間というと、警察内部ではそいつぐらいしか考えられない」

「もっと広げてみたらどうだ？　子ども時代にいじめた相手とか、高校の時にガールフレンドを巡って大喧嘩《おおげんか》した相手とか、いないか？」

「もちろん、考えたさ」西川が深刻な表情で答える。「いじめられた人間はいつまでもそのことを忘れないけど、いじめた人間はさっさと忘れるとかよく言うよな。でも俺は、そういうことは縁がなかった。それに高校時代には女性とは縁がなかった」

「お前のプライバシーをこんな形で知っても、全然楽しくないな」沖田は鼻で笑った。

「俺だって、喋《しゃべ》りたくはないよ」西川が両手で顔を擦《こす》った。「とにかく、そんな昔にまで遡《さかのぼ》ると、さすがに誰かに恨まれているとは思えない。結局残ったのが、南野という男なんだ」

「家業を継いだと言ったよな？　何の商売だ？」

「建設業だ。確か、家を継ぐ予定になっていた兄が交通事故で亡くなって、急遽《きゅうきょ》地元に戻ることになったんだと思う。将来の社長候補として、だろう。もう社長になってるかもしれないな」

「岐阜だよな……田舎で建設業をやっていたら、一生安泰《あんたい》じゃねえか？　公共事業を定期的に取れれば、仕事が途切れることはねえだろう。そんな安楽な状態でも、恨みを抱き続けるものかね。向こうから見れば、お前なんかただの安月給の公務員じゃねえか。とっくに忘れていてもおかしくねえ」

「そうなんだけど、とにかく南野という男は粘《ねば》っこかった」

「分かった。石橋の件は手詰まりだし、ちょっと南野を追ってみるか。ただしお前は動くなよ。ターゲットかもしれねえんだから、目立つとまずい――係長、今日帰って来るって言ってたっけ？」

「夕方になる」

「じゃあ、今のうちにさっさと岐阜まで行っちまうか。そんなに遠くないだろう」

「おいおい」西川の表情が暗くなる。「そんなに急がなくても」

「係長の許可を待ってたら、いつまで経っても動けねえ。勝手にやるよ。できれば係長より先に戻って来たいけどな」

「ああ——頼む」

沖田は西川の顔をまじまじと見た。こんなに不安そうな西川を見るのは初めてかもしれない。

刑事という職業は、地方出張が多い。沖田は、それが嫌いではなかった。普段暮らして仕事をしている東京から離れただけで、何となく解放されたような気分になるのだ。仕事が上手《うま》く行った時の快感も、東京よりもずっと大きい。

そういう気分的な問題もあり、沖田は強行犯係にいた時には「四十七都道府県制覇」を狙《ねら》っていた。出張があれば真っ先に手を挙げ、頭の中の日本地図を黒く塗《ぬ》り潰《つぶ》していったものである。結局、強行班時代に足を踏み入れたのは三十八都道府県に達したが、追跡捜査係に来てからは、新規に訪問する県はなかなか増えなかった。岐阜県は、実に久しぶりの「未到の地」である。これでまだ訪れていないのは、五県になった。

今回の出張の最寄駅はJR岐阜で、名古屋《なごや》で東海道《とうかいどう》本線に乗り換えて二十数分……近いものだ。感覚的には、ほぼ名古屋と言っていい。

初めて降り立った岐阜駅は、かなり大きく立派だった。北口に出ると、綺麗《きれい》に整備された広場があり、黄金色の信長《のぶなが》像が目に入る。岐阜県も、信長という偉人を何百年も抱き続けているわけだ……しかし歴史に興味がない沖田は、信長像の鑑賞をすぐに切り上げ、南野の会社を管内に持つ岐阜中央署に向かった。いきなり南野の会社を訪れても、何が分かるわけでもないだろうから、まず、周辺から噂《うわさ》を探るつもりだった。本当は商工会議所などに当たるべきかもしれないが、今回は同じ警察官をネタ元にすることにする。街を歩き回っている警察官は、地元の企業などについても噂や情報を集めているものだ。

中央署は、岐阜県警における「S級署」のようで、庁舎は六階建てのかなり立派なものだった。地方都市の警察署らしく、広い駐車場も備えている。事前に電話をかけておいたので、情報源にしようと狙っている男にはすぐに面会できた。生活安全課の係長、水谷《みずたに》。自分より何歳か年上——そろそろ定年という年齢に見える。白いワイシャツに地味な茶色のネクタイ、灰色のウールのベストという格好は、沖田が小学生の頃《ころ》の教師を思い出させた。地方公務員のファッションセンスは、何十年もアップデートされていないのかもしれない。

「お忙しいところ、すみません」沖田はきちんと頭を下げた。地方の警官と話す時は何かと気を遣う。地方では、警視庁は日本の警察の代表のように思われている。警視庁の中にも、出張に行けば地元の警察官を手足のように使うのが当然と思う人間もいる。そういうことはあってはいけないのだが、地方の警察官はどうしても警戒してしまうものだ。最初が肝心だ、と沖田はいつも思っている。

「いやいや、暇なもんですよ」

「こちらは、県警で一番忙しい署じゃないんですか」

「管内人口や、繁華街を抱えていることはね……でも、岐阜の繁華街なんて高が知れてますよ。基本的には皆、名古屋に遊びに行きますからね」

「近いですよね。驚きました」

「岐阜は初めてですか？」

「そうなんですよ」

「田舎でびっくりしたんじゃないですか」

「いえ、むしろ想像していたよりもずっと都会でした」

「それは喜んでいいのかどうか」水谷が苦笑したが、すぐに真顔に戻る。「それで――今回は、南野建設の関係でしたね」

「ええ」水谷が手帳もスマートフォンも出していないのが気になる。メモがなくても話せるぐらい情報が少ないのだと、沖田は早くも後悔し始めた。警察も、街の情報を全《すべ》て知っているわけではないのだが。「どんな会社なんですか？」

「岐阜県では老舗《しにせ》の建設会社ですよ。創業は明治時代で、今の社長が六代目です」

「南野彰人社長、ですね」

「去年、社長に就任したばかりですよ。まだお若い――四十代ですからね」

「会社の評判はどうなんですか？」

「地元の優良企業ですよ。政治、経済をリードする存在です」

「政治も、ですか」

「一族から政治家がたくさん出てますからね。今は代議士はいないけど、県議、岐阜市議、それに親戚《しんせき》筋には郡上《ぐじょう》市の市議がいます」

「岐阜県の政界まで牛耳《ぎゅうじ》っているような企業なんですか？」献金《けんきん》、そして公共工事を通じて……いかにもありそうな話だ。地方で話を聞くと、日本という国を支配しているのは建設業者ではないかと思えてくる。

「そういうわけじゃないです」水谷が苦笑する。「基本的には地元の優良企業ですよ。文化活動もやってますしね」

「建設会社が文化活動？」

「大きくは名前を出さずに金だけ出して、『二十一世紀岐阜文化賞』という企画をやってるんです。中学生、高校生が対象で、ボランティア活動なんかを表彰するんですよ。それも、今の社長になってから始まったんですけどね」

若手社長として、会社のイメージアップを狙っているのだろうか。建設会社というのは、一般市民とはなかなか関係ができにくい。会社が作った施設などは普通に利用していても、会社対個人の取り引きなどがないため、どうしても一般市民には関係が薄いと見られてしまう。

「じゃあ、会社のイメージはいいということですね」

「ええ。もちろん」

「これまで何か、トラブルを起こしたことはないんですか？」

「それは、まあ……」水谷が両手を組み合わせて指をいじった。「建設業ですから、いろいろ噂はありましたよ。それこそ談合とか」

「過去形なんですね」沖田は指摘した。

「最近は、そういう話は聞かない、ということです。社長が代わってから、会社のイメージアップには成功している。コンプライアンスは相当きつくなっているようですしね」

「水谷さん、南野社長のことを個人的にご存じですか？」

「ああー、それは……」水谷の言葉尻《ことばじり》が静かに消える。右手で杯《さかずき》を持つ真似《まね》をして、口元へ持っていった。「私も、嫌いな方じゃないからね」

「岐阜なら、地酒とか美味《うま》そうですよね」

「公務員の給料で行けるところは限られてますけどね」

「いい店を紹介して下さい――社長とは呑《の》み友だちということですか？」

「いやいや、まさか、そういうわけでは……岐阜市で一番の繁華街は柳ヶ瀬《やながせ》っていうところなんだけど、社長は『柳ヶ瀬の夜の帝王』って呼ばれてます」

「かなり賑《にぎ》やかな繁華街なんですか」帝王か、と沖田はげんなりした。警察官時代よりも格段に収入は増えているだろうが、それを呑み代に回しているのだろう。田舎《いなか》の社長が下品に遊び……想像しただけでも気分は悪い。

「岐阜では一番ですよ。ただし、名古屋が近いんで、客はそっちに流れがちだけど……特に若い人なんかはね。しかし南野社長は地元優先で、かなり金を使ってるみたいですよ」

「呑み屋ですか？」

「キャバクラとかね。金は落とす人だけど、あまり評判はよくない」

急に話が批判的な方向に振れてきて、沖田は警戒した。それまで普通に喋っていたのが急に方向転換する時には、何か理由があるものだ。

「酒癖が悪いとか？」

「女の子のいる店では、マナーには気をつけないとね。今は風俗店でも、セクハラとか言われちまう時代なんだから」

「確かにそういうの、ありますよね。南野社長もセクハラを？」

「噂で聞いただけですよ。直接見たわけじゃないから、本当かどうかは分からない」

「警察官は慎重ですよね。噂をそのまま誰かに話したりはしない」

「とにかく、ここだけの話にして下さいよ」水谷が急に表情を引き締めた。「私も商売柄、飲食店や風俗店とはつきあいがあるんですよ」

「ええ」

「相談を受けることもありましてね。客から違法営業のタレコミを受けることもあるし、店側《たち》から質の悪い客に関するクレームを言われることもある。最近は、女の子のいる店で度を越した悪さをする人も多くてね。セクハラで訴えられないか、という相談もよく受けます」

「南野社長も？」

「本当に、ここだけの話にして下さいよ」水谷がしつこく念押しした。「でも、陰で泣いてる女の子がかなりいるみたいです。とにかくマナーが悪いようで」

「実際に問題にしないんですか？」

「そこが難しいところでね」水谷が溜息《ためいき》をついた。「南野建設自体は、地元の優良企業です。そこの社長といえば、やはり名士ですからね。建設業協会、商工会議所、青年会議所の役員も兼《か》ねてる。しかも地元政界ともつながりがある……東京ではあり得ない話かもしれませんけど、こういう田舎ではどうしても、扱いが厄介な人間になるわけですよ」

「放置ですか」それも仕方あるまいと思いながら沖田は訊《たず》ねた。警察としても、手をつけにくい相手だろう。

「いや」水谷が顎を撫《な》でた。「私、南野建設の中にも知り合いはいるんですよ。地元の人間ですから、昔から知っている人とかね……そういう人間に、忠告はしました。せっかく新社長になって会社の評判もよくなっているのに、肝心の社長が羽目を外し過ぎたら、ぶち壊しになるぞって」

「忠告、効きましたか？」

「その後は聞いてないですけど、実際にどうかは分かりませんね……それで、南野社長がどうかしたんですか」

「南野さんが、昔警視庁の警察官だったことはご存じですか？」

「らしいですね。どうして警察官になったかは分かりませんが。その関係ですか？」

「昔の事件を調べ直していまして、南野社長にも話を聴きたいんです……昔の担当者として。ただし今は地元の優良企業の社長ですから、気軽に声をかけることはできません。どんな感じなのか、まず周りから聞いてみようと思いまして」

「ずいぶん慎重ですね」水谷が一瞬首を捻《ひね》った。「元同僚でしょう？　気楽にいった方が上手くいく感じがしますけど」

「私は個人的に知らないし、辞めたのは十年以上も前ですからね……ところで、水谷さんに相談してきた女の子って、紹介してもらえませんか？」

「いや、それは……」途端《とたん》に水谷が渋い表情を浮かべる。

「外には漏らしませんよ。ここだけの話にします」

「しかしねえ」

「あと、水谷さんが話した南野建設のお知り合いも教えて下さい。社内での評判も聞きたいので」

「あなた、えらく強引ですね」呆《あき》れたように水谷が言った。

「うちの係長が、きつい人なんですよ。成果主義で、とにかく結果を出せの一点張りで……出張に出て何も持って帰れなかったら、殺されちまう」

「どこでも上司には難儀するもんですなあ」水谷が溜息をつく。

上司に対する不満はどこでも同じ――落ちたな、と沖田は確信した。共通の不満は、初対面の人間同士も簡単に結びつける。


午後早い時間のキャバクラ嬢は何をしているか――起き抜けだ。沖田は教えてもらった番号に何度もかけたのだが、電話に出ない。どうしたものかと迷いながら、取り敢《あ》えず昼飯を済ませてしまうことにする

問題の柳ヶ瀬に行ってみた。アーケードが長く続く商店街だが、岐阜名物が何なのか分からないので、昼食を何にしていいか、まったく決まらない。名古屋が近いので、名古屋飯ならあるだろうと考え、味噌《みそ》煮込みうどんの専門店に入る。四月が近い時期にしては寒いので、熱いうどんは助かる――しかしこういう店は、夏場も普通に営業しているのだろうか？　普通のうどん店や蕎麦《そば》店なら、冷たいメニューがあるので、夏は「さっぱりしたものを食べたい」客を惹《ひ》きつける。しかしこの店には、基本的に煮えたぎる味噌煮込みうどんのバリエーションしかないようだ。もしかしたら、春からはメニューが変わるのかもしれないが……冷たい味噌味のうどんがどんなものになるかは想像もつかない。あるいは夏でも、汗をかきながら熱いうどんを啜《すす》るのが、中京《ちゆうきよう》圏の人たちの「粋《いき》」なのかもしれない。

寒かったのに、食べ終えた時には汗をかいていた。シャワーでも浴びたいぐらいだが、

そんな暇はない――店を出るとすぐに、問題のキャバクラ嬢の携帯に電話を入れた。今度は呼び出し音三回で出たが、機嫌《きげん》が悪そうな声だった。

「……はい」

「えなこさん？」本名も分かっているのだが、敢えて源氏名《げんじな》で呼んでみた。客からの電話だと思ってもらえれば、それでもいい――しかし向こうはかえって心配してしまったようだった。

「ええと……」

「急に電話して申し訳ない。沖田と言います。岐阜中央署の水谷さんから紹介してもらったんだけど」水谷の名前の効力はどの程度だろうと心配しながら、沖田は打ち明けた。

「ああ、はい」えなこの声が急に明るくなった。

「実は、南野建設の社長のことで聞きたいんだけど、ちょっと時間をもらえるかな」

「今からでもいいですか？　今日これから、ヨガに行くので、その前に」

「ああ、もちろん。今、柳ヶ瀬の商店街にいるんだけど、どこがいいですか？」

「じゃあ、私がそこへ行きます。近いんで、三十分後に。お店は――」えなこが喫茶店を教えてくれた。ちょうどいい。先に店に行って、味噌煮込みうどんでかいた汗を引かせるためにアイスコーヒーを飲もう。

　三十分とは言っていたが、実際に落ち合うまで一時間はかかるだろうと沖田は思っていた。キャバクラ嬢だから、出勤前のメイクにも時間がかかるはず——しかしえなこは、約束通りの時間に店に入って来た。意外というか、地味な感じ……小柄な女の子——「女性」というより「女の子」で、高校生に見えないこともない——で、ジーンズに薄い黄色のスプリングコートという軽装だった。化粧もほとんどしていない。もしかしたらまだ十代では、と沖田は思った。沖田の前に座ると、さっと頭を下げた。つい「化粧っ気がないんだね」と言ってしまった。

「これからヨガ——ホットヨガで汗をかきますから、化粧しても無駄なんですよ」

「いつも出勤前にヨガに？」

「週三ですね。体を動かしてお酒を抜かないと、駄目になりそうで」

「真面目《まじめ》だなあ」刑事の前で酒の話をしているのだから、若く見えるが一応二十歳《はたち》にはなっているのだろう。

「いえいえ」

何とか会話は成立しそうだ。もっとも、キャバクラ嬢というのは接客のプロだから、どんな人間が相手でも話を合わせられそうだが。

「こういうものです」沖田はバッジを見せた。

「県警の人ですか？」えなこが眉《まゆ》をひそめる。

「いや、東京から。南野ってのは昔の同僚でね。ちょっと昔の話を聞きたいんだけど、長いこと会ってないもんで、事前に情報収集しておこうかと思ってさ。何しろ今は社長さんだろう?」

「南野さんって、警察にいたんですか?」えなこが目を見開く。

「そうだよ。二十年近くいたんじゃないかな」

「嘘《うそ》……あんな人が?」

「あんな人?」

「水谷さんから聞いたでしょう? 評判悪いんですよ。うちの店だけじゃなくて、他の店でも。キャバクラにもいろいろありますけど、店の子にお触りは基本的にNGですからね。でも、全然気にしないで……何ヶ所も出入り禁止になっているんですよ」

「地元の名士なのに?」

「だから許されると思ってるんじゃないですか? でも、そういうマナーを守れない人って、結局駄目ですよね。私も結構、嫌な思いをしました」

「だから、水谷さんに相談した?」

「水谷さん、結構まめに色々な店を見てる人ですから」

「確かにそんな感じだね」ああいう地味な警察官の方が、街に溶けこんで観察を続けられるものだ。変に強硬な人、態度がでかい人よりも、頼りにもなるだろう。「水谷さんに相談してからは?」

「お店に来なくなっちゃいました。店長は太客がいなくなって困ってるけど、店の女の子たちはほっとしてますよ」

「ですね。接待で他のお客さんもたくさん連れてくるし、太客は太客なんですよ。でも、女の子の評判はとにかく悪かったです。お触りもそうだし、とにかく偉そうで……南野建設の社長さんだから、偉いのは分かりますけど、底が見えちゃった感じですね」

「しかし、警察官に相談っていうのは、かなりシビアな感じがするけど」

「告訴するって言ってた子もいたぐらいですから。実際、証拠としてビデオ撮影までしてたんですよ」

「そこまでやっても……というぐらいひどかったんだね」

「そうなんですよ」えなこが眉をひそめる。「私、そこまでやるのはどうかなと思って……店長にも相談されたんで、水谷さんに話をしたんです」

「水谷さんと、個人的に知り合いだった？」

「ああ、あの……」えなこが急に小さくなった——肩をすぼめた。「私、高校の頃にちょっと悪くて……水谷さんには何度かお世話になってるんです」

「だったら、恩人みたいなものじゃないか」

「恩人かどうかは……水谷さん、今も私のことは危ないと思ってるんじゃないですか？　高校を出て一度就職したのに、結局キャバクラですからね」溜息をついてますます肩をすぼめる。

「客としてはいい客——金払いはよかったのかな」

「何か事情でも？」

「お金が欲しいんです。東京へ出て、デザインの勉強をしたいんですけど、専門学校でもお金は結構かかりますから。親は当てにできないし、自分で何とかしないと」

「立派な心がけだ。偉いと思うよ。目標は達成できそう？」

「あと一年ぐらいですね。キャバクラはやっぱり、それなりに儲《もう》かります。嫌な思いをすることもありますけど」

「南野とか」

「そうですね。キャバクラで働いて二年になりますけど、南野さんは最低レベルのお客さんです。とにかくしつこいっていうか――うちの女の子で一人、目をつけられてた子がいて、追い回されて、ストーカーみたいだって困ってました。結局辞めちゃって名古屋に出て、向こうで別のキャバクラに勤《つと》め始めたんですけど、南野さんはいつの間にかそこも割り出して、店に通い始めましたからね」

「確かにストーカーっぽいね。その子、大丈夫だったのか？」

「結局名古屋の店も辞めて、今は大阪にいます。普通に就職して……さすがに大阪までは来ないみたいで、ほっとしてます」

「そうか……昔はそんな奴じゃなかったんだけど、社長になると変わるのかな」

「南野建設は大きい会社ですから」

「いや、ありがとう。参考になりました」沖田は頭を下げた。「これは、会う時は警戒した方がいいみたいだね。気をつけますよ。とにかく助かった」

「いえいえ……今度はお店の方に来て下さいね。サービスしますから」えなこが、角の丸まった小さな名刺を渡してくれた。

「そうねえ……もう女の子のいる店には何年も行ってないけど」

「警察の人はやっぱり真面目なんですか？」

「というより、金がかかるからね。貧乏《びんぼう》公務員にはきついよ――じゃあ、ありがとう」沖田は請求書を摑《つか》んで立ち上がった。

南野の悪い評判がたちまち集まった。しかしこれが、何かにつながるのか？

2

沖田から電話がかかってきたのは、午後五時過ぎだった。既に京佳は出張から戻って来ている。自席で声をひそめて話そうとしたが、係長席は近い。聞かれてしまいそうなので、スマートフォンを持って廊下に出た。

沖田は岐阜県警の警察官、それに彼に紹介してもらったキャバクラ嬢、さらに会社の幹部に会ったという。どこでも南野の評判はよろしくない――仕事に関しては真面目にやっているようだが、酒が入ると人格が一変するようだ。そういう人間がいるのは分かるが、地元の名士ともなると、やはり問題だ。

「とにかく悪い話は聴くんだけど、だからといってお前を狙っているとは言えない」

「そうだな……」

「直接話を聴くか？　理由はないけどな」

「参考までに、ということでどうだろう。お前、そのまま岐阜に残って、明日にでも会ってみるか？　何だったら、俺も行くけど」

「いや、たまたま今日から東京に出張しているそうだ。業界団体の会合で、明後日《あさって》の夜に岐阜に帰るらしい」

「だったら東京で摑まえるか？」

「会議に出てるから、見つけるのは難しくないだろうけど、捕捉《ほそく》する理由は……」

「やっぱり、参考までに、だ。昔の事件の関係で、参考として話を聴きたい、とか」

「……それしかないか。ただし、お前は顔を出さない方がいいんじゃないか？　ここは俺がやるしかないだろう」

「そうだな。とにかく、明日相談しよう。それでどう攻めるか決める」

「分かった。今夜中には東京に戻るよ。係長は？」

「さっき帰って来た。お前がいないことには気づいていない」

「何だよ、俺、そんなに存在感が薄いか？」

「あれこれ言われるよりいいだろう。ホワイトボードには『直帰』って書いておくよ」

「ああ、頼む。明日《あす》、追跡捜査係で会おう」

西川はこそこそと追跡捜査係に戻り、ホワイトボードの沖田の名前の下に「直帰」と書きこんだ。

「あら、沖田さん、戻って来ないんですか？」京佳が目ざとく気づいた。

「ネタ元に摑まっているようで……結構しつこい人間みたいです」

「出してもらった書類に不備があったんだけど、明日は普通に来るかしら」

「その予定だと思いますよ」

何とか上手く、岐阜に行っていることは誤魔化せた。しかしこんなことをしても無駄だとすぐに気づく。いずれ沖田は、この出張を精算しなければならない。そうしたら京佳は「どうして許可を得ずに勝手に出張したのか」と問い詰めてくるだろう。

まったく、上司というのは面倒なものだ。もっと気軽に事件について話せる上司ならいいのに……と思ったが、勤め人はどんな職場でも、上司を選べない運命にある。今の自分たちは——考えても仕方ないことだ。

翌日、西川は早めに出て来て沖田と軽い打ち合わせをした——まず京佳対策で。

「精算するなって？　自腹かよ」沖田が目を見開く。

「ちょっと間隔《かんかく》を空けろっていう話だよ。勝手に出張してるんだから……少し時間が経てば、向こうもあまり気にしないかもしれない」

「そうは思えねえけどな。どうせ喧嘩になるなら、早い方がいいんじゃねえか」

「今、係長とやり合っている余裕はないだろう。これからどうするか、さっさと決めていかないと」

「しょうがねえな……材料は、昨日話した通りなんだけどな」

「きついな」指摘して、西川は拳《こぶし》で顎を軽く叩《たた》いた。「いい加減な奴だってことは分かったけど、うちの方には関係ないか……」

「キャバクラの猥褻《わいせつ》事件を、岐阜県警に立件してもらうか？　ストーカーもある。身柄を取れば、うちでもやりやすくなる」

「うーん……」沖田の作戦も分からなくはないが、かなり乱暴だ。それに他県警が逮捕したら、警視庁では簡単には身柄をもらえない。「やっぱり今夜、参考までにということで話を聴くしかないな」

「アリバイを確認しよう。先に会社の方に聞けば、ある程度分かるはずだ」

「そこまで会社に食いこんだのか？」

「当然」沖田が胸を張る。

「だったら、今までまとめた事件の時系列を出せるから、お前の方で会社にチェックしてくれないか？　相手は？」

「総務の役員」

「一番いい相手だな。よく見つけてきた」

「偶然でね……でも俺は、普段から行いがいいから、いざという時には幸運の女神が微笑《ほほえ》むんだ」

「よく言うよ」西川は鼻で笑ったが、すぐにパソコンを立ち上げた。メモ代わりにつけてきた時系列一覧が、ここで役に立つかもしれない。「今、メールした」

「おう」

自分のパソコンを覗《のぞ》きこんだ沖田が、すぐにスマートフォンを取り上げた。電話をかけ、相手に気さくに挨拶《あいさつ》する。話を聞いた限りでは、旧知の友人と久しぶりに会ったような明るい口調だった。この、人との距離の詰め方はいかにも沖田らしいと思う。西川はどうしても人間関係では遠慮してしまい、親しい間柄になるのに時間がかかる。プライベートならともかく、仕事ではこれだと困るのだが。特に取り調べ担当だったら、初めて取調室で相対した犯人とも、短時間で心を通わせなければならない。自分がそちらの道を諦《あきら》め、書類と対峙する仕事を選んだのも当然だったかもしれない。沖田は気楽な調子で話していた。

「昨夜ですか？　いや、ちゃんと帰りましたよ。ええ……でも、教えてもらったお店はしっかりメモしてありますから、今度行ったときに――いやいや、口約束じゃないですよ。話を聞いただけでも美味そうですから、絶対に行ってみたいですね。ええ、近いうちに是《ぜ》非《ひ》。他の店も？　いやあ、ありがたいですね」

沖田が西川に向かって「ＯＫ」マークを作ってみせた。そんなことをしなくても、話が上手く転がっているのは分かる。

「すみません、昨日の今日で申し訳ないんですけど、ちょっと確認していただきたいことが……社長の動向なんです。ええ、今月で……今から日付を言いますので、その日の社長のスケジュールを教えていただけますか？　いやいや、そんなに急ぎません。お手隙《てすき》の時で大丈夫ですから」

それから沖田は、数日の日付を告げた。馬鹿丁寧に礼を言って電話を切ると、ほっと息を吐く。

「頼んだぜ」

「ずいぶん仲良くなったみたいじゃないか」

「酒好きな人でさ。一緒に呑んではいないんだけど、昨日、呑み屋の話で盛り上がった。昔から出張が多かったそうで、日本全国で呑み歩いてたんだってさ」

「お前と一緒じゃないか。そりゃ、気も合うよな」

「何かのタイミングで、お礼に呑ませないといけないだろうな」

「いいネタがあれば、な」

「そのつもりでいた方が楽しいじゃねえか。だいたいお前は悲観的――おっと」

沖田がスマートフォンを取り上げた。「俺は話が早い人が好きだね」とニヤリと笑い、電話に出る。

「専務――え？　もうですか？　そいつはありがたい」

興奮した様子で沖田が手帳を広げ、ボールペンを構える。しかし手帳にペンを走らせているうちに、表情が硬くなっていく。最後には低い声で、いかにも残念そうに「ご協力ありがとうございます」と挨拶した。

通話を終えた沖田が、小部屋の方に向かって顎をしゃくる。誰にも聞かれたくない話なら、喫茶室か日比谷《ひびや》公園にでも行くべきだろうが、そこまでではないのだろう。西川は自分のコーヒーを持って行った。

「駄目だな」沖田が、座るなり渋い表情で言った。「お前が襲われた日——自宅と病院、どっちの日も、南野は岐阜にいた」

「奴が実行犯だと思ってるのか？　誰かから連絡を受けて命令を下すだけなら、電話でもメールでもできる」

「何か釈然としねえんだが……奴の通話記録を取るか」

「そうだな。屋島や猪狩と連絡を取り合っていたことが分かればいいんだが」

「じゃあ、その手続きをするよ——いや、屋島と猪狩の通話記録を確認すればいいじゃねえか。南野のことを嗅《か》ぎ回っているのは、奴には知られない方がいい」

「だけど、向こうの専務には知られてるんだろう？　そこから南野に伝わる可能性は、考えておいた方がいいんじゃないかな」

「ところがさ、南野は社内では要注意人物になってるんだ」沖田が深刻な表情で言った。

「業績については、かなり功績があるって言ってたじゃないか」

「だけど、キャバクラ遊びなんかで何かと評判が悪い。俺が話を聞いた専務も、警察から忠告を受けて諫《いさ》めたんだが、それから社内では要注意人物になっているらしいよ」

「それじゃ、ただの二代目馬鹿社長じゃないか」

「六代目だ」沖田が訂正する。

「だったらもっと悪い。会社って、三代持てば何とかなるって言われてるそうじゃないか。一族で六代目ともなれば、周りはもう、永遠に安泰だと思うはずだよ。それがねえ……」

西川は首を横に振った。「その専務は大丈夫なのか? 社内でまずい立場になってないか?」

「実は、クーデターを考えてるらしい」沖田が声をひそめる。

「本気で?」

「南野建設は、岐阜の経済界には欠かせない存在だそうだ。会社を守るためなら、社長を

切るのもしょうがないと言ってたよ」

「しかし、よくそんなことまで喋ったな。昨日、初対面だろう?」

「最初に話を聞きに行った岐阜県警の刑事とは、幼馴染《おさななじ》みなんだとさ。その刑事の名前が

水戸黄門《みとこうもん》の印籠《いんろう》みたいになって、名前を出したら喋ること喋ること……まあ、普段からの

不満もあるだろうし、俺の話術の巧《たく》みさもあるだろうけどな」

「そうか……じゃあ、信じて話を進めよう。屋島と猪狩の通話記録は、特捜でもう押さえ

ているはずだから、それを見せてもらえばいい。上手くいったら、今日の夕方以降、南野

を摑まえる」

「じゃあ、お前、特捜と話してくれ。俺は会合の方がどうなってるか調べる」

「分かった」西川はコーヒーを飲み干した。これで事態は動き出すのか? そうかもしれ

ない。いや、そうであって欲しい。プレッシャーは日々きつくなり、いつまで正気を保てるか、まったく分からなくなっているのだ。

昼前、材料が出揃《でそろ》った。西川は久しぶりに高揚感を抱いたものの、何とか自分を落ち着かせていた。ここで焦っても、何にもならない。話が動き出しそうな時こそ、落ち着いて周囲の状況を見ないと。

昼飯を終えたところで、係長も加えて打ち合わせをした。京佳は、自分がいない間に話が進んでいたのが気にくわない様子だったが、そもそも昨日は出張だったのだから仕方がない。西川が先導して現在の状況を説明し、今後の進め方について提案する。方針は簡単、南野を呼んで叩く——。

「逮捕状を請求できるだけの材料はないですね」京佳が渋い表情で言った。

「ありません」これは西川も認めざるを得ない。「しかし、じっくり話せば、ボロを出す可能性があります。南野は昔から、用心が足りない人間でした。それにあくまで任意で、参考という名目で呼ぶだけですから、捜査としては特に問題ないでしょう」

「参考としても、向こうが納得できるだけの理由を出さないと」

「それこそ、奴が失敗した事件の再捜査をしていることにすればいいんです。実際、そういう研修を全国でやる話になってるじゃないですか」

「でもあれは、間違いなく終わった事件でしょう。犯人も無事に逮捕・起訴されて有罪が確定した。捜査としては、失敗とは言えませんよ」

「だからあくまで、仮の話です。フィクション。それでも奴にとっては、途中で仕事を取り上げられた嫌な記憶ですから、感情的になる可能性が高い。そうなると、つい本音を漏らしがちです」

「……沖田さんはどう思います?」

「係長、何を心配しているんですか?」沖田が逆に訊ねる。

「地方とはいえ、一応それなりに大きい会社の社長ですからね。後々のことを考えると……」

「心配いりません」沖田が不敵な笑みを浮かべる。「何も、ナショナルカンパニーの社長を逮捕するわけじゃないんですから。そもそも素行不良で、自分の会社から切られる可能性があるような奴です。どこからも文句は出ませんよ」

「でも、うちのOBがそんな犯罪を……」京佳はまだ躊躇《ためら》っている。

「警察OBが常に高尚《こうしょう》な正義感の持ち主とは限りません」西川は指摘した。「そもそも現役でも、犯罪行為に手を染める人間はいます。職員千人当たりの逮捕者は、警視庁は大阪府警、神奈川県警に次いで全国で三番目ですよ? 警視庁の職員は正義感の塊《かたまり》で、絶対に悪いことをしないとは言えません」

「嫌な話ですね……」京佳が顔をしかめる。「分かりました。では、あくまで昔の事件を追跡捜査の研修材料にする、そのために当時捜査を担当していた刑事に話を聴く、という名目にします。ただしあくまで善意の参考人ということで扱いますから、無理な取り調べは避けて下さい。彼、明日までこっちにいるんですね？」

「夕方に会議が終わって、そのまま岐阜に帰る予定ですね」沖田がすかさず報告する。

「だったら、今日中に何か材料が出てこない限り、諦めて。岐阜に戻るのを引き止められるだけの材料が出てきたら、また考えましょう」

「それは、手を打ってあります」沖田がうなずく。

「分かりました」京佳が全員の顔を見渡した。「では基本的に、今夜だけの勝負にします。私は残りますから、何かあったら必ず報告を入れて下さい」

「係長、残業するなら食事でも行きませんか？」麻衣が明るい声で急に誘いかけた。

「食事？　それどころじゃないでしょう」京佳の表情は依然として渋い。

「でも、今日は遅くなるかもしれませんよ。どうせご飯は食べるんだし、たまにはどうですか？」

「そうねえ」

「俺もつき合います」牛尾が賛同する。「係長と食事だったら、ぜひ。今まで、そういう機会もあまりなかったですから」

「そう？」京佳が二人の顔を順番に見た。

「はい」二人が同時に返事をする。

「じゃあ、私たちはちょっと食事してくるけど、二人で大丈夫ですか？」京佳が西川に話を振った。

「何とかします」西川は言った。「何とかできる年齢ですから」

何とかできる年齢と言いつつ、庁舎内の食堂でぼそぼそと夕飯を食べているのは何だか情けない——しかし今日は、どこかでゆっくり食事をしている余裕もない。南野が出席している会議は午後六時まで。それから場所を移して、七時から宴会が開かれることになっている。遅くとも午後六時前には会議の会場に到着して、南野を捕捉しなければならない。今夜は遅くなるから軽く食事はしておきたいが、まだ夕方と言える時間に食事ができるのは、警視庁の食堂ぐらいだ。

「しかしここも、もう少しメニューを考えて欲しいな」沖田がカレーライスをスプーンでこね回しながら文句を言った。

「贅沢《ぜいたく》言うなよ。官公庁の食堂なんて、どこもこんなもんだろう」

「いや、ここって、基本的にカロリー過多で、機動隊員の食事みたいなメニューばかりじゃねえか。野菜とか豆腐とか、カロリーが低くても栄養が取れるものを増やして欲しいな」

「おっさん臭いこと、言うなよ」

「実際おっさんなんだよ。だけどお前もこのところ、太ってきたじゃねえか」沖田が西川の腹の辺りを見ながら指摘する。

「いや、入院して痩《や》せたよ。適切な食生活を続けてたからな」

「本当に？　体重だけ減って、体は緩んできたみたいに見えるぜ」

「食べてる最中の会話じゃないぞ。ここのカレー、この値段にしては美味いじゃないか。俺たちはこのカレーで育ったようなもんだし」

「それでこの始末だからなあ」沖田が自分の腹を平手で叩いた。何だか、引退した力士のような……まあ、五十歳を過ぎても、若い頃と同じ体型を保っていられるわけもない。病気さえなければいいのではないだろうか。

「いいからさっさと食べろよ。現場まで結構遠いぞ」

「いや、すぐだよ。どうせパトを使うし」

「所轄には連絡済みだよな？」

「ぬかりなし……いいからお前もさっさと食え」

何だかむっとして、西川は勢いをつけてカレーを食べ始めた。粘度は高く、塩気が強いのでご飯は食べられてしまうが、肉も野菜もほとんど入っていない——少なくとも原型をとどめていない。十年か、あるいはもっと前だろうか、年配の職員が調理場へ文句を言う現場を目撃したことがある。今の西川と同じように感じたのか「具が入ってない」というクレームだった。応対した調理場の人間は、「肉も野菜も溶けるまで煮込んでいます」という、検証しようのない答えを返したのだった。

夕食は五分で終わってしまう。まあ、こんなもの……一応、エネルギー充塡《じゅうてん》が完了した状態で南野と対決できるようになったわけだ。

「所轄へ運んで叩く——ここまでが最大の壁だな」沖田が手帳をめくった。

「ああ。そこはお前に任せる」

「で、お前は顔を出さない、あくまで俺が一対一で勝負するってことでいいよな？」

「俺が顔を出したら、南野は絶対に何も喋らない。お前が友好的な振りでいってくれた方が、喋る可能性は高いと思う」西川はうなずいた。

「それで、だ。俺は一つ爆弾を用意したい」

「爆弾？」

「奴の弱み。セクハラ社長が凹《へこ》むようなネタだ」

「大丈夫なのか？」

「岐阜県警は、この件に関しては立件しない。実は昼間、向こうで会った刑事と電話で話したんだよ。向こうとしては黙殺というか、特に何もやらないそうだ」

「だけど、南野が何か文句を言い出したら、県警も面倒なことになるんじゃないか」

「セクハラ社長が一人いなくなったぐらいじゃ、岐阜県警もあたふたしねえよ」沖田がニヤリと笑う。「社会の悪がちょっと減るのはいいことじゃねえか？　セクハラ野郎ってのは、基本的に治らねえからな。社会的に抹殺《まっさつ》するしかない」

「おいおい」

「お前、何で怒ってねえんだ？　向こうは、お前を抹殺しようとしたんだぜ」

「本当にそうかどうか、まだ確証がないからだよ」

「言い出したのはお前じゃねえか」

「疑わしいのは間違いない。でも、しっかりした証拠はないんだから」

「そうか」沖田が急に嬉《うれ》しそうな表情を浮かべ、両手を揉《も》んだ。

「何だよ」シビアな話をしている表情ではないので、西川は引いてしまった。

「ようやくお前らしくなったな。元に戻ったか」

「何が」

「俺が突っ走ったらお前が引く。今までずっとそうやってきたじゃねえか。襲われて入院した後のお前は、完全に調子がおかしくなってたよ。やりにくくてしょうがなかった」

「まさか」

「自分で理解してない分、症状はひどかったんじゃねえか？　でも今のは、完全に普段のお前らしい発想だ」

「よく分からない」西川は首を横に振った。

「自分のことが分かってるなんて言う奴は信用できねえな。人間、死ぬまで自分のことが一番分からねえんじゃねえか」

「俺はお前のことも分からない」

「それそれ」沖田が、ほとんど声を上げて笑いそうな表情になった。「それもいつものお前らしい」

死ぬまで自分のことが一番分からない——沖田も、たまには人生の真実を突いた台詞《せりふ》を吐くものだ。

3

建設業組合の大会は、平河町《ひらかわちよう》にある、全国自治体会館で行われている。かなり大規模な施設で、全国規模の団体の会合などがよく開かれていることは、沖田も知っていた。

西川は、地下の駐車場に停《と》めた覆面パトカーで待機している。若い二人は京佳と一緒に食事中——あの二人の機転は表彰ものだ、と沖田は考える度ににやけてしまう。うるさい京佳を連れ出して酒を呑ませてしまえば、今夜は役に立たないだろう。変な妨害なしで捜査を進められる——相談したわけでもないのにアドリブで動いた二人は、すっかり追跡捜査係——自分と西川の色に染まっていると言っていい。この件が一段落したら、何か美味い物でも食わせること、と沖田は頭の中にメモした。

というわけで、今回の相棒は大竹である。人が大勢いるので、危険なことが起きるとも思えず、大竹はあくまで「押さえ」だったが。

「お前、南野という男は知ってるか？」

「いえ」相変わらず大竹の答えは短い。そもそもこれが今日初めて、この男と交わした会話だった。これもいつものこと……大竹は喋らない割には状況把握がよくできているし、体も動くから、万が一南野が暴れるようなことがあっても押さえられるだろう。

「とにかく待機だ。人が多いから、見逃すな」

沖田の指示に、大竹が無言でうなずく。何とか見つけられるだろうと沖田は楽観的に見ていたが……受付の女性に声をかけ、南野が出てきたら教えてもらうように頼んでおいたのだ。今回の会合は、日本建設事業者協会青年部の全国総会である。南野は、青年部副部長。副部長は三人いるそうだが、受付の女性は「顔と名前は一致するので見逃さない」と自信たっぷりに言ってくれた。

午後六時――会議終了の時間だが、まだ動きはない。ドアを開けて中を確認したいという気持ちと、沖田は必死で戦った。部外者がのこのこ顔を出したら、途端に怪しまれてしまうだろう。今日の沖田は普通のスーツ姿なので、こういう場にも自然に溶けこめるとは思うが。

六時五分、何の前触れもなく扉が開き、会員たちが一斉に出てくる。かなりの混雑ぶり――南野を見つけられるかどうか不安になり、沖田は受付の女性のすぐ近くに移動した。挨拶や問い合わせに答えるなど忙しい様子で、ちゃんと南野を見つけて教えてくれるかどうかは分からない。

さらに五分が経過する。沖田は思い切って、会議室の中を覗きこんでみた。既に中はほぼ空……前方の演壇《えんだん》のところで、数人の男たちが固まって何か話している。その中の一人が南野だと分かった。すぐに摑まえたかったが、他の人を混乱させてしまうだろうと考え、必死に我慢する。ほどなく全員が、出入り口に向かってゆっくりと歩いて来た。南野はしんがりとして少し離れて続く――いい感じだ。

沖田は振り返って、大竹に合図を送った。大竹がすっと近づいて来て横に並んだので、南野が来ていると告げた。

「あの、ブラックスーツに赤いネクタイの男だ」ネクタイだけが胸元で浮いている。何だかアメリカの大統領のような派手さだった。「俺が声をかける。何かあったら頼むぜ」

大竹は無反応。沖田は一歩前に出て、南野を出迎えた。

「南野さん」低い声で話しかけると、南野がすぐに気づく。しかし誰が呼びかけたのか分からない様子で、不思議そうな表情を浮かべて周囲を見まわした。沖田は彼の眼前まで歩み寄って、声をかけた。

「南野建設の南野社長ですね?」

「そうですが……」不審げに、南野が沖田の顔を凝視する。

「警視庁捜査一課の沖田です」

「捜査一課?」その名前を既に忘れてしまったように、南野が怪訝《けげん》な表情を浮かべて首を傾《かし》げる。

「申し訳ない。捜査一課追跡捜査係の沖田です。本当はアポを取るべきだったんだけど、たまたま東京に来ていると聞いたもので」

「天下の警視庁捜査一課が何の御用ですか? 私に用事があるとは思えませんが」南野は

さほど動揺していない様子だった。

「ちょっと、OBの人に話を聞いているんですよ。うちも捜査ばかりしているわけではないので……研修なんかの資料も作らないといけないんですよ」

「なるほど。でも私は、十年も前に辞めた人間ですよ。それにこれから、夜の会合がありまして」

南野が左腕を上げて腕時計を見た。時計好きの沖田は、すぐにロレックスだと分かったが、特に感慨はない。地方の建設会社の社長がはめる時計として、ロレックスはごく一般的ではないだろうか。金や宝石が入っていないところは好感が持てた。そういうものが少しでも入っていると、腕時計は「時間を確かめる道具」から「装飾品《そうしょくひん》」になってしまう。

「時間は取らせませんよ。今日は前振りですので、事情を説明するだけで……後できちんと時間を取っていただければ。我々が岐阜まで出向いてもいいですし」

「しかし、何で私なんですか？」

「OBとして成功してる人ですからね。堂々と名前を出してもいい――まあ、出すかどうかは分かりませんけど、警察は権威が大好きだ。それはご存じでしょう？」

「私なんか、ただの田舎の土建屋のオヤジですよ」卑下《ひげ》した表現は、微妙にいやらしい感じがする。

「とんでもない。昔の事件を教材にして、全国の警察に提供するんです。ぜひ協力して下さい」

「ノーと言っても駄目なんでしょう?」南野が苦笑した。「捜査一課は強引で強情だ。それは今も変わらないですよね」

「昔よりもずっと、強引で強情になってますよ。何しろ日本一の捜査機関だ。そこにいた南野さんのお知恵をお借りしたい。お願いします」沖田は頭を下げた。

「じゃあ……すみません、ちょっと連絡を取らないといけない相手がいるので、お待ちいただけますか」

「もちろん待ちますよ」

「まさか、本部へ行くんじゃないですよね? それはビビるな」

「半蔵門《はんぞうもん》署に部屋を借りてます。あそこが一番、ここから近いものでね。公安一課みたいに、あちこちに秘密の部屋を借りてるわけじゃないので」沖田は気さくな口調を心がけた。

「公安一課ねえ……あそこが潰れても、捜査一課は不滅でしょうね」南野が胸を張った。

彼の言い分は理解できないでもない。長年極左の捜査を担当してきた公安一課は、今では解体説も出ているぐらいなのだ。捜査対象にしていた極左の各セクトが弱体化し、常態的な監視はもう不要では、という意見が強くなってきたのである。一方、海外のテロ組織など対する監視・対策は重視しなければならないので、公安部全体の組織を見直し、外事を強化、公安一課の人員は大幅に減らす——というのが流れになってきている。時代の流れに左右されるのは、公安警察の宿命のようなものかもしれない。一方、人が人を傷つける事件は絶対になくならないから、「捜査一課は不滅」という南野の意見はまったくもって正しい。そして南野は、今でも捜査一課に在籍していたことを誇りに思っているようだ。

その感覚は、分からないではない。警視庁では、新人警官の配属希望先として、捜査一課は常に高い人気を誇っている。実際に配属される人間も、所轄の刑事課で水際だった活躍を見せた若手だ。いわば警察官にとってのエリートコースであり、短い間でもそこに在籍していた人間は「本籍・捜査一課」を一生強調したりする。

それだけに、南野のように途中で追い出された人間は、複雑な気持ちを抱いているかもしれない。その原因になったとも言える西川――因縁《いんねん》のようなものだが――に恨みを抱くのも不自然ではないだろう。

さて、この男はどんな反応を示すか。普段とは違う取り調べになるわけで、沖田の力量も問われることになる。しかしそれも西川のため――違う。訳の分からない事件をそのまま放置しておくと気分が悪いだけなのだ。

「半蔵門署は初めてですね」刑事課の脇《わき》にある会議室に入った途端、南野が漏らした。

「ここは事件が少ない署だから。警備的には重要ですけどね」

半蔵門署の管内には、警視総監公舎がある。それ故この署では、刑事課よりも警備課の方が格上というのは、昔から言われていたことである――本当かどうかは知らないが。刑事部と公安部・警備部は仲が悪いと昔から言われているので、そこから生じた都市伝説のようなものかもしれない。

大竹がすかさず、ペットボトルのお茶を二本、テーブルに置いた。沖田はすぐに一本を摑んでキャップを捻り取る。一階の自販機で買ったばかりなので、まだ熱かった。

「どうぞ……大きい会議は疲れるでしょう」

「いや、毎年のことなので。それに今は、ほとんど喋らないで、議事進行だけですから」

「それにしても、立派なものですね」沖田は二度うなずいた。「家業とはいえ社長を務《つと》めて、業界団体の役員も……警視庁時代とはずいぶん違うでしょう」

「まあ、周りが盛り立ててくれるからできているわけで……警視庁時代の方が大変でしたよ」

「でも今は、社員の生活にも責任がある」

「田舎の土建屋は、何とかなるもんですよ。仕事は必ずありますからね――それで今日は、どの事件の話ですか？」

「十二年前になるかな？　強盗殺人事件があったでしょう。通称、花村事件。犯人は逮捕されて有罪判決を受けたけど」

「ああ」南野がうなずく。特に何の感慨もないよう――少なくとも顔には出ていない。

「ありましたね」

「あなた、この事件の特捜にいたでしょう？　結構難しい事件だったんじゃないですか」

「どうですかね……私は中心になって働いていたわけじゃないから、何とも言えません。仕切りの係長とかに聞いてもらった方がいいんじゃないかな」

「いや、現場の感覚が大事なんですよ。今、全国の警察が、うちと同じような追跡捜査担当の部署を作ろうとしていましてね。解決した事件、未解決の事件を並べて、教材にしようとしているんです」

「さすが、警視庁は全国の警察の代表ですね。追跡捜査係ができたのも、全国で一番早かったんでしょう？」

「ただねえ……うちに仕事があるということは、それだけ未解決事件が多いという証拠だから。捜査現場からは嫌がられてますよ」

「なるほど」南野が愛想《あいそ》のいい笑みを浮かべてうなずいた。「その感覚は分かりますけど、解決できない方に責任がありますよね」

「そう言っていただけると、多少は気が楽ですけどねえ……それで、問題の事件なんですけど、解決の決め手は何だったと思いますか？　現場の刑事として」

「いや、そもそもそんなに大変な事件では……犯人は比較的早く割れましたからね」

「でもその後、全面自供させるには相当苦労したのでは？」

「私は取り調べ担当じゃなかったですから、その辺の事情はよく知らないんですよ」

「そうですか？　最初は取り調べ担当だったと聴いていますよ。だからこそ、あなたに話を聴こうと思ったぐらいで」

「いや、私じゃなかったですよ。刑事だった頃は、外で聞き込みする方が好きだったし、得意でしたね」

「刑事の鑑《かがみ》じゃないですか。最近の若い刑事は、外へ出たがらなくてねえ。尻《けつ》を蹴飛《けと》ばしてやらないと動かないんですよ」実際はそんなことはない。牛尾も麻衣も、こちらの指示の一歩二歩先を読んで、さっさと動いてくれるタイプだ。そういう優秀な人材が回されてくるということは、追跡捜査係の仕事ぶりも、然《しか》るべきところには評価されている——沖田はそう考えている。

「まあ、若い連中は、どの業界でも使い方が難しいですね」

「そちらも？」

「現場の仕事は、結構自己判断が多いんですよ。一々現場監督や先輩に確認していたら間に合わないことも多いので……でも今の若い連中は、その辺が駄目ですね。指示すればきちんとこなすんだけど、自分の頭で考えない。こういう人が増えると、将来、現場監督として指示を飛ばす人間がいなくなるから困るんですよ」

「あなたの頃は、若手はガツガツしてたでしょう？　とにかく現場に出せ、大事な取り調べをやらせせろって前に出るタイプばかりで」

「私はそういうタイプじゃなかったですけどね」南野が苦笑する。「元々、刑事ドラマに憧《あこが》れて警視庁に奉職したぐらいですから、そんなに真面目なものじゃなかった」

「そういう人、多いじゃないですか」

「いやあ……何だか不真面目だなと、自分でも思ってたんですよ。実際に入ってみたら、ドラマとは全然違う世界でしたし」

「地味ですよね。仕事の九割が書類仕事だなんて、ドラマでは全然分からない」

「聞き込みして、事情聴取の調書を作って、報告書を上げて……あの事件でも、いつもと変わらない仕事ばかりでしたよ」

何故嘘をつく？　南野は最初、容疑者の取り調べを任されていたものの、上手くいかずに外された。しかし、そんな仕事は最初からやっていなかったような話しぶりだ。「外された」事実が今もショックで、尾を引いているのだろうか。そう言えば西川は「プライドが高い男だ」と評していた。

「そうそう、あなた、あの事件の時に西川と同じ係にいたでしょう。西川大和」

「――ええ」

多少は衝撃を受けるかと思ったのだが、南野は淡々と認めただけだった。

「今、追跡捜査係で一緒なんですよ」

「そうですか。よろしくお伝え下さい」

「あいつ、昔から細かい性格でした？」

「そうですね」南野があっさり認めた。「書類読みはすごかったですよ」

「それはいいけど、腰が重くてねえ。歳《とし》のせいもあると思うけど」

「沖田さんと同期ぐらいじゃないですか？」

「ご明察」沖田はうなずいた。「俺がつき合いにくいぐらいなんだから、後輩としてはもっと大変だったんじゃない？」

「ただ、私は西川さんと動くことはなかったですからね」

何だか微妙に論点をずらしているようだ……下手なことを言わないように警戒しているのだろうか。そうやって嘘を積み重ねているうちに、ボロが出るかもしれない。

「同じ係なのに？」

「そりゃ、全員と組むわけじゃないでしょう」

「避けてたんじゃなくて？　あいつと合わないとか……合わない人間がいるのは、俺にはよく分かりますよ。西川は相当な変人だから」

「変人というか……普通の人間とは感覚が違うのは間違いないですけどね」

「どんな風に？　参考までに聞かせてくれないかな。俺は今後も、あいつと仕事をしていかないといけないから……まだ慣れないんだよね」

「それは何とも言えませんね。私はもう、辞めて十年も経つんですから。それより、もういいですかね？　どうもお話の件、私ではお役に立てそうにありません」

「いやいや、ゆっくり思い出していただければ。取り調べでのらりくらりの人にどう対処したかとか」沖田は一歩踏みこんだ。

「だから、私は取り調べを担当していませんでしたよ」南野が目を細めて否定した。「それは西川さんに聞いていただいた方がよろしいのでは？」

「あれ？」沖田はとぼけて言って、頰《ほお》を掻《か》いた。「俺が聞いてる話と違うけど」

「どういうことですか」

「あなたが最初に取り調べをしていて、何かヘマをして西川に代わったとか……それが原因になって、あなたは捜査一課から出たと聞いてますよ」

さあ、爆発するぞ。そうでなくても頬が引き攣《つ》り、顔が真っ赤になる——何も起きなかった。南野はきょとんとした表情を浮かべて、沖田をぼんやりと見ている。

何かおかしい。南野というのは、刑事として——あるいは人間として足りないところがあるようだと想像していた。突然切れて暴れ出すような……しかし今は、本当に心当たりがないような表情だ。あるいは辞めて十年経ち、演技力が向上したのか。

「その後に、家業を継ぐために警察を辞めたとか？　なかなか波乱の人生ですね」

「まあ、家のことは仕方ないですよ。本当は兄貴が会社を継いで、私は警察官人生を全《まっと》うする予定だったんですけど……事故は起き得ますからね」

「残念ですね。志《こころざし》半ばで別の道に行かなくてはいけないというのは」

「常に自分の好きなように生きられるわけじゃないでしょう」南野がゆっくりと首を横に振った。

「あなたを失ったのは、警視庁にとっては大きな損失ですけどねえ」

「こっちは、今は今で楽しいですよ」

本当に？　会社の金で風俗通い、そこでトラブルを起こして出入り禁止になり、社内の立場も危うくなる……キャバクラでの傍若無人《ぼうじゃくぶじん》な振る舞いは、実は大きな不満を抱えているからではないか？　その遠因は警視庁を辞めたことにある——。

やりにくい男だ。過去に傷を抱えた人間は、そこを突かれると爆発し、本音を吐き散らす。ところが南野は、捜査一課から弾《はじ》き出されたことを指摘されても、まるで他人事《ひとごと》のような態度である。何かあると感情的になるタイプで、口を割らせるのは簡単だと舐《な》めてかかっていたのは事実だ。しかし、十年の歳月が、南野を変えたのかもしれない。このままじりじりと当時の嫌な話を続けるか、思い切って作戦を変えるか。しかし沖田は、プランBを用意していなかった。

「ちなみにですけど、警視庁を辞めたのはどうしてですか」

「はい?」南野が目を細める。「それはもちろん、家業のためですよ。会社と、そこで働く人たちを見捨てるわけにはいきませんでしたから。創業者一家の人間としての責任です」

「警視庁に居辛《いづら》くなったからじゃないんですか」沖田はずばり指摘した。「あなたは問題の特捜で、取り調べ担当をやっていた。しかし容疑者を落とすことができず、それだけではなく、重大なミスを犯してしまった。それで取り調べ担当は西川に交代して、あいつが容疑者を落とした——その結果、あなたは捜査一課から所轄に出されました。つまり、左遷ですよね。そういうことがあって、警察を逃げ出したんじゃないですか? 家業のことは、たまたまそういうタイミングだったということで」

「そんなことないですよ。家のためです」南野が平然と言った。

「俺が聞いてる話と違うな」

「沖田さん、いったい何の話なんですか」南野がワイシャツの胸ポケットから煙草《たばこ》を取り出した。

「申し訳ない、禁煙ですよ」

「ああ……私がいた頃は、まだ結構煙草は吸えたんですけどね」

「警察もすっかり変わりました。禁煙した人間も多い」沖田もその一人だ。

「色々と窮屈になりましたね」

「それも時代ってことですかね……それであなたは、岐阜へ逃げ帰ったわけだ」沖田はちくりと攻めた。

「いやいや……私のような人間は多いでしょう。実家が商売をやっている警察官は、結構いるんじゃないですか？　ある程度の年齢になれば、家業をどうするかという問題も出てくるし、全員が警察官人生を全うできるわけじゃない」

「まあねえ……そして中には、途中で脱落させられる人間もいるわけですよ。どうしようもなくて、しかし辞めさせるほどの理由もない。そういう人間に自分から『辞める』と言わせる方法を、警察はいくらでも持っています。あなたもそれに引っかかったんじゃないですか？」

「まあ私も、警察官としてはどうだったかと思いますよ。大した結果も出していなかったし」南野がさらりと認めた。「今の仕事の方が性に合ってます。子どもの頃は、建設業なんて格好悪いと思っていたんですけど、やってみると意外とね……大袈裟《おおげさ》に言えば、地図に残る仕事です」

あんたが手を汚して作業しているわけではないだろうが、と沖田は内心嘲《あざけ》った。社員に必死に仕事をさせて、自分の仕事は、せいぜい公共事業をぶん取るための接待ではないか。

「そろそろよろしいですか」南野が腕時計を見た。今時、たいていの人は時刻確認のためにはスマートフォンを見るはずだが、南野は自分のロレックスを見せびらかしたいタイプなのかもしれない。もしかしたら、地味に見えて高いモデルなのか……。「この後の約束がありましてね」

「あなたが喋ってくれれば、すぐにでもお帰りいただくんですが」

「何をお求めなんですか？　まるで取り調べみたいですが、私が何かしたとでも？」

「恐喝《きょうかつ》、傷害——いや、殺人未遂かな？　その他公務執行妨害など、いろいろつけられます。あなたに選ばせてあげてもいい」

「冗談はやめて下さい」軽く笑いながら南野が言った。「私を犯罪者扱いするんですか？」

「それは、あなたが何を喋ってくれるかによりますね」

「そんなこと言われても、何も言えませんよ」

「いや、あなたには言うべきことがあるはずです。進んで言った方が有利になる——自首のシステムは、まだ覚えているでしょう」

「私が自首？」南野が声を上げて笑った。「いったい何のことやら——」

ドアが開く。打ち合わせした手順ではなかったが、沖田はほっとした。南野を喋らせる自信がない。ここはむしろ、当事者である西川に当たらせた方がいいのではないだろうか。

「何やってるんだ、下手クソ」西川がいきなり暴言を吐く。

「ああ？」沖田は立ち上がり、西川と対峙した。「取り調べ中だよ、取り調べ中」

「取り調べなら、もっと厳しくやらないと駄目だ。こいつがやったみたいに」西川が、ぞんざいに南野に向けて顎をしゃくった。「久しぶりだな、南野。駄目っぷりは相変わらずじゃないか。警察に迷惑をかけなくなったと思ったら、今度は地元でいろいろな人に迷惑をかけているそうだな。いい加減にしろよ」

西川が南野の向かいに座った。部屋が狭いので、入れ替わりで大竹は外へ出ている。沖田は第二ラウンドの開始を告げるゴングが鳴るのを頭の中で聞いた。

4

西川はパソコンを持ってきていた。キーボードを叩いてスリープモードから復旧させると、すぐに画面を南野の方に向ける。

「お前さ、用心が足りないんじゃないか？」西川が皮肉っぽく言った。「今時、誰でもスマホは持ってる。写真どころか、動画も簡単に撮影できるんだぞ？　お前みたいな曰《いわ》くつきの人間は、地元では常に監視されていると思った方がいい」

「何言ってるんですか、西川さん」南野が馬鹿にしたように言ったが、その直後には突然頭を下げ「お久しぶりです」と丁寧に挨拶をした。

「挨拶なんかいいんだよ。お前みたいな落第者に挨拶してもらっても、全然嬉しくない」

「これはまた、ひどい言いようですね」南野の頰が引き攣る。

「ひどい？　ただの事実だろう。お前みたいに、刑事ドラマを見て警察官に憧れてた人間にはよくあることだけど、ドラマと現実の区別がつかないんだ。現実の取り調べでは、容疑者に対する暴力どころか、暴言も許されない。お前はどっちもやってしまった。しかもそれを、記録係で入っていた若い刑事にバラされた。本当に、人望がなかったんだな」自分でも意外だったが、攻撃を止められない。「褒められたことじゃないけど、警察官同士は庇《かば》い合うのが普通だ。ミスをカバーしあうだけならいいけど、実際にはやばいことを隠《いん》蔽《ぺい》してしまうのもよくある。苦しい状況を経験し合っているから、仲間意識が強い――それは分かるな？　だけどお前は、後輩にすら庇ってもらえなかった。実際に容疑者に暴行したなんて分かれば、上の人間も庇えなくなる。お前が俺を恨むのも分からないじゃないけど、完全に逆恨みだ。お前は取り調べ担当を外されて当然――そもそも担当すべき人間じゃなかった。知ってるだろう？　お前が所轄に出た後、お前が担当した取り調べを、俺たちは全部検証したんだぞ。実に馬鹿な仕事だったよ。起訴された容疑者のところに行って『何か問題はありませんでしたか』なんて聞くわけだから。ちなみに、お前と組んでやっていた若い刑事も、その後警察を辞めた。知ってるか？」

「いや」南野は短く返事するだけだった。

「お前を告発せざるを得なかったことがショックだったんだよ。なかなかいい刑事だったけど、精神的に調子を崩してしまって、お前が辞めた半年後に辞めた。俺は必死に引き留めたんだけどね。真面目な奴で、それだけでもお前よりははるかにましだった。名前、覚えてるか？」

「……いや」

「だろうな。お前は、自分が一番だと勘違いしてる。後輩のことなんか、気にもしてなかっただろう。だけどお前は、いろいろな意味で間違っていた。一番大きな間違いは、能力もないくせに、自分はできる人間だと思いこんでいたことだ。しかも周りに対するアピールだけは上手かったよな。お前の会社にもいるんじゃないか？　ろくに仕事もしないのに、『できる人間です』アピールだけが上手い奴……そういう人間が、意外に出世したりするんだよな」

「いったい何の話ですか」

「お前がクソ野郎だってことだよ」西川が嘲るように言った。「岐阜で大人しくしてればいいものを」

「俺が何かしたって言うんですか」南野は次第に喧嘩口調になってきた。

「それは、お前の口から自主的に聞かせて欲しいな。お前みたいに理屈っぽい奴を落とすのは面倒臭いんだよ。さっさと喋れ」

「だから、何をですか？　沖田さんは容疑があるようなことを言ってましたけど、単なる言いがかりでしょう」

「容疑ね……どれがいい？ 強制猥褻《わいせつ》なんてどうだ？」

西川はパソコンのキーボードを叩いた。南野の視線はモニターに注がれているが、見るのを拒否するように目を細めている。

「これ、ひどくないか？ いくらキャバクラでも、このレベルのお触りは度を越してるよ。女の子の胸元にこんな風に手を突っこんだら、言い訳できないだろう。あーあ、しかも服が破れてるじゃないか。これ、ちゃんと弁償したのか？」

南野が黙りこむ。西川は映像の再生を止めた。これは夕方ぎりぎりに沖田が入手したもので、岐阜で話を聞いたキャバクラ嬢・えなこが送ってくれたのである。沖田は観《み》ている暇がなかったので、西川が待機中に確認しておいた。

「ここは……」南野が細い声で言った。

「何だ？」西川は耳に手を当てて身を乗り出した。

「ここは、そういう店なんだ」

「へえ。じゃあお前、どうしてこの店を出入り禁止になってるんだ？ 県警も動いていたらしいけど、お前が出入り禁止を守ってるから、取り敢えず立件は見送ってるみたいだな」

「俺は……警察に追われるようなことはしていない！」

「社長さんともなると、何をしても警察に追われることはないと思ってるんだろう？ そんなことはない。警察は、お前レベルの社長だったら忖度《そんたく》せず、是々非々で捜査するんだよ。そんなことも忘れちまったのか？　それと、ストーカーの件はどうなんだ？　岐阜でナンバーワンの建設会社の社長さんが、キャバクラ嬢を追い回して困らせてるってのは、お行儀が悪い話だね」

「あれは解決済みだ！」南野が声を張り上げる。

「それはよかったねえ」西川はノートパソコンを閉じて自分の方に引き戻した。「彼女が岐阜から引っ越しても追いかけていたそうじゃないか。岐阜県内だったら、南野建設のご威光も通用するかもしれないけど、他の県警は容赦《ようしゃ》しないぞ。よく逮捕されなかったな……なあ、一つ教えてくれないか？」

「言うことはない」南野が頑《かたく》なになった。

「いいから、いいから」西川は気楽な口調で続ける。「お前、現役時代はほとんど酒を呑まなかったよな。係で呑みに行っても、ビール一杯ぐらいで潰れてなかったか？　それが何で、社長さんになったらキャバクラ通いなんか始めたんだ？　岐阜のキャバクラは、そんなに楽しいのかね」

「ストレスの種類が違う」

「刑事より社長さんの方が大変だって言うのか？」

「責任の重さが違うんだ」

「確かに経営者は、大勢の人生を背負ってるからな。だけど警察官だって、上に行けば行くほど責任が重くなる。お前には関係ない世界だったけどな……巡査部長の試験、何回落ちたんだっけ？」

途端に南野の顔が真っ赤になった。南野は三十歳で巡査長になったが、この職位は微妙なものである。勤務成績が優良、かつ実務経験が豊富な巡査で、勤務年数が規定に達したものに対して「巡査の指導役」の係官として与えられる「呼称」で、正式の階級ではない。普通は巡査から巡査部長、警部補、警部と昇任試験で階級が上がっていくのに対し、巡査長だけはこの流れから外れている。巡査部長の試験に合格できない中堅〜ベテランの巡査が対象になることが多く、巡査長になると、定年までそのままというケースも少なくない。取り敢えず「長」がついて管理職的な立場になり、面子《メンツ》も立つので、もう面倒な昇任試験対策などしなくなる、という感じかもしれない。南野もこのルートをたどり、三十六歳で辞めるまで、ずっと巡査長のままだった。本人がそのことを気にしていたのを、西川も知っている。そしてその焦りが、容疑者に対する暴力となって噴出したのだと読んでいた。あの件以来、ろくに話す機会もないまま南野は異動し、ほどなく警察を辞めてしまったので、真相は知りようがなかったが。

「もういいですか」南野が溜息をついて立ち上がった。「何がおっしゃりたいのか分かりませんが、私は十年も前に警察を辞めている。昔のことで辱《はずかし》めを受けるいわれはありませんよ」

「お前のやったことは、一生非難され続けてもおかしくないものだけどな」西川は上目遣いに南野を見た。「じゃあ、お疲れさん。日本全国の建設業の偉い人に囲まれて、威張ってろよ。人生をたっぷり楽しんでればいい。ただし、キャバクラでのセクハラはやめておけよ。そういうのは、いつか必ず表沙汰《おもてざた》になるぜ。奥さんにバレたら、一大事だろう」

南野の頬がぴくりと動く。西川はそれを無視して「ご協力、どうもありがとうございました」と頭を下げた。

南野が大股《おおまた》に部屋を出て行く。沖田が「ちょっと！」と声をかけたが無視する。ドアが閉まると同時に、沖田が西川に嚙《か》みつく。

「お前、どういうつもりなんだよ。もっと攻めれば落ちたかもしれないんだぜ」

「俺は、あいつが嫌いなんだ。話をするだけでも虫唾《むしず》が走る。今日、改めて気づいたよ」

「ああ？」

「嫌いな奴には、合法的に嫌がらせをしていく。勝負は明日の午前中だ」

「だけど、明日も会議だぜ？」

「朝一番でホテルから引くんだよ。会議の方は……そうだな、俺たちから欠席の連絡を入れさせてもらうか」

「勘づいて逃げるかもしれねえぞ」

「大竹に監視を頼んだ」

「いつ？」沖田が怪訝そうな表情を浮かべる。「奴はさっきまで俺と一緒にいたぞ」

「さっき、外からメールを送っておいた」

「あのな」沖田が焦《じ》れたように声を尖《とが》らせる。「作戦を立ててるなら、事前にちゃんと言ってくれよ。急に持ち出されても、こっちは対応できねえだろうが」

「アドリブの利《き》かない男だな。合わせてくれると思ってたのに」西川が鼻を鳴らす。

「知るかよ」

沖田がそっぽを向く。結局こいつは構ってほしいだけではないのか、と西川は訝《いぶか》った。

「取り敢えず、大竹がホテルまで尾行して監視する。その後は、牛尾と林が交代で朝まで見張る。俺たちは明日の朝八時にホテル集合で、奴を引く」西川がテキパキと指示した。

「ネタはあるのか？」

「嘘をつく」

「ああ？」沖田が目を見開く。「お前、また痛い目に遭《あ》いたいのか？」

「俺もこの商売、長くなった。嘘をついてもいい相手がいるって、最近分かってきたんだよ。どうしようもない人間には嘘をついてもいいんだ」

「やめておけ」沖田が真顔で忠告した。「そういうのは、お前には似合わない。絶対に後で後悔するぞ」

「だったら、脅しは？」

「よせって」沖田が渋い表情で首を横に振る。

「じゃあ、揺さぶり」

「まあ……それぐらいが限界かな」沖田が譲った。「ただし、俺が立ち会う。やばいと思ったら止める。それでいいな？」

「ああ――いや、これから作戦を話す。それでいけるかどうか、ちょっと意見を聞かせてくれ」

「いいぜ」沖田が西川の向かいに座る。西川は、短い時間で考えた「揺さぶり」の内容を説明した。沖田の表情はずっと変わらない。

「どう思う？」

「俺は、南野という人間のことをよく知らないから、何とも言えないが……」

「補強してくれないか？」

「補強？」

「南野建設の専務。お前、いいネタ元にしてるみたいじゃないか。その人に聴いてみたらどうだ？」

「そんな内輪の事情まで分かるかね」

「分かるかどうか、それを調べて欲しいんだ」

「――分かった。じゃあ、話してみるよ」

「よろしく頼む」西川はバッグからコーヒーの入ったポットを取り出した。今日最後の一杯を注ぎ、ゆっくりと味わう。

「俺の分は？」

「ない」

「喫茶店をやろうとしている人間として、品切れはどうかね」沖田が唇を尖らせる。

「それとこれとは関係ない——金をもらえれば用意するけど」

翌日午前七時半、西川は渋谷のホテルに出向いた。牛尾が深夜からずっと張り込みを続けている。

「お疲れ。どうだ？」

「まだ出てきません。フロントで確認していますから間違いないです」

南野が部屋を出てドアがロックされれば、フロントで確認できる。南野はまだ部屋にいるということだ。会議は午前十時から。電車だろうがタクシーだろうが、このホテルから会場までは三十分もかからないから、南野が出るのは九時半ぐらいになるはずだ。その前にゆっくり朝食を食べて——という感じだろうか。

牛尾が何かに気づいて立ち上がり、フロントに行った。フロント係と一言二言会話を交わすと、急ぎ足で西川の座るソファに戻って来る。

「今、部屋を出たそうです」

「早いな」西川は腕時計を見た。七時三十五分。沖田も来ていないし、この後の対応が難しくなる。

「飯じゃないですかね」

「そうであることを祈ろう。朝食会場は？」

「このフロアのカフェです」

西川は立ち上がり、四基並んだエレベーターのところまで行った。今は一台も動いていない。非常階段で出る可能性もあるが、この近くで張っていれば、エレベーターも非常階段も動きを確認できる。そして朝食会場のカフェは、ロビーの右手奥にある。ここで監視していれば見逃さないと腹を決めた瞬間、エレベーターが一基、動き出した。いいタイミングで牛尾がやって来たので事情を話し、西川は少し離れた場所まで下がる。南野には顔を知られているので、見つかるとまずい。

すぐにエレベーターの扉が開き、南野が出て来る。用心深く周囲を見回し始めたので、西川は急いで巨大な鉢植えの陰に身を隠した。葉の隙間から覗いていると、牛尾が動き出すのが見えた。きちんと南野を尾行している。

少し間を置いて、西川は動き出した。牛尾はカフェの入り口で待機している。

「このカフェ、出入り口はここだけです」牛尾は——麻衣かもしれないが——既に事前の偵察を終えているようだ。

「飯で三十分かかるな。君、食事は？」

「まだですけど」

「監視ついでに、中で食べてきてもいいぞ」

「それじゃ、落ち着きませんよ」牛尾がバッグの中からシリアルバーとミネラルウォーターを取り出した。「そこのソファで食べながら見張ってます」

「それは、ホテルに対して失礼じゃないかな」

「フロントには言ってあります」

「君は準備がいい――たまに、準備が良過ぎるな」西川はつい苦笑した。牛尾には、自分と似たような性格を感じている。

「何もない状態で走り出すのは苦手なんですよ」

「分かる。俺も似たようなものだ」

西川はカフェの監視を牛尾に任せて、ロビーに戻った。ほどなく沖田がやって来る。

「あれ？　牛尾は？」沖田が周囲を見回した。

「今、カフェを張ってる」

「何だよ、南野の野郎、呑気《のんき》に朝飯なんか食ってるのか？」

「ああ。幸い、俺たちには気づいていないようだ。引っ張られるとは想定もしてないんじゃないかな」

「昨日の今日なのに、そんなに寝ぼけた野郎なのか？」沖田が呆れたように言った。

「だから、警察を辞めたんだろう。自分の限界に気づいたんだよ。でも警視庁としても不良分子を排除できてよかったんじゃないか」

「お前がそこまで低い評価をつける人間も珍しいな」沖田が首を横に振る。

「実際にそういう人間だからだよ」

「まあ、あののらりくらりぶりは、あまり頭がいい感じじゃないけどな。脊髄《せきずい》反射で適当にやってるみたいだ」

「言い得て妙だな。お前にしては気の利いた表現だ」

「刑事が気の利いた表現をしてどうするんだよ。正確ならいいじゃねえか……それより、どうする？　ここから出かけるタイミングで引っ張るか？」

「いや」西川は首を横に振った。「カフェから出てきたところで引く」

「一応、昨日の所轄の部屋は押さえてある」

「それより、奴が泊まってる部屋で任意聴取はどうだろう？　これから所轄へ移動していたら、奴には時間が——心構えする時間ができてしまう」

「じゃあ、このまま部屋に押しこんで、一気に勝負だな」沖田がうなずく。「それがいいかもしれない。新しいことがあった時に、上手く対応できる人間とも思えねえ」

「本当に、奴が警視庁を辞めて良かったよ。あんな奴が残ってたら、絶対に後輩に悪い影響を与えていた」

「仕事ができねえ奴は、あいつ以外にもいくらでもいるぜ？」沖田が反論する。

「奴はそういうことを絶対認めないで、やたらと態度がでかかったんだ。自分を大きく見せるのだけは上手いって言うかな……後輩がそういう先輩を見ると、その程度でやってればいいんだって思うだろう」

「ああ、悪い手本としてな」沖田が納得したように深くうなずく。「偉そうにしてるだけで世渡りしてる奴は、確かにいるよな」

「あいつは、うちの係でもそうだった。取り調べ担当は、人間性も大事じゃないか。他にも粘り強さとか、理路整然としていることとか、ちょっとしたことでは動じない落ち着きとか……奴は全部失格だった。でも係長に上手く取り入って、取り調べ担当になったんだ」

「それも刑事ドラマの影響か？」

「ああ」西川もうなずき返す。「ドラマの中で、丁々発止《ちょうちょうはっし》のやり取りで犯人を落としたりするのが、格好良く見えたんだろう」

「実際の取り調べは、淡々としてるんだけどな……そんな勘違いをしている奴が取り調べ担当になっても、上手くいくはずがない」

「だから俺が、奴を外すように係長を説得した」

「容疑者に暴力を振るって、それが問題になったんじゃねえのか」沖田が目を見開く。

「もちろんそれが一番の要因だ。だけど係長は、何とか穏便に収めようとしたんだよ。俺は、それはまずいと……この件で揉めて、肝心の取り調べが二日ぐらいストップした。係長は管理官から散々搾《しぼ》られてたよ」

「それじゃ、南野がお前を恨んでいるのは当然だな。お前に外されたと思ってる——実際にお前が外したんじゃねえか」

「俺は、係全体のバランスと捜査の進め方を考えて進言しただけだ。後でその事情を聞いた南野が、俺を恨むのは分かる。問題は、それから十年以上経ってから俺に復讐しようとした動機だ」

「それだけ恨みが深ければ、とっくにやってるはずだよな」沖田が同調する。「ただし、動機の解明は後回しだ。まず、事実関係をはっきりさせねえと」

「ああ、そのために——ちょっと待て」西川は背広のポケットからスマートフォンを取り出した。大竹からのメールで、内容はシンプルだった。ただし添付ファイルは巨大なので、スマートフォンの画面では見にくい。パソコンで確認してから、南野にぶつけよう。

「大竹から連絡だ。決定的な証拠になるかもしれない」

「後で俺にも転送してくれ」

「ああ……そろそろ行くか」

「奴は、まだのんびりしてるんじゃねえか？　出るまでには余裕があるだろう」

「それがさ、奴は俺が知っている中で一番飯を食うのが速いんだ。刑事の基礎のうち、一つだけはちゃんと身についたみたいだな」

沖田が声をあげて笑った。リラックスした笑い。まあ、言ってみればこれは西川の事件——沖田が損害を被《こうむ》ったわけではないから、気が楽なのだろう。

もっとも、今日はそれほど楽な一日にはならない。上手く南野を落とせても、今度はトラブルなく特捜に引き渡さねばならないのだ。まあ、この辺は係長に任せよう。管理職は人に頭を下げたり交渉したりするのが仕事なのだから……彼女にも、たまには管理職らしい仕事をしてもらわないと。

西川は牛尾に電話を入れて、南野が出て来たらすぐに押さえるように指示した。

「俺たちは後から行って奴を驚かせる。それまで十秒だけ、踏ん張ってくれ」

「構いませんけど、容疑は言うんですか？」

「いや、お伺いしたいことあり、程度にしておいてくれ。その後、奴の部屋に行って話を聴く」

「了解です」

五分ほど経って動きが出た。目のいい沖田が何かに気づいて動き出す。西川もそれに倣《なら》うと、牛尾が南野と揉み合っているのが見えた——実際には揉み合っているわけではなく「押し合い」だ。下手に手を出せば、暴行や公務執行妨害で引っ張られることを、南野はよく知っているはずである。二人は胸を合わせて押し合っていた。紙相撲《かみずもう》、あるいは審判に抗議するプロ野球の監督のようだった。

「はいはい、そこまで」沖田が言って、両手を叩き合わせた。「それ以上手を出すと逮捕するぜ」

「俺は何もやってない！　警察の不当捜査だ」南野が言って睨《にら》みつける。

「お前、極左じゃねえんだから、不当捜査とか言うなよ。これから昨日の続きをやるからな」

「俺はこれから仕事があるんだ！　全国会議だぞ！」

「ああ、分かった、分かった」沖田が面倒臭そうに首を横に振る。「お前がさっさと喋れば、会議に間に合うよ」

「喋ることはない」

「俺が——俺たちが聴きてえことはあるんだよ。部屋に行こうぜ。警察に行く時間がもったいない」

「拒否する」

「拒否して、会議が終わったら岐阜に戻るつもりか？　それでもいいぜ。今度は俺たちが岐阜まで行くから、向こうで話をしよう。遅かれ早かれ、お前がちゃんと喋らねえと、永遠に終わらねえぞ。それに俺たちの方でも、新しい材料があるんだ。それを一緒に検討してえな」

「何言ってるんですか、先輩」南野が馬鹿にしたように言った。「警察に関《かか》わるようなことはしていませんよ」

「二つ、忠告しておく」沖田がVサインを作った。「一つ、お前はもう警察に関わっている。二つ、お前はもう警察を辞めているから、俺はお前の先輩じゃない。俺たちの関係は、刑事と容疑者だ」

「容疑者……」南野が目を細める。「何のことですかね」

「それを早く喋れば、お前は楽になる」西川は言った。「お前も今は、責任ある立場だろう？　人を待たせておいたらまずいよな。だからさっさと喋ってくれ」

西川はエレベーターのボタンを押した。すぐにドアが開く。南野はその場で立ち止まったままだったが、牛尾が背中を押すようにしてエレベーターに押しこんだ。西川と沖田もすぐに後に続く。西川は「閉」ボタンを連打した。

広いエレベーターなのだが、四人乗ると多少息苦しい感じがする。西川は壁に背中を預けて、できるだけ三人と距離を置いた。西川からは南野の後頭部しか見えていないが、耳が汗で光っているのが分かる。いよいよ追い詰められたと思っているのか、あるいは単に朝飯を食べ過ぎたのか。

南野は最上階の部屋に泊まっていた。最上階だからといってスイートルームというわけではないが、そこそこ広い部屋である。部屋に入ると、南野は背広を脱いで椅子《いす》の背に引っかけた。そこで急に思い出したように「五分だけ時間が欲しい」と言い出した。突然、ひどく弱気になったような声である。

「煙草か」西川は指摘した。

「ああ。このホテルも全室禁煙だからな。喫煙室を往復する五分だけ欲しい。監視つきでも構わない」

「駄目だ」西川は却下《きやつか》した。「あんたには時間がないはずだ。それは俺たちも同じだ。さっさと済ませよう」

「煙草ぐらいはいいと思うけどな」

「容疑者に煙草を吸わせて喋らせるなんてやり方はないんだ。お前がそういうのを見たとすれば、ドラマの中だけのことだよ。容疑者とは一対一、人間対人間として勝負する。そこに、何か利益誘導のようなものがあってはいけない。まあ、今更お前にこんなことを教えても無駄だけど。お前は刑事を失格になった人間だから」

「うるさい！」

「いい加減にしろよ」沖田がうんざりした口調で言った。「お前らが嫌い合ってるのは知ってるけど、俺には関係ねえからな。さっさと座ってくれ。椅子が嫌ならベッドでもいいぜ」

「ふざけてるんですか、沖田さん」

「それは俺が聞きてえよ。お前こそふざけてるのか？　刑事を殺せると本気で思ってたのか？」

南野が口を閉ざす。相変わらず立ったまま、壁に背中を預けている。腕組みをして、ただ壁を睨んでいた。

「まず、通話記録の話からいこうか」沖田は一人がけのソファに座って言った。「お前が誰と話していたか、何を話していたか、きちんと説明してもらおうか」

5

「確認するぜ」沖田は一気に核心に入った。「屋島颯太。猪狩克典。この二人は知ってるな」

「さあ」依然として突っ立ったままの南野が、不機嫌な表情でとぼけた。

「こちらの西川先生を襲った人間だ。一人は公園で、一人は病院に忍びこんで――お前が指示したんじゃねえのか」

「そんな人間は知らない」

「おっと、失礼」沖田は肩をすくめた。「闇《やみ》サイトで募集した人間だったな。そういうところに集まってくる連中は、本名じゃなくてハンドルネームなんかを使うんだろう？」

「闇サイトなんか、俺は知らない」

「そうか。じゃあ、スマホかパソコンを調べさせてもらうぜ」

「任意だったら拒否する」

「だったら令状を取るよ。これは簡単にできるだろうな」

「令状？　あり得ない」

「どうして？　屋島颯太と猪狩克典がお前と電話していたことは分かってる。二人の通話記録で確認できてるんだぜ。全部見せてやろうか？」

沖田は西川に視線を向けた。立ったままノートパソコンを広げている。モニターに視線を向けると、「例えば屋島颯太は今年二月二十日、二月二十五日、三月五日、三月八日……かなり頻繁にあんたと話している」と淡々と告げた。

「俺は話していない！」南野が声を張り上げて否定する。

「おっと、失礼」西川が顔も上げずに言った。「だったら正確に行こうか。屋島颯太に関しては、あんたから計四回、電話がかかっている。猪狩克典へは三回だ。何を話したかは分からないけど、簡単な内容じゃないよな。通話は毎回、五分以上だ」

「そんな名前の人間は知らない」

「分かった」沖田はうなずいた。「だったら、どうしてあんたの携帯からこの二人の携帯に電話がかかったのか、ちゃんと説明してくれねえか。間違って何度もかかるわけがねえよな。しかもその都度、通話時間は結構長い。合理的に説明できるか？」

「何も言わない」

「あんたのスマートフォンを直接調べさせてもらうか。令状を準備できるまで、ここで待っててもらう」

「会議なんだ！　大事な会議だ！」南野の声に明らかな焦りが生じる。「外すわけにはいかない。そっちの勝手な都合で——変な因縁で欠席するわけにはいかない」

「警察は、変な因縁はつけないんだよ。お前はやっていたかもしれないけど、俺たちはそういうことはしない。お前は所詮《しょせん》、警察の中では落伍者《らくごしゃ》だったんだ。お前みたいな奴を放《ほう》り出せて、正解だったんじゃねえかな。質の悪い警察官がいると、警察全体のレベルも下がっていく」

　南野の顔が真っ赤になった。今にも爆発しそうだが、必死に耐えている様子である。ここは勝負所——沖田は西川に視線を送った。どうする？　この最終手段はお前が使うか？

西川が無言で首を横に振る。その意味を、沖田はすぐに読み取った。今、事情聴取はこちらのペースで進んでいる。ここで取り調べ担当を交代すると、南野が落ち着きを取り戻してしまう可能性もあるから、このまま続行だ。

「昨夜も話したけど、お前、夜遊びが度を過ぎてるな」沖田は話を進めた。

「そんなの、警視庁には関係ないでしょう」

「そうだな。俺らには関係ない――実際には、お前は逮捕されるようなことをしていると思うけど、それは岐阜県警がやればいい。もっとも、地元の県警は忖度して、お前には手を出さないかもしれないけどな……俺らにとっては、どうでもいいことだ。お前も、岐阜県警に逮捕されるとは思ってないだろう？　一族には政治家もいるし、お前自身も交通安全協会や防犯協会の幹部として、警察と関係があるからな。だから地元の警察は、お前にとって脅威にならねえ。しかしお前も、無敵じゃねえよな。今でも奥さんには頭が上がらねえんだろう？」

「それは――」一瞬反論しかけて、南野が口を閉ざした。

「奥さん、岐阜の名家の出だそうだな。お前のところも歴史ある建設会社だけど、奥さんの実家は、岐阜県の政財界を長年牛耳ってきた一家だ。地元のドンってところかな」

実際、南野の妻・美子《みこ》の一族は政治家だらけである。岐阜選出の代議士、県議、自治体の首長も何人かいる。過去には県知事を輩出していたこともあった。昔から不動産業を営《いとな》んできたものの、実際の家業は「政治家」と言ってもいい。西川によると、南野の実家が美子の実家との結びつきを強くするための一種の政略結婚だったらしいが、美子はとにかく気が強く、南野は家ではまったく頭が上がらないという。

その関係は、やはり今でも変わっていないようだ。あるいは、地元へ戻った後、夫婦の力関係はさらに妻有利に変わったのかもしれない。

「あのな、お前、このままだと会社を追い出されるぞ」

「馬鹿なこと言うな！　俺の会社だ！」

「奥さんの親戚筋から、南野建設に役員を迎えてるだろう。あれは、ただ家と家の結びつきを強くするためだけじゃなくて、お前を監視してるんだよ。そしてお前は、行動パターンを完全に摑まれている。接待なんかで、夜の街をうろついてれば、会社にはバレバレだよな……全部経費で落としているんだから。その中で、キャバクラでトラブルを起こした話も、ストーカーまがいに女の子を追い回していた話も、全部バレてる。今のところは、会社の上層部で話を押さえているけど、奥さんに伝わったらどうなるかね。奥さん、そして奥さんの実家にバレても、今まで通りにキャバクラ遊びができると思うか？」

「脅すのか？」南野が低い声で言った。

「怖いのか？」沖田は逆に聴いた。「俺は結婚してないから分からねえけど、奥さんってのはそんなに怖いもんかね」

「そんなこと、あんたに言う必要、ないだろう」

「あ、そう」沖田はスマートフォンを取り出した。「後学のため、ぜひ知りたいもんだね。実は、奥さんの携帯の番号を教えてもらってるんだ。今電話して、色々聴いてみるっていうのはどうだろう」

「やめろ！」叫ぶように言って、南野が沖田に迫ろうとした。しかしすぐに、牛尾が腕を摑んで制する。

「お前、本当に会社を追い出されそうになってるんだぞ？　分かってなかったのか？　裸の王様かよ」

「クソ……！」

「会社の方は、俺たちには何もできない。お前個人の悪さのせいだけど、批判する権利もないからな。でも、この件ではしっかり喋ってもらう。お前は屋島颯太、猪狩克典と組んで西川を殺そうとした。どうしてだ？」

「そんなことはしていない！」

「やったんだよ」沖田は淡々と告げた。「あまり褒められたことじゃねえけど、昨夜、この二人にお前の写真を見せた。二人ともお前に会って金を受け取り、指示を受けたことを認めたよ。黒幕が割れたから、もう完全に諦めたんだろう。実行犯がお前を黒幕だと認めたんだから、逃げられないぜ。諦めろ——どうなんだ？　十年以上も前に係から追い出されたことを未《いま》だに恨んでるのか？」

「……どうでもいいと思ったよ」南野が捨て鉢になって言った。「こっちにはやることができた。もっと責任の重い仕事で、これからも長く続けて次の世代に渡していく責任もある。だから、警視庁のことなんか、すっかり忘れてたよ」

「あんなに憧れた警察官になったのに？」

「実際になってみたら、想像と違うこともたくさんあった。だからもういいかな、と思ってた頃だったしな」

「だったらどうして、西川を狙った？」

「西川さんのことなんか、すっかり忘れてたよ」南野が皮肉っぽく言った。「俺も今は、大勢の人を動かす立場で、警察――岐阜県警のスポンサーでもあるからな。それが去年、急に西川さんの名前が目の前に現れた」

「どういうことだ？」

「新聞だな？」西川が指摘した。「去年の六月に、東日《とうにち》新聞の都内版に載った特集記事」

あれか、と沖田もすぐにピンときた。京佳が売りこんで書かせた記事で、その直前に解決した事件の捜査、そして追跡捜査係の仕事内容について詳しく紹介したものだった。無罪判決を受けた被告が、その十年後、担当刑事に「実は私が犯人でした」と打ち明ける手紙を送りつけていたという事件で、沖田も西川もそれまで経験したことのない、奇妙なものだった。記事に関して何か反響があったとは聞いていないが、正直言って、沖田としては迷惑だった。警察の捜査活動は、あまり表に出ない方がいい。刑事の顔が紙面に載るなど、とんでもない話だ。東日新聞は、係の様子を撮影させて欲しいと頼みこんできたのだが、沖田と西川は必死に拒否して押し返した。

しかし読んで悪影響を受けた人間はいる――南野とか。

「ああ」南野が認めた。「俺のバッグに、その記事の切り抜きが入っている」

「都内版の記事は、岐阜では読めないのでは？」西川が訊ねる。

「たまたま出張でこっちに来ていた時に読んだんだ」

「それで、西川に対してブチ切れたわけか」沖田はうなずいた。「あの記事では、西川はえらく持ち上げられていたからな。自分を警察から追い出した人間がヒーローみたいに扱われてる——それはむかつくよな。それで十年ぶりに西川を意識したってわけだ」

「他人のミスを拾うような仕事をしている人間が持ち上げられてるのは、気分が悪いね」

「東日が勝手に書いただけだ……とにかくお前は、その記事を見て、西川に対する恨みを募らせたわけだな？」

「十年ぶりに——いや、初めて火が点《つ》いたんだと思う。上手く仕事をしている人間に恥をかかせてやろうとしただけだ。別に殺そうとしたわけじゃない。少し痛めつける——そうすれば、警察官としてのプライドは傷つくだろう。警察官なのに、自分の身も守れないわけだから……そうじゃないですか、西川さん」

「俺は肉体派じゃない。そういうのは他人に任せている——残念だけど、お前が考えているほど傷ついてないよ。むしろお前のことを情けないと思って同情している」

「何だと！」

「ここで突っ張ってもしょうがねえぞ」沖田は忠告した。「お前は今日の会議には出られねえ。岐阜にも帰れない。これからお前の逮捕状を用意する。全部喋る覚悟を決めておけよ」

「俺は――絶対に喋らない」

「あ、そう」沖田は白けた口調で言った。「それは特捜の方に言ってくれ。うちは古い事件を調べるのが仕事なんだ。こういうフレッシュな事件は、特捜が担当するんだよ。しかし、特捜は激怒するだろうな……元警官が現職の刑事を襲う――警察組織に対する挑戦だよ。お前は傷害、脅迫で逃げ切ろうとするかもしれねえが、特捜は絶対に殺人未遂を適用するはずだ。そして当然のことながら、会社も家も弁護士は用意してくれねえ。自由になる金がたくさんあるといいな。これからは、いくら金があっても足りねえぞ」

南野が壁で背中を擦るようにずり落ち、最後は床の上であぐらをかいてしまった。落ちこんでいるかもしれないが、本当に落ちこむのはこれからだ、と沖田は腹の中で罵《のの》った。

「――要するに、西川が追跡捜査係で活躍していることを知って、むかついたわけだ」

「ああ」南野が認めた。

「お前さ、社長として高い給料もらってるんだろう？　地域社会でも、名士として持ち上げられてる。十年以上前のことを、今更思い出して恨みに思うものかね」

「どんなことでも、失格だと言われて追い出されたら、傷が残るよ。ガキの頃、野球チームのレギュラーから外されてショックを受けたこと、ないですか？」

「俺は野球なんかやったことがないんでね」こいつは何を言ってるんだ？　子どもの頃の

悲しい想《おも》い出と、大人になってからの経験を同列に考えるのは無理がある。

「人生で一度も負けてないんですか」

「俺は、鋼《はがね》のメンタルの持ち主なんでね。普通の人が一生トラウマになるようなことも、酒を呑んで一晩寝れば忘れる」

「羨《うらや》ましい限りで」南野が皮肉っぽく言った。

「しかしよ、西川に対してむかつくのは分からないでもねえが、殺すほど恨むかね？　そんなに恨んでいたら、それこそ十年前に何かしかけようとするのが自然だと思うけどな」

「そんなこと言われても、自分の気持ちは自分では説明できませんよ。とにかく俺は、あの記事を読んでむかついた――それだけです。ただし、一つだけはっきり、訂正しますよ」

「何を？」

「殺すつもりじゃなかった。単なる嫌がらせです。西川さんが失敗して恥をかけば、それでよかった。だから結果的に、俺は成功したんですよ。西川さんは、まんまと偽情報に引っかかったんだから」

「それに関しては、俺は何も言うことはないな。失敗と言えるかどうかも……それによって、警察が動いて無駄足になったわけじゃねえし、西川の失敗とは言えないな」

「隠蔽するつもりですか？　西川さんが襲われた件はニュースになっていない」

「広報するかどうか判断するのは、広報課の仕事なんでね。それに、お前がいた頃に比べると、事件記者の質も下がってきたんじゃねえかな。昔は、こっちが隠していることを平然と探り出す記者もいたけどな……いずれにせよ、お前が知っていた警察は、今はもうない」

「俺は……失敗したのか？」

「殺すまでの覚悟があれば、成功してたかもしれねえけどな。恥をかかせるなんて中途半端な狙いが、上手く行くわけねえんだよ」

「クソ……」

「この先はどうすればいいか、分かってるよな？　変な嘘も言い訳もやめておけ。嘘がばれると、この先面倒なことになるからな」

「また脅しですか」

「まさか。可愛《かわい》い後輩に忠告だよ。まあ、俺に言われなくても、よく分かってると思うけどな。とにかくお前は、西川のせいで捜査一課を外され、警察を辞めざるを得なかったという恨みを持っていた。それが去年、追跡捜査係を取り上げた記事を読んで再燃した。そのため、西川に恥をかかせようとして、一年前の事件に関する偽情報を流して、しかも怪我《けが》を負わせた。それだけに飽《あ》き足らず、入院中に再度西川を襲わせた。雇ったのは、闇サイトで引っ張ってきた二人。報酬はどちらも十万円。間違いないな？」

「ああ」

「西川も安く見られたものだ。しかしお前、自由にできる金が結構あるんだな」沖田は思わず聴いてしまった。

「いくら自由に金を使えても、逮捕されたら意味ないでしょうが」

「まだ逮捕されてないぞ」

「逮捕状が出ていないだけでしょう」南野はすっかり諦めた様子だった。「手順の問題っていうことですよね。ここまできてジタバタしても、無意味ですよ。俺は無意味なことは嫌いなので」

「西川に恥をかかせようとしたことが、そもそも無意味じゃねえのか」沖田は指摘した。

「だけど、上手くいきそうだった——これで逃げ切れていたら」

「そもそも、上手くいくはずがない」

「どうしてそう言い切れるんですか」南野が挑《いど》みかかるように訊ねる。

「俺がいるからだ。俺を突破して西川を攻撃するのは、不可能なんだよ」

「それじゃ、西川さんに対する個人的な恨みが原因だったということで、逮捕状は用意できそう、と……でも、本当に？」説明を受けた京佳は、なおも疑わし気だった。

「本当です」説明を始めてから、この台詞を何度口にしただろう。それほど、京佳にとっては現実味がない事件なのだ。もっとも沖田も、何かの冗談ではないかと、今でもわずかながら思っている。西川はむっつりしたまま、黙って沖田の報告を聞いていた。

「とにかく、特捜はこれで納得していますから。動機、共犯者の存在、金の流れ……これだけあれば十分です。既に南野のスマホを任意提出させて調べていますし、会社と自宅のパソコンを押収する準備も進めています。その分析が終われば、さらに容疑は固められると思いますよ。いずれにせよ、うちとしてはほぼ、熨斗《のし》をつけて特捜に進呈した感じになります。係長も、胸を張っていいことだと思いますよ」

「百パーセント嬉しくないのはどうしてかしら」京佳は、納得できない様子だった。

「現実味が感じられなくても、しょうがないんじゃないですか？　でも、祝杯を上げてもいいと思いますよ」

「一番肝心なところで、腑《ふ》に落ちない部分があるのね。だから釈然としないんでしょう」

「何がですか？」因縁をつけられたような気分になり、沖田はむっとして声を低くした。

「南野はどうして、去年の事件をネタにしたの？　一年前の事件なら、通常うちは手を出さない。西川さんが引っかかってくるかどうか、確信はなかったはずでしょう」

「南野は、そもそもうちの仕事を理解できていなかったのかもしれません。あいつが辞めた時は、追跡捜査係はまだ発足したばかりで、仕事の内容も試行錯誤が続いていましたし、その活動もほとんど表には出ていなかった。だからこそ、一年前の事件で偽情報を流せば、引っかかってくると想像したんでしょう」

「どうして一年前の事件を？」

「未解決事件をリストアップしていて、たまたま手配の人間が死んだから、これは使えると踏んで、急いで動き出したんでしょう。奴が何か関係していたわけではないですね」

「奴は詰めが甘いんですよ」西川が吐き捨てる。「能力もないのに警察官になって、中途半端に警察の内実を知った。それを利用して俺を貶《おとし》めようとした——でも、所詮は中途半端な人間です。上手くいくわけがない」

「でもあなたは、偽情報に引っ張られて襲われたのよ」京佳が指摘した。

「情報があると言われて動かないようでは、刑事失格です」西川が平然とした口調で言い訳した。

「まあ……大怪我にならなくてよかったわね。特捜とは話しておきます。広報のやり方を上手く考えないと、うちは恥をかきかねないわ」

そんなことは、どうでもいいではないか……沖田は西川をチラリと見た。西川は軽く肩をすくめるだけで、今の係長の言葉を気にしている気配はない。

「では、一応うちとしては捜査は終わり、ということでいいですね」沖田は平手で腿《もも》を叩いた。「後処理はお任せしていいですよね？　我々平刑事の手には余ります」

「それは分かってます」京佳が真顔でうなずいた。

「では、特捜の方と情報のすり合わせがありますので……何かあったら、すぐ連絡します」

今後のことを話しておくために、特捜の置かれた晴海署へ移動する。お茶でも飲みながら事前に打ち合わせをしておきたかったのだが、いかにも埋立地にある署らしく、周りにはタワーマンションなどが建ち並んでいるだけで、飲食店は見当たらない。仕方なく二人は、署の一階、交通課の脇のベンチに腰かけ、百円のコーヒーを買った。

「これで放り出して、本当にいいのか？」沖田は西川に念押しした。南野が自供した後、妙に態度が淡々としているのが気になっている。西川を狙った——しかもその動機は子どもの嫉妬《しっと》のようなものだと分かったのだから、激怒して自分で処理すると言い出すのでは、と想像していたのだ。しかし基本的には口を出さないばかりか、怒りさえ見えない。元々感情が噴出するタイプではないのだが、今回はいつもよりも本音が読めなかった。

「何考えてる？」

「何が？」

「南野、本当に特捜に引き渡していいのか？　お前が最後まで調べたいんじゃねえのか？」

「最初はそう思ってた。突破口だけはお前が開いても、後は俺がやる……でも、奴が自供した瞬間、何だか気持ちが冷めた」

「くだらな過ぎて？」

沖田は突っこんだ。一瞬西川が黙りこんだが、結局は「ああ」と認めた。しかしすぐに「それだけじゃない」と小声でつけ加える。

「まだ理由があるのか？」

「反省してる」

「ああ？　何でお前が」

「はめられて、偽情報に引っかかった。あの偽情報に踊《おど》らされなければ、南野の思う壺《つぼ》にはならなかっただろう」

「ああ……まあな」確かにあの時の西川はおかしかった。普段は慎重で、自分が小さな手がかりだけをヒントにがむしゃらに突っこんでいっても、後ろから襟首《えりくび》を摑んで引き戻すようなタイプなのだ。

「去年、東日の記事が出た——俺もあれに影響されたのかもしれない」

「出るの、嫌がってたじゃねえか」

「あれで、追跡捜査係が世間に認知されるようになったと思う。でもそれが、ちょっとプレッシャーになってた」

「また未解決事件を解決しないといけないと？」

「ああ」西川がうなずく。「俺たちは、結構な数の未解決事件を解決してきたよな？ でも、大物は残ってる。時効になってしまった事件もあるし……最近、よく夢を見るんだよ。顔のない人間が追いかけて来る。それは、未解決事件なんじゃないかな」

「おいおい、そういうのは専門家に相談した方がいいんじゃねえか？ 心療内科とか」沖田は本気で心配になってきた。西川は神経質な男だが、そこまで仕事に追われているとは思わなかったのだ。

「いや、眠れないわけじゃないから。ちょっと喉《のど》に棘《とげ》が引っかかったみたいな感じだ」

「小さい棘のせいで死ぬこともあるんだぜ」

「本当にまずくなったら、心療内科でも精神科でも行くよ。俺は、そういうことには抵抗がないから――南野が、俺の精神状態を知っていたとは思えないけど、とにかく奴の目論見《もくろみ》に完全に引っかかった。それが情けなくてしょうがないんだよ」

「そうか……だけど、そんなこと気にしてもしょうがないんじゃねえか？　それだけお前が仕事に打ちこんでる証拠なんだから」

「お前はそういうこと、ないか？　何かに追われてるような感覚」

「俺は、諦めがいいのかもしれねえ。正直、全ての事件を自分で解決するなんて無理だと思ってる。未解決事件も同じだ」

「よく割り切れるな」西川が溜息をついた。

「諦めてるだけかもしれねえけどな。お前は背負《しょ》いこみ過ぎなんだよ。もう少しリラックスしろ」

「それができれば苦労はしない」

「何か、ちゃんとした趣味でも持ったらどうだ？　仕事以外に打ちこめるものがあれば、私生活とのバランスが取れるんじゃねえかな。それこそ、コーヒーの勉強でもしたらいいだろう」

「俺には、コーヒーを上手く淹《い》れるセンスはないよ」

「だったら、店を研究するとかさ。いつか開く喫茶店のために、名店を回って味や雰囲気を研究する――それならお前にもできるだろう」

「何だか、引退したおじさんみたいだな」

「第二の人生の始まりと考えればいいだろう。定年になってからは、もう何もしないわけじゃねえんだから」

「そう言われてもな……今もつい、佐木は本当に犯人だったのかなって考えてしまうんだ」

「いやいや、それはないだろう。あれは、南野の嘘じゃねえか」

「そうかねえ……」背広の胸ポケットの中でスマートフォンが振動した。こんな時に……と思ったが無視するわけにもいかず、電話を取り出す。画面を見た途端、少しだけ表情が緩んだ。「おい、珍しい奴だぜ」とだけ西川に告げて電話に出る。

「どうも、お久しぶり……どうかしたか？」出張で東京に来たから飯でも食いませんか、という誘いではないかと思った。相手は妙に人懐《ひとなつ》っこく、こちらへ出て来る機会があれば必ず声をかけてくる。

違った。

「何だと？」沖田の声は、西川だけでなく、業務中の交通課員の視線を引きつけるのに十分な大きさだった。

6

冗談だろう、と西川は思った。あるいは何かの間違いか。

しかし、大阪府警捜査三課の刑事・三輪《みわ》は、関西人らしくお喋りであるものの、悪い冗談を言う癖はない。実際、西川と沖田に送ってきた写真を照合したところ、完全に合致した。

これで、一年前の事件を担当する新橋署の特捜は、混乱に陥《おちい》った。特捜でもすぐに大阪府警に人を送ると言い出したのだが、西川が「確認はこちらに任せて欲しい」と押し切った。三輪とは結構長いつき合いで、本音で話ができる。特捜が出てきたら、ゼロからの話し合いになって、時間がかかる。

「どういうことだと思う?」三輪が送ってきたデータをずっと見ていた沖田が、静岡を過ぎた辺りで急に口を開いた。

「俺にも考えはあるけど、言わない方がいいんじゃないかな」

「何で」

「俺の想像なんかはるかに超えた真実があるような気がする」

「そもそもお前の想像力は貧弱だからな」

「何とでも言ってくれ。お前こそどう思う?」

「さあね――俺はゼロベースでいきたいな。色々考えても、まとまりそうにない。今、どこだ?」

「静岡を過ぎたところだよ」

「まだそんなもんか」沖田が舌打ちした。「大阪は遠いな」

新幹線で二時間半を「遠い」と文句を言ったら、バチが当たる。正確には「大阪府警本部は遠い」だ。大阪城公園の近くで、最寄駅は谷町《たにまち》線か中央線の谷町四丁目駅。新大阪からだと乗り換えがあってそこそこ時間がかかるし、車を飛ばすと渋滞《じゅうたい》に巻きこまれる。ちょうど夕方のラッシュ時に、大阪の真ん中を通り抜ける格好になるのだ。

賑やかな谷町筋から本町《ほんまち》通へ。この辺はあまり色気がない街……大阪府庁などもある官庁街で、どこか霞《かすみ》が関《せき》と雰囲気が似ている。ちょっと昼飯を食べに、と思っても飲食店が見当たらないぐらいなのだ。もっとも今は、午後五時。昼飯ではなく夕飯の心配をしなくてはいけない時間帯に入っている。もちろん日帰りも可能だが、今日のうちにできるだけ調査を進めておきたい。

府警本部の庁舎は、馬場町《ばんばちょう》交差点に面しており、一角が大きく湾曲した特徴的なデザインだ。とかく素《そ》っ気《け》ないと言われる警視庁の庁舎に比べれば色気がある。三輪は、上町《うえまち》筋に面してある警備員の詰め所の前に立っていた。大阪城公園のお堀が近いせいか、湿った冷たい風が吹きつけており、分厚いコートを着込んだ三輪は背中を丸めていた。

「お疲れ」西川はすぐに声をかけた。「こんな寒いところで待ってなくても」

「お二人にもお休みいただきたいところなんですが、時間がもったいないでしょう？　すぐにご案内しようと思いましてね」

「どちらへ？」

「本町署です。今パトが来ますから——ああ、来ました」

三人の前で覆面パトが停止する。前後に分散して乗りこむと、覆面パトはすぐに発進した。交差点を何回か曲がるうちに、先ほど降りた谷町四丁目駅の方へ向かっていることに気づいた。

「もしかしたら、谷町四丁目の近く？」西川は言った。

「ありゃ、分かりますか？」前のシートに座った三輪が後頭部を平手で叩いた。「戻る感じになるんですよ。西川さんに気づかれちまったか。効率が悪いって言われそうですね」

「そうだよ」沖田が同調する。「今こいつは、ここ十年で一番カリカリしてるから、ヘマするとヤバいことになる」

「だったら、接待が必要ですね。今夜、美味い煮込みとかどうですか？　最近、若い料理人が始めた店なんやけど、府警の職員はハマりまくってますよ」

「それは、仕事が無事に終わったら、だ」西川はつい無愛想に言ってしまった。沖田が「十年で一番カリカリしてる」と言ったこととは関係ない――ないと思いたかった。

本町署は、本町通に面したまだ新しい警察署だった。既に当直に交代した時間帯なので、人は少なくなっている。この辺はやはり「昼間の街」なのだろうと西川は想像した。キタや梅田《うめだ》の繁華街を持つ署だと、夜の方が圧倒的に忙しいのだろうが。

正面入り口の横に大きなシャッターがあり、三輪はそこで警戒している制服警官に歩み寄った。若い制服警官は緊張した様子で三輪に敬礼し、三人を署内に案内した。通されたのは、先ほどのシャッターのちょうど内側のスペース――車両保管庫だった。署のパトカーやオートバイなども停まっているが、その中に一台だけ、銀色のカバーをかけられた大型のバイクがある。

「これが？」西川は訊ねたが、手は出さない。このバイクは、府警の貴重な証拠品なのだ。

「今、担当者が来ますから……私も勝手には手を出せんもので」

「そもそも管理職になると、部下に任せないと」

「そんな偉そうなもんやないですけどね」

すぐに、背広姿の若い刑事がダッシュで駆けつけて来た。西川と沖田を見て、背広の内ポケットから名刺入れを取り出そうとしたが、三輪はすぐにそれを制した。

「石岡《いしおか》君、挨拶は後回しや。すぐにバイクをお見せして」

「分かりました」石岡と呼ばれた刑事が素早くラテックス製の手袋をはめ、カバーを慎重に外す。赤をベースに黄色が交じった派手なカラーリング、いかにも空力特性に優れたフルカウル、戦闘能力の高いライディングポジションが取れそうなハンドルとステップ――間違いなく「H1－R」だ。ただしナンバーは隠されている――折り曲げられ、普通に見ただけでは確認できない。

西川の視線がナンバープレートに注がれているのに気づいたのか、三輪がゆっくりバイクに近づいた。

「ナンバーはつけ替えられてますわ。他の盗難バイクのプレートを流用したんやと思います。ただし、車台番号で確認しましたから、間違いない」

「車台番号はどこに？」

「フレームに刻印されてます。ちょっと見づらいんですけどね」三輪が小型のマグライトを取り出し、「H1‐R」の横でしゃがみこんでカウルの内部に光を当てる。西川はすぐ横に並び、彼のマグライトの強い光が照らしだしているところを見た。

間違いない。光が強いせいで、刻印された数字はぼやけて見えるのだが、間違いなく消えた「H1‐R」だった。ナンバーは偽造できるが、車台番号の偽造は不可能——実際には削って新しく打ち直すこともできるが、現代の鑑定技術では、オリジナルはどんな車台番号がついていたかを簡単に割り出してしまう。しかしこのバイクを乗り回していた人間は、そこまで気を遣っていなかったわけだ。

「確かに」西川は三輪に向かってうなずきかけた。沖田もしゃがみこんで確認する。

「確かにそうだ」呑気な口調で沖田も同調する。「しかし、すげえ偶然だな。これはあんたの担当？」沖田が石岡に話を振った。

「はい」

「うちが手配を流していたけど、それで探してくれてたのかい？」

「いえ、あの、それは……」石岡の耳が赤くなる。

「まあまあ」三輪が割って入る。「正直言えば、偶然です。でも、見つかったんやから、褒めてやって下さい」

「その辺の話はこれからじっくり聞くよ。まず、うちの特捜に連絡を入れさせてくれ」西川は会話を断ち切った。

「特捜も大変やないですか。いきなり方向転換やな」三輪が本当に同情するような口調で言った。

「うちがいつもやってることだ。でも今回は、方向転換の材料を提供したのは府警さんだ。恨まれるだろうね」

「いや、うちは通常の捜査をしていただけですよ。何も警視庁さんの邪魔をしたかったわけでは――」

「間違った方向を正してくれるわけだから、ありがたい話だよ。これで、真実が一つ、埋もれずに済んだと思う」

そう、真実には辿《たど》りつくと思う。しかしその代償として、多くの人の心が傷つく。自分もその一人かもしれない。今の自分には、そういう傷こそ必要なのかもしれないが。

それより、南野はこの件を知っているのか？　知らずに西川を誤誘導したなら偶然が過ぎるし、知っていてやったなら、肝心な問題を話していないことになり、どこがどうなっているのか、まだ判断はできなかった。

結局は偶然だったのだと分かり、西川は複雑な気分になった。自分たちが手配を出していて、三輪が気にかけていたからバイクが見つかっただけであり、三輪がいなかったら事実は埋もれてしまったかもしれない。そういう面では彼の気遣いと機転に感謝するしかないが、実際は危ないところだった……。

府警では、しばらく前から高級車・高級バイクの窃盗団の捜査を進めていた。その捜査を担当していた刑事の一人・石岡が、偶然このバイクに目をつけたのだった。梅田の路上に駐車してあったのを偶然発見、珍しい高級バイクだったので気になって調べてみると、「H1-R」は大阪府内には一台も登録されていないと分かった。しかしナンバーは「なにわ」、しかも不自然に折り曲げられていたので、いかにも怪しい……そのまま現場で張り込み、一時間ほどで戻って来たライダーに事情聴取を試みた。声をかけた瞬間に挙動が怪しくなり、説明はあやふやだった。そして、隙を見てバイクのエンジンを始動して逃げようとした——そのタイミングで石岡がバイクのキーを素早く抜き取り、その場で捕獲した。その後、車台番号とナンバーが一致しないことが判明、それが今日になって捜査三課の係長である三輪にも伝わり、追跡捜査係が頼んでいたバイクの追跡と結びついたのだった。

「その犯人は、盗んだ事実は認めている?」西川は石岡に訊ねた。

「黙秘してます」

「何者かは分かっている?」

「免許がありましたから、名前と住所は判明していますが、何をしているかは……今日、まだ自宅の捜索をやっています」

「大阪の人間?」

「本籍は東京です。大阪には一年ぐらい前に引っ越してきましたが、その前は東京都内に住んでいたようですね」

西川は思わず沖田と視線を交わした。沖田が手帳を広げ、挟みこんであった紙を取り出して広げる。その紙――リストが何なのかは、西川にはすぐに分かった。沖田が石岡の顔を真《ま》っ直《す》ぐ見て訊ねる。

「その盗人《ぬすっと》の名前は？」

石岡が、許可を求めるように三輪の顔を見た。三輪は肩をすくめて「いいよ」と許可を出した。

「どうせこの人たちは、強引にでも探り出すんやから。最初から話してしまった方が気が楽やろ」

「おうおう、係長ともなるとずいぶんきつく言うもんだね」沖田が因縁をつけるように言った。

「でも実際、お二人は今までもずっとそうやってきたやないですか」

「人を強盗犯みたいに言うなよ」

「とんでもない」苦笑しながら三輪が首を横に振る。

「それで……どうだい、石岡君？　問題の盗人野郎の名前は？」

どういうことだ――石岡が告げた名前を聞いて、西川はさらに頭が混乱するのを感じた。これは偶然なのか？　それとも何か裏が――全てを企んだ黒幕でもいるのか？

「黒幕なんかいねえよ」沖田があっさり言い切った。「偶然だ。悪い偶然」

「何とも言えませんなあ」三輪が首を横に振った。「府警としては、貰《もら》い事故みたいなものなんで」

「しかし、警視庁からは、金百両ぐらいのお礼が出るかもしれねえぞ」と沖田。

「百両って、今の金額でどれぐらいなんですか」三輪が真顔で訊ねた。

「さあね……でも、何かやってもらったら金で返すっていうシステムは作ってもいいかもしれねえな。今はお互い、暗黙の了解で仕事の手助けをしたりしてるけど、金で解決した方が分かりやすいんじゃねえか？」

「そいつは悪くないですかね」

「予算は、県警によってだいぶ違いがある。現場でやり取りして、差を埋めればいいじゃねえか」

「なるほどねえ」本気で感心したように、三輪が顎に手を当ててうなずいた。

「いいから、さっさと飯を食って、明日の作戦を考えよう」西川は二人に釘《くぎ》を刺した。

既に容疑者は逮捕されており、夜の取り調べはまずいということで、西川たちは明日の朝から容疑者と対峙することになった。この件は府警と警視庁、それぞれの刑事部のトップの間で既に話がついている。本当は新橋の特捜本部が担当すべきだが、流れからして、取り敢えず西川と沖田が最初の攻撃をしかけることになった——主に西川が。

「そうですね。お喋りに夢中になってお好み焼きが冷えちまうのは、焼いた人に失礼ですわ」

二人は結局大阪に泊まることになって、三輪が宿を用意してくれた。そのまま煮込みが評判の店に——という流れだったが、肝心の店は満員で入れなかった。若い店主の腕は、やはり間違いないのだろう。

そこで三輪が案内してくれたのが、府警本部からも歩いていける場所にあるお好み焼き屋だった。関西だからお好み焼きでもいいのだが、夕飯にはどうか……しかしこの店のお好み焼きは確かに美味い。ソースの味で食べるだけのものだと思っていたのだが、お好み焼き自体が美味い。

「ここは、かなり高級な店なんだろうね」西川は言った。

「そうですね。我々が昼飯に気軽に来られるわけやない。接待用ですわ」

「上品な味だ」

「お好み焼きも、焼く人の腕が大事ですけど、いい粉を使えば当然美味くなりますよ。そして、いい材料を使えば使うほど高くなるってことですわ」

美味いお好み焼きとビールで、いい夕飯になった。昔はお好み焼きなどおやつぐらいに思っていたのだが、今はこの量で十分腹が膨れる。もっとも三輪は、ライスに味噌汁、漬物をつけて「お好み焼き定食」にしていたが。さすがにこれは食べ過ぎではないだろうか。西川たちとあまり年齢が変わらないのに……そして中年太りしている気配もない。

渋い内装の店内では元気に宴会を開いている一団もいたが、西川たちはあくまで夕飯
——さっさと食べ終えると、近くに取ったホテルに移動した。西川の部屋に集まり、明日
の作戦を検討する。
「正面から当たる、でいいんじゃねえかな」沖田は早めの勝負をしかけたい様子だった。
気持ちは分かるし、間違ってもいない。何しろ犯人は既に逮捕しているわけだから、その
取り調べの流れでやっても問題はないはずだ。
「いいと思う」西川が同調すると、沖田が意外そうな表情を浮かべた。
「今日は素直だな」
「これは入り口だと思う。実際に何が行われていたか、しっかり調べるためには、早めに
核心に入らないと」
「じゃあ、明日は俺がやるよ」
「早く勝負するのはいいけど、乱暴なのは困るよ」西川は釘を刺した。
「俺にその忠告は必要ない。警視庁で一番丁寧な男なんだから」
「沖田さん、キャラ変したんですか？」三輪が真顔で首を傾げる。
「皆、俺のことを誤解してるんだよ。それより、どう対峙したらいい？　相手はどういう
タイプだ？」
「素人《しろうと》ですよ。前科前歴はなし、警察にも慣れていない。昨日逮捕して、今の段階では黙
秘が続いてますけど、それは何を言っていいか分からないからやと思う。事実関係を積み

重ねて叩けば、喋ると思います」

「もしかしたら、府警はソフト路線に転向したのか？」

「まあ……うちとしても、新しい時代に対応していかないといかんですから」

「今のところは、上手くいってるみてえだな」沖田があっさり結論を口にする。「とにかく、うちとしてはありがたい話だよ……しかし、大阪ではそんなに、高級車の窃盗が流行《はや》ってるのか」

「東京よりも大阪の方がひどいですね。狙われているのは、だいたい日本製の車やバイクです」

「それだけ海外で人気がある証拠なんだろうけど、ちょいと複雑な気分だな」

「ですね……うちとしては、年度を越さないでまとめたかったんですけど、間に合わないかな。この件で、余計な仕事を抱えこむことになったし」

「それは警視庁で何とかする——そういう流れになるんじゃねえかな」

「まあ、上の話し合いで決まるでしょう。俺たちみたいな下《した》っ端《ぱ》には、発言権はありませんよ」

「あんたは下っ端じゃねえだろう。係長なんだから」

「勘弁して下さいよ。お二人に言われると、何だか詐称《さしょう》しているような気分になるんですよねえ」

「考え過ぎだよ」西川は会話に割って入った。「本当は俺たちが、君には敬語を使わなくちゃいけないんだ。警察は徹底した階級社会だからね」

「それそれ、そういうのが何だかきついんですわ。ホンマ、からかわれてるみたいで」

「いや、君には今まで散々お世話になってるから。明らかにうちの方が、借りが多い」

「それはそれとして、勘弁して下さいよ」

「でも、君が課長になって、その後本当に署長になったらどうする？　その場合はやっぱり、しっかり敬礼してから話をしないとまずいだろうね」

「そんな先のこと、分かりませんよ」

「分からないっていうことは、その気はあるんだろう？」

「いやいや……」本気で困ったように、三輪が苦笑する。

「警視庁から御礼申し上げるよ。これで君の点数も上がるだろう」西川は立ち上がった。話しているうちに馬鹿馬鹿しくなってしまい、コーヒーが欲しくなる。とはいえ、セーフハウスから持ってきていたコーヒーは、とうに飲み干してしまっていた。

「では、明日は午前九時スタートでお願いします。本町署集合で」

「この件は、本町署が担当で？」

「元々、窃盗事件の捜査本部を本町署に置いていたんです。その流れで」

「了解」

「ではでは」三輪が両手を叩き合わせて立ち上がった。「長々とお疲れ様でした。せめて明日の朝までゆっくりお休み下さい」

「ああ、ありがとう」

三輪が帰っても、沖田は自分の部屋に戻ろうとしなかった。

「何だよ、まだ何かあるのか？」西川はさっさと一人になって休みたかった。ここで沖田が酒でも呑み始めたら、今夜も長くなる。

「いや……ちょっと頭の整理ができてねえんだ」

「それはいつものことじゃないか」

「うるせえな……今回の件、偶然なのか、何か裏があるのか、それが気にかかる。お前はどう思う？」

「何とも言えない。本人にぶつけるしかないな。ちゃんと喋るかどうかは分からないけど」

「シナリオができていない取り調べはきつい」

「シナリオがある方がまずいよ。終戦直後の警察は、予《あらかじ》めシナリオを書いて捜査して、大量の冤罪《えんざい》事件を生み出した」

「シナリオと言ってまずいなら、何と言うべきか——分からねえけど、とにかく自分の中で考えがまとまらない」

「だったら、ゼロベースでやるしかないだろう。最初から組み上げていくしかない」

「お前、何か思い当たる節はねえか？　南野以外の人間に恨みを買っていたりとか。石橋はどうなんだろう。奴はまだどこにいるかも分からねえし」

「何とも言えない。判断はお前に任せるよ。取り調べの中で、お前なら何か引っ張り出してくれるだろう」

「えらく他人任せだな」

「自分のことだから——自分のことは、自分でやらない方がいいんじゃないか？　何しろ自分のことが一番分からないのが人間なんだから」

7

さて——沖田はコーヒーを飲み干した。午前九時にして、既に三杯目である。いつもはこんなに早いペースで飲まないのだが、今日はカフェインの刺激が必要だった。あれこれ考えてしまって、昨夜眠りについたのは午前三時頃だっただろうか……普段沖田は、横になればすぐに眠ってしまうので、この眠れない時間は痛かった。十分な睡眠で頭をはっきりさせておくのも仕事のうちだとは分かっているが、眠れないのはどうしようもない。
心の片隅に引っかかって離れない問題がある。西川はこれで安全なのか？　南野が逮捕され、もう西川をつけ狙う人間はいなくなったのか？　そもそも今回の大阪の一件は、西川の事件とは直接関係ない可能性が高い。単に新橋の特捜本部に真相を進呈するために、自分たちはこんなことをやっているのか？　だいたい、新橋の特捜も怠慢《たいまん》過ぎるのではないだろうか。

沖田は一度深呼吸してから取調室のドアに手をかけた。いつもは、沖田が取り調べをする時は西川が記録係に入ってくれるのだが、今日は府警の若い刑事・石岡が担当した。西川は外で様子を見守りながら、何かおかしなことがあったら介入してくる予定になってい る。大阪府警にも一枚嚙んでもらいたいというのも、西川の狙いのようだ。それはそうだ……大阪府警のサービスで、警視庁が犯人を譲ってもらうようなものなのだから。

「石岡君、島野高大が乗ってきそうなネタはあるか？」

「バイクの話なら……バイク好きなのは間違いないですからね」

「それは、俺の苦手な分野だな」沖田は首を横に振った。「しょうがねえ。正面から行くよ。何かあったらフォロー、よろしく頼むぜ」

「はい。勉強させてもらいます」

沖田は取調室に入った。定位置に座り、石岡も記録担当の人間の席——容疑者と取り調べ担当が対峙するのとは別のテーブル——につくとすぐに、ドアをノックする音が響く。沖田は「どうぞ」と声を張り上げた。普段よりも声を大きく出すように意識する。相手を威嚇《いかく》し、自分に気合いを入れるためだ。

ドアが開き、留置担当の制服警官が二人、島野を連れて入って来た。無言のまま手錠《てじょう》を外し、沖田の向かいの席に座らせる。島野は特に抵抗する様子も見せなかった。すっかり気が抜けている。

三十五歳という年齢の割には若い——というか子どもっぽい感じがする。髪は両サイドを刈り上げて天辺を金髪にしたツーブロックだが、逮捕されて以来髪をきちんと整えられる環境にはないようで、だらしない感じになっていた。目の下には隈《くま》ができて、目も充血している。

「寝てないのか？」沖田は気楽な調子で話しかけた。「実は俺もなんだ。今日、あんたと対決することを考えたら、まったく眠れなくなった……おっと、失礼。俺は警視庁捜査一課の沖田だ。今日の取り調べを担当する」

「警視庁？」取り敢えず一言は喋った。これでこの先、話がつながるかどうかは分からないが。

「そう、東京から来た。一年前まであんたが住んでいた東京からね。ちょっと昔話をさせてもらっていいかな。あんたが昔勤めていた会社の件だ」

島野が黙りこむ。うつむき、沖田の視線から何とか逃れようとしていた。

「高島信介さん。あんたは彼の会社で、五年ぐらい働いていた。そして一年前の事件の時には、散々警察に協力してもらった。お陰で犯人を指名手配できた……お礼を言わせてもらうよ」

沖田はさっと頭を下げたが、島野は反応しない。ジョークを並べ立てても、話に応じるようになるとは思えない。このまま事実関係、そしてこちらの推理をぶつけ続けていくしかないだろう。正面突破だ。

「会社では上手くいってたのか？　辞める直前には、上海《シャンハイ》に赴任《ふにん》する話があったそうじゃないか。でもあんたは会社を辞めちまった。いいチャンスを自分で手放したみたいだけど、それでよかったのかね」

「あの会社は——」消え入るような声で島野が言った。

「ああ？」沖田が大声で聞き返すと、島野がびくりと身を震わせる。「何だって？　もうちょいはっきり言ってくれよ」

「あの会社は」島野がむきになって声を張り上げる。「社長が全てだったんだ。社長が交渉して、ビジネスの契約を決めて……その社長がいなくなったら、会社は間違いなく潰れる。そんなリスキーなところにいるわけにはいかないんでね」

「それで？　何で大阪に？　あんた、東京生まれの東京育ちだろう？　他の街で暮らしたことはないはずだよな。それがどうして大阪に？　何か伝手《つて》でもあったのか？」

「大阪はでかい街だから。ここならいくらでも仕事が見つかる」

「で、何やってたんだ？　仕事が見つかるって言いながら、あんた、働いていた形跡はないよな。金を稼がないと、いろいろ大変なこともあったと思うけど」

島野がまた身を震わせる。思い当たる節——痛いところを突いたと確信したが、沖田はさっと引いた。一気に連続攻撃をするべきか、一度引いて角度を変えて攻撃を再開するか——沖田は今回、後者を選んだ。今のところ島野との会話は成立しているので、少しギャンブルに出てみることにしたのだ。

「佐木は覚えてるよな」

「──ああ」

「佐木を指名手配するのに、あんたの証言が大きな役割を果たした。あんたはかなり細かく証言して、佐木が犯人だと、警察を誘導した」

「俺は別に──」

「どうして佐木が犯人だと思ったんだ？」

「佐木は社長に目をつけられて、いつも厳しく叱責《しっせき》されていたから。佐木がそれを鬱陶《うっとう》しく思っているのを、俺は知ってた──俺だけじゃなくて、社員なら皆知ってたよ。小さな会社だったからな」

「社長の指導が厳しかった、ということか」

「そう」

「だけど、そんな理由で殺すか？」沖田はテーブルの上に身を乗り出した。「佐木は二十九歳だった。年齢的に『今時の若者』と言っていいと思う。そういう連中は、何か嫌なことがあったら、その原因を取り除くんじゃなくて、逃げ出すんじゃねえかな」

「そんなこと、俺には分からない」

「じゃあ、あんたに分かりそうな話を聴くよ。あんたが今回逮捕されたのは、他人名義の『H1-R』を乗り回していたからだ。要するに窃盗だよ。オートバイを盗んだ。それが誰のものか、当然分かってるよな？　説明できるか？　できないだろう。言ったら、お前の人生は終わる」

「脅すのかよ。警察がそんなことしていいのか？」

「脅してるんじゃない。事実を言ってるだけだ。お前の人生は本当に終わるぞ——でも、言わなくても終わるんだ。俺たちは、お前の事情をしっかり調べているからな。それで裁判所を納得させられれば、新たな逮捕状を取る。そして逮捕・起訴されて、裁判員裁判にかけられる。裁判員がどういう判断を下すかは俺には想像できないけど、かなり厳しくなるんじゃないかな。単純な殺しよりも、だいぶ筋が悪い」

「殺し？　誰が」

「言うまでもない。あんただ」

「俺が誰を殺したって？」島野の声が裏返る。演技とは思えなかった。

「それを教えてもらえると助かるんだけどな。あんたの口から直接聞きたい」

「言うことはない」

「じゃあ、別の話をするか」沖田はすぐに切り替えた。「あんたが乗っていた『H1‐R』、あれは誰のバイクだ？」

島野が顔を背ける。こめかみが汗で濡《ぬ》れているのが見えた。よし、ここが攻め所……沖田は一気にギアを上げた。

「あのバイクは、社長殺しの犯人として俺たちが指名手配していた、佐木昌也のものだ。事件の前後、現場の新橋であのバイクが目撃されている——しっかり防犯カメラにも映っていた。それが、佐木を指名手配するための大きな材料になったんだが、あの時佐木は、本当に新橋にいたのかね？　あの日、有給をとって高尾にツーリングに行っていたのは分かっている。しかも泊まりがけで。バイクは高尾にあったと考えるのが自然だ。もしも会社で事件を起こすつもりだったら、その日わざわざ高尾に泊まる必要はないし、証拠に残りそうな目立つバイクに乗って行く必要もない。しかも事件の後、佐木のバイクは見つからなかった――どうも色々と、不自然なんだよ」

「そんなこと、俺に聞かれても困る」

「でも、説明はできるだろう？　あんたが乗っていたのは佐木のバイクだ。どういうことだ？　いつ手に入れた？」

島野が黙りこむ。こめかみを、今や汗が伝った。三月の取調室は、底冷えする寒さで、暖房もあまり効いていないのだが。

「盗んだのか？」

「……ああ」

「もう一回言ってくれ」

「俺が盗んだんだ！」島野が、これまでで一番大きな声を張り上げる。

「いつだ？」沖田は敢えて声を低くした。「二ヶ月前か？　半年前か？　佐木は事件の後、千葉県に隠れていた。奴がそこにいるのを知っていて盗んだのか、あるいはたまたま見つけて盗んだのか、どっちだ。バイクはどこにあった？」

「自宅近くのスーパーの駐車場に停めてあった」

「分かった。スーパーの名前は？　今時のスーパーには防犯カメラがあるから、それを調べたいね。さっさと喋ってくれ」

「忘れた」

「なるほど、忘れた、と」沖田は軽い口調で応じてうなずいた。「だったら、佐木が住んでいたアパートの周囲五キロのスーパーを全部調べ上げてやるよ。大した手間はかからねえ。ただ、いつだったかは教えて欲しいね。時期は絞りこみてえからな」

島野がうつむく。喋り出す気配はなかった。この先は、推測の部分が多くなる。それでは島野を落とし切れないだろうと沖田は手詰まり感を覚えた。

その時、ドアをノックする音が響く。いいところで……と思ったが無視するわけにもいかず、沖田は「はい」と声を上げた。ドアが開き、西川が入って来る。沖田にメモを渡すとすぐに、取調室を出て行った。沖田はメモを開き、中身に目を通した瞬間、この件は終わったと実感した。

「あんた、詰めが甘いよな……盗んだバイクは、こっちで借りてたアパートのバイク置き場に停めておいたんだろう？　そこはきちんと契約が必要な駐車場だ。一年前、あんたが引っ越してくる時に駐車場も借りて、そこに問題の『H1－R』を停めておいたことが記録に残っている。同じアパートの住人も、ド派手な赤いバイクを目撃してる。どういうことかな」

「クソ！」島野が短く吐き捨てる。

「どうした？　何かやばいことがバレたか？」沖田は挑発した。

「俺だよ！」

「ああ？」

「俺がやったんだよ！　社長を殺したのは俺だ」

石岡が振り向き、目を見開く。沖田は彼に向かってうなずきかけ、無言で「落ち着け」と命じた。石岡がうなずき返したが、顔面は蒼白《そうはく》だった。昨夜、こちらの狙いを簡単に話しておいたのだが、本当にその通りになるとは思っていなかったのかもしれない。

「あんたが高島信介さんを殺した——どうしてだ？　自分のボスを殺すのは、大変なことだぞ」

「あの社長は——クソ野郎だったんだよ。小さい会社だとよくあることだけど、創業者の社長は典型的なワンマンで、社員を手足ぐらいにしか思っていない。散々こき使ってパワハラ、セクハラ、社員が稼いだ金は自分の懐へ——今まで何人もの社員が辞めてきた」

「それで殺したのか？」沖田には、あまりにも極端に思えた。怒るのは分かるが、それこそ自分が辞めてしまえばいいだけの話ではないか。合法的に追い落とす手段もあっただろうに。「そんなに憎んでいたのか」

「ああ」

「酷《ひど》い目に遭った——」

「酷い目に遭ったのは俺じゃない。俺の彼女だ」

「あんた、独身だよな？」

「そうだよ、彼女は死んだから」

島野の口調は淡々としていて、自分の身に降りかかった不幸を話している感じではなかった。しかしそれは、彼なりの心の守り方なのかもしれない。島野はうつむいたまま両手を組み合わせ、細かく指を動かしながら、低い声で話し続けた。

「俺の彼女も、あの会社にいた。でも、社長のひどいパワハラに遭って辞めたんだ——二年ぐらい前に。その後、どうしても立ち直れないで自殺した。社長に殺されたようなもんだよ」

「だから社長を殺そうとした?」

「そうだよ」島野が認めた。「あんなクソ野郎は、絶対に矯正できない。殺してしまうしかなかった」

本当に島野の恋人が会社を辞め、自殺したのか——調べられることだ。一年前、特捜はこの件を摑んでいなかったのかと苛立ったが、その時点でもう、島野の恋人が会社を辞めてから一年経っていた。「過去の人物」として捜査対象から外していたのかもしれない。

こういうことはよくある。捜査とは、対象者の全てを丸裸にする作業だ、とよく言われる。人間関係を調べるために、徹底して周辺捜査を進める——とはいえ、それはお題目である。実際には、あらゆる事実を明るみに出すことなど不可能なのだ。それ故実際の捜査では「調べなくていいこと」を炙《あぶ》り出すのが大事になる。島野の恋人の件も、特捜は「調べなくていいこと」と判断したのかもしれない。

「深夜、会社で社長と対峙して殺した、そういうことで間違いないな？　どうして佐木のバイクを使った？」

「あいつには悪いと思ったけど、犯人に仕立て上げた。あのバイクは日本に何台もないから、どうしたって目立つ。それが会社の近くで目撃されれば、警察は佐木を犯人だと疑う――そして俺たちが、佐木が疑わしいと言えば、警察は引っ張るはずだ。びっくりするぐらい、計算通りにいったよ」

「佐木のバイクを、高尾のバイク専門のホテルから盗んだ、そういうことだな？」

「ああ」

「バイクはその後、どうした？　ホテルには戻さなかったんだよな？」

「ああ。佐木をすぐに逮捕させるつもりだったから」

「佐木は、バイクを盗まれたことに気づいたはずだ。どうして届け出なかったんだろう」

「さあ……あいつとは会ってないから、分からない」

この件の真相は、闇に消えてしまうだろう。何しろ佐木はもう死んでおり、話は聞けない。

「計算通りに上手く行ったわけだ」幸運もあっただろうが、大胆な犯行だったのだと沖田は理解した。ただし、それで全てが終わりにはならなかった……島野のミスがあったからだ。

「バイク、どうして処理しなかったんだ？　問題のバイクが見つからなければ、あんたに捜査の手が伸びることもなかった」

「あれだけいいバイクだぜ……一度乗ったらやみつきになったよ。手放すのはもったいない。それで、大阪まで持ってきた」

やはり馬鹿――いや、大馬鹿の犯行だと沖田は呆れた。確かに「H1―R」は、バイク好きなら垂涎《すいぜん》の高級マシンだろう。しかし人から盗んだものを乗り回していたら、いつかはバレて隠蔽工作が崩壊するとは思っていなかったのだろうか？　これを材料に島野をからかい、さらに揺さぶって吐かせる手もある。しかし沖田は、そういう行為にうんざりしていた。もういい。こういう間抜けな犯罪者の相手をするのは特捜に任せよう。

それでも、一つだけ気にかかることがあった。これだけは自分で確認しておきたい。

「佐木は、逃げ回ることはなかったと思う。バイクの件だって、盗まれたと証言すれば、アリバイが成立したはずだ。何も自分から進んで容疑を認めるような真似をしなくても」

「バイクの件、誰かが盗んで社長を殺したとあいつが言ったら、警察は信用したか？」

「それは当然、調べるさ」

「佐木は、会社の金に手をつけていた。それで社長と揉めていたのは事実なんだ。それがバレたら絶対に犯人扱いされるし、逃げられない――そう考えたんじゃないかな。別にあいつと話したわけじゃないから、本当のことは分からないけど」

島野が目をそらす。まだ何か隠している、と沖田は確信した。しかし今は、本筋の容疑を確定させないと。

「要するにあの会社は、ぐちゃぐちゃだったわけだ。ワンマンで社員に嫌われていた社長、それが原因で自ら命を絶った元社員、そして会社の金に手をつける社員――あんたが殺さなくても、いずれ大きな事件になっていたんじゃないか？」

「そうかもしれない」うなずき、島野が認めた。「俺たちは何とか、退職金を確保できたけど」

「社長が死んだのに？」そう言えば、会社は清算してしまったはずだ。

「会社を清算する時に、残った財産を社員で分けた。俺も、大阪で新生活を始めるために役立つぐらいの額だったよ」

「もしかしたら、あんた以外の社員も、社長を殺したのがあんただと知っていたのか？それで会社を清算して、財産を山分けした？」

「さあ、どうかな」島野がとぼける。

「そういうことなら、他の社員も共犯ということになりかねない。事情を知っているなら、ちゃんと話してくれるとありがてえんだがな」

「もう疲れたよ」島野が溜息をついた。「喋り過ぎた。あとは、あんたたちが勝手に調べればいいだろう」

島野は全てを諦めてしまったように見えた。これからの人生――そんなものはもう、たった今自分で捨ててしまったとでもいうように。

「お疲れ」沖田は石岡に声をかけた。昼前に取り調べを終え、数時間ぶりに取調室の外の空気を吸った……三月にしては冷えこむのだが、冷たい空気がむしろ心地好《よ》い。

「さすが、警視庁さんです。参考になりました」石岡が頭を下げる。

「こんなの、参考になんかならねえよ。事件が特殊過ぎる」

「それに結局、お前一人では落とし切れなかったわけだから」合流した西川がからかうように言った。

「ああ、分かった、分かった。お前のメモで助けてもらった——それを認めればいいんだろう？」

「あれは、三輪君だけどな。朝から不動産会社に当たって割り出してくれたんだ」

「何だ、お前じゃねえのか」少しだけほっとする。

「誰でもいいだろう。警察は全体でチームなんだから」

「勉強になります！」嬉しそうに石岡が声を張り上げる。

「君さ、一々大袈裟なんだよ」西川が困ったように言った。「普段からチームで仕事してるだろう？　警察ではそれが普通だと思うけど……それとも、大阪府警では違うのかな」

「そんなことはないですよ」三輪が話に入ってきた。「大阪府警はファミリーですから——沖田さん、お疲れ様でした」

「マジで疲れたな」沖田は首を左右に倒した。バキバキと枯《か》れた、嫌な音がする。「変な事件だよ。もちろん、島野が一番変な奴なんだけど、被害者の社長も、佐木も……社員全員がおかしいだろう。会社を清算して、残った金を分配するなんてさ」

「もしかしたら、社員全員が共犯だったりして」と三輪。「そんな滅茶苦茶《めちゃくちゃ》な会社だったら、あり得る話やないですかね」

「ああ」沖田は同意した。「会社も公務員もそうだけど、閉鎖空間になってしまうことがある。そうなると、外部の世界とは違う異様な事態が進行していても、おかしいと思わなくなるんじゃねえかな」

「怖い話ですねえ……この件、追跡捜査係として、まだ面倒を見るんですか」

「いや」沖田は短く否定した。「あくまで特捜にやってもらう。そもそも一年前に発生した事件だと、うちが手をつけるべきじゃねえんだ。本来はもっと古い、黴《かび》が生えたような事件を担当する」

「そういうことだ」西川が同調する。「ただし、うちとしても知っておかなくちゃいけないことはあるから、それだけは調べるけど」

「また面白い話やないんですか？　追跡捜査係が担当する事件は、大抵面白いですよね」三輪が食いつき気味に言った。こうなると単なる野次馬である。

「どうかな」西川が躊躇った。「単純に面白いと言えるかどうかは分からない」

「自分がターゲットになったら、呑気なことは言えねえよ」沖田は言った。「こいつは死にかけたんだからさ」

「そうでしたね」三輪が声を低くする。「すみません、ちょっと調子に乗り過ぎましたわ」

「いやいや、三輪君にはいつもお世話になってるから……それに、襲われて死にかけるなんて、なかなか経験できることじゃないからね。人間的に、一回り大きくなれてたらいいんだけど」西川がおどけた口調で言った。

そんなはずはないだろう、と沖田は思った。しかし何も言えない。今の西川を馬鹿にする権利は自分にはないと思うし、そんなことはすべきではないと思う。

西川はまだ、完全には元通りになっていないのだ。


新橋署の特捜から二人の刑事がやって来て、それと交代する形で沖田と西川は東京行きの新幹線に乗った。特捜の刑事は、これから大阪府警捜査三課と協力して、島野を本格的に締め上げていくことになる。

昨夜寝不足だったせいもあり、沖田は新幹線が動き出すとすぐに寝てしまった。起きたのは、新幹線が減速して名古屋駅に滑りこむ直前……西川は頰杖《ほおづえ》をついて、外を見ていた。沖田の方を見もせずに「お前、岐阜まで行ったよな」と訊ねる。

「ああ」

「岐阜へ行けば、南野のことをもっと調べられると思うか？　会社の中でも疎《うと》まれてるんだろう？」

「陰で馬鹿殿と言われてるらしい——気になるか？」

「ああ」

「でも、今日はやめよう。今日じゃなくていい」

「そうか？」

「誰でも、休みは必要なんだよ。一気に突っ走りたいのは分かるけど、お前はまだ怪我が治り切っていないし、俺は眠い。これからどうするかは、明日考えようぜ。今日はもう、店仕舞いだ」

「おい――」

沖田は目を瞑《つぶ》った。自分は平気だ。眠いだけで、気合いとコーヒーさえあれば、まだまだ動ける。しかし西川には、明らかに休息が必要だった。余計なお世話かもしれないと思いつつ、西川に隠れて美也子には電話をかけ、少し休ませるように頼んでいた。自分が言っても何にもならないが、美也子がきつく迫れば、西川は折れるはずである。

今は休養の時だ。

たぶんそれは、極めて短いものだろうが。

8

四月。沖田がスニーカー――というか本格的なランニングシューズに履き替えたことに、西川は気づいた。ネクタイを外したワイシャツ姿、下はスーツのグレーのズボン……スマートフォンで何かを見ていたが、すぐに自分のロッカーから薄いウィンドブレーカーを取り出して羽織《はお》る。

「何やってるんだ?」

「見て分からないか? ウォーキングに決まってるだろう」

「今から? 昼飯抜きで?」西川は反射的に壁の時計を見上げた。午前十一時五十五分。

「そうだよ」

「皇居一周か?」

「ああ。急ぎ足で一時間弱だ。飯は戻ってから食べるよ。パンを買ってあるから」

「何で急にウォーキングなんだ?」お堀を一周するコースは、ランニングには最適である。歩道を走っている限り、一度も信号で止まらずに済むので、自分のペースを完璧《かんぺき》に守れる。それに一周五キロとキリがいいので、走行距離を把握しやすい。一般の人のランニングコースとして定着したのは十数年前だろうが、警視庁の職員にとってはそれ以前から人気のコースだった。

「そりゃお前、体力増強のために決まってるじゃねえか」

「だったらジョギングじゃないか?」

「そんな面倒なことできるかよ。ウォーキングは、全身運動としては理想的らしいぜ。お前も行かないか?」

「俺が? どうして?」

「腹が出てきてるからだよ。今のうちに鍛え直せば、健康な老後を送れるぜ」

「何の話だよ……」文句を言いながら、西川は自分のロッカーの扉を開けた。いざという時——急な出張などに備えて、ロッカーには様々なものが用意されている。長靴、そしてスニーカーも。沖田のものほど本格的ではないが、皇居一周を早足で歩くぐらいなら問題ないだろう。

よし、行くか。

何で急にそんな気になったかは分からない。退院からかなり時間が経ち、体力的にも回復したと自信を持てたから？　いや、むしろ体力を回復するためのリハビリにできるかもしれないとも思う。

二人は内堀《うちぼり》通りを渡り、皇居を一周する歩道に出た。沖田は迷わず日本橋《にほんばし》方面へ向かって歩き出す。この先、祝田橋《いわいだばし》の交差点で左折して、そのまま北へ向かう——車では頻繁に通るルートだが、歩くのは初めてだ。北の端——竹橋《たけばし》駅まで歩くのかと思うと、とんでもない距離に思えてくる。しかもそこまで行っても、まだ道のりの半分だ。

西川はワイシャツ一枚で出て来てしまって、少し寒いと感じたのだが、歩いているうちに体は温まってくる。沖田は途中でウィンドブレーカーを脱いで、腰に巻きつけた。

「いつから歩いてるんだ？」西川は訊ねた。少し声が乱れる——結構早いペースで歩いていると意識する。

「ちょっと前からだ。先週末に歩けなかったんで、今日はその代わりだ」

「響子さんに誘われたな？」

「何で分かる？」

「お前が自分でこんなことを考えるとは思えないからだよ。健康にいい話なら、出所《でどころ》は響子さんだろう」

「お前に隠し事はできねえな」

依然としてかなり早足で歩きながら、沖田は細々と注意を与えてくる。無理に早く歩く必要はないが、歩幅を広くするよう意識しろ。腕を大きく振る——しかし前にではなく、後ろに思い切り引くイメージで。沖田が自分でウォーキングの効果的なフォームについて調べたわけではなく、やはり響子からの受け売りだろう、と西川は想像した。響子も凝《こ》り性で、その点でも美也子と気が合うのだ。

それにしても、皇居の東側がこんなに歩きやすいとは……歩道は広く、しかもフラットなので、ペースを崩さずに歩いて行ける。慣れたらジョギングペースまでスピードを上げられるのでは、と西川は思った。本当にそんなことをするかどうかはともかく。

時折、かなりハイペースで走るランナーが二人を追い抜いていく。本格的なランニングウエアに、厚底シューズを履いた背の高い女性の二人組に追い抜かれた時には、圧倒されてしまった。まるで短距離ランナーのようなスピード……マラソンではサブスリーが目標レベルかもしれない。

「焦るなよ」沖田が平然とした声で言った。

「何が」

「誰かに追い抜かれても、ペースを崩すな。自分のスピードを守ることが、長続きするコツなんだ」

「そもそも、今の二人組に追いつけるわけがない」

「ここは、本格的なランナーも結構走ってるからな」

二人は無言で、ひたすら北進した。沖田が、用意していた小さいミネラルウォーターのボトルを開けたところで、急に激しい喉の渇《かわ》きを覚える。しかし沖田に「一口飲ませてくれ」と頼むわけにもいかない。次に歩く時は必ず水を準備すること、と西川は頭の中にメモした。

何だか、これを日課にするのが決まってしまっているようだが。

「少しは落ち着いたのか？」気象庁前の交差点まで来た時、沖田が不意に質問を投げかけた。

「俺が？　ずっと落ち着いてたよ」

「あんな事件があって、落ち着いていられるわけないだろう」呆れたように沖田が言う。

「鈍いか、鋼のメンタルの持ち主か、どっちだ？」

「さあな……でも俺としては、最悪の結末だったけど」

「どういう意味で最悪の結末だったんだ？」

「全部がつながっていたこと。そういう場合、早い段階で気づくべきなんだ。向こうの計画が完璧だったわけじゃなくて、俺のミスというべきじゃないかな」

「それはあり得ねえ」沖田が馬鹿にしたように言った。「石橋にしても南野にしても、基本的には阿呆だからな。あんなレベルの低い連中が、お前をはめられるわけがない」

実際には、南野と石橋はつながっていた。西川に貶められたという共通点を持つ二人……南野は警察を追い出され、石橋はちょっとしたトリックで自供を引き出され、起訴された。

最初に動き出したのは南野だった。供述通り、去年東日新聞の都内版で紹介された追跡捜査係の記事を見て、西川が以前よりも活躍していることを知った。それで十年以上前の恨みにまた火が点き、復讐を決意する——しかし、仮にも会社社長で地域の名士の顔も持っていたから、自分で動くわけにはいかない。そこで思いついたのが、誰かを「代理」として使うことだった。闇サイトを使って人を集めようとしたものの、自分でそんなことをしたら証拠が残ってしまう。

そこで南野が思い出したのが、石橋だった。まだ南野が警察にいた頃——所轄に出されていた——に西川が手がけた事件で、容疑者の石橋がその取り調べのやり方に文句を言っている、という噂が流れていたのである。

調べると、ちょうど出所したばかり。弁護士を割り出して連絡を取り、接触するのにさほど時間はかからなかった。もっとも、石橋を動かしたのは、西川に対する恨みばかりではなかったが。出所したばかりで、何の伝手もコネもない石橋を動かすには「金」が一番効果的だった。闇サイトで実行犯を見つけて指示を出す経費に加えて、石橋個人に対する謝礼は百万円。百万、という言葉が大きな重みを持って頭に染みついたのは間違いないだろう。石橋は南野の提案をあっさり受け入れた。

　南野は、西川を殺すことは想定していなかった、と供述している。沖田の取り調べを受けた時に話した通り「西川に失敗させて恥をかかせるつもり」「軽く怪我させるだけで殺意はなかった」という証言を変えようとはしない。嘘ではないだろうと西川は考えていた。そもそも南野は、人を殺す――それを企むほどの度胸がある人間とは思えない。単に刑事ドラマに憧れて警察官になった、性根の座っていない人間だ。

　南野の証言で石橋も逮捕された。指示役の二人に加え、実行犯は既に逮捕されている二人。南野は最終的に、石橋だけに任せておけなくなり、二人の実行犯と何度か電話していたことを認めた。西川は時折特捜の担当者と話して捜査の状況を聞き出してはいたが、自分からは手を出そうとしなかった。そんなことをしたら「私的な感情で捜査するな」と責められてしまうだろう。京佳は派手な事件を仕上げるのが好きだが、今回の件に関しては、「絶対に手を出さないように」と厳命していた。西川だけではなく、沖田や若い二人に対しても……追跡捜査係はその命令を守り、今回の事件に関しては誰も動いていなかった。西川が時折特捜に呼ばれて、事情聴取を受けていたぐらいである。

　それは構わない――西川は自分でも、この件を冷静に捜査できる自信はなかった。客観的な立場で動ける特捜の刑事たちに任せた方がいいのは間違いない。

やがて、一年前の事件についても新たな事実が明らかになった。佐木は、島野が実行犯だということを密《ひそ》かに割り出して、脅迫を始めていた。島野はそれに耐えきれず、佐木に接近し、酒を飲ませて泥酔《でいすい》させ、事故を誘発させたと自供した。そしてそれをその場で唆《そその》かしたのが、南野に言われて新橋の事件を調べ、島野に辿りついていた石橋だった。南野は業界の噂で事件の真相を薄々知っていたらしい。事故を誘発——実質的には殺したようなものである。

この件は速やかに片づきつつあるが、ニュースとしての扱いは小さい。現職の刑事が襲われた、しかも犯人が元警視庁の刑事というのは、広報としては——いや、警視庁としては積極的に広報したい事案ではないだろう。もしもどこかの社が嗅《か》ぎつけて取材してきたら最低限の情報を教えるが、取材がなければ何も言わない、ということで、内々に情報の扱いが決まったようだ。西川としてはありがたい話である。自分のヘマから始まった事件が、大々的にニュースになったら、仕事がやりにくくなって仕方がない。今後も、どの社も注目しないことを祈るしかなかった。まあ、今のマスコミ各社の取材力は落ちている——昔のようにはしつこくないから、気づかれるとは思えないが。

この件だけだったら、西川も比較的冷静でいられたと思う。非常に単純、かつ幼稚《ようち》な恨みが動機になった事件。被害者・加害者とも警察関係者で、闇サイトで集められた実行犯が関わっていたというのはいかにも現代的な事件だが、それで捜査が難航するわけではない。

引っかかっているのは、島野の件だ。

一年前の事件の真犯人は佐木ではなかった——それはいい。警察もミスをするし、間違った人間を犯人として指名手配してしまうこともあるだろう。しかしそれが、南野が企んだ事件と絡んでいるような、いないような……。

何度も考えては否定し、また考える。最終的には特捜が判断することなのだが、関係者全員が素直に喋っているかどうかも分からない。事件は、深い溝《みぞ》の中に落ちてしまうかもしれない。

「南野が、新橋事件の真相を知っているかもしれないと思ってるんだろう」沖田が唐突に切り出した。

西川はすぐには返事ができなかったが、その沈黙を沖田は「イエス」と判断したようだ。

「ただし、本当にそうだとしても、うちとしては何もできねえぞ。お前は、どう思うんだよ」

「分からない」西川は正直に言った。「俺も何度も考えた。でも、今のところはどうしようもない感じなんだ」

二人は代官町《だいかんちよう》通りに入っていた。右手には国立近代美術館……この辺は微妙に上り坂になっている。コースを半分ほど歩いただけだが、既に緩い上りにきつい負荷を感じている。

「思い切って、今考えてることを特捜に話してみたらどうだ？」沖田が切り出した。「話すだけならタダだぜ。何か疑いがあったら調べるのが刑事の仕事だから、それを面倒臭がるようじゃ刑事失格だ。たぶん、南野もそういう刑事だったんじゃねえか？　刑事ドラマの格好いい俳優さんを見ただけで勘違いして、刑事の仕事の本質が理解できてなかったのかもしれねえ。そうなると、研修は何だったたっていう話になるんだけどな」

「そうだな」

「俺たちが捜査するわけにはいかねえけど、特捜の中にもフットワークのいい若い刑事がいるかもしれねえ」

「むしろ、ＳＣＵマターかと思ったんだけどな。この件、二つの特捜が絡んでくることになるし、どっちが仕切るかは難しくなる」

「それも手だな」沖田がうなずく。「八神なら、いつでも話ができるぜ」

「あいつにプレッシャーをかけるなよ。納得してＳＣＵで仕事してるわけじゃないんだから」

八神は捜査一課時代、ある事件の捜査で一緒に動いていた後輩を事故で失い、その責任を取らされてのＳＣＵへの左遷だと、今でも考えているようなのだ。そんなことはないと公式に否定されているはずだが、警察にはしばしば、本音と建前がある。八神もそれを疑っているようで、最近は性格が少し変わってきたという評判を西川も聞いていた。自分が貶められたかもしれないと疑い続けていたら、確かに暗くなってしまうだろう。

南野のように。

「彼、忙しいのかな」

「さあね」沖田が肩をすくめる。「ＳＣＵは何をやってるかよく分からない部署だから……俺は関わったことがねえから、何とも言えねえ。そうでなくても、ＳＣＵは評判が悪いしな……うちと一緒で」

「うちが不評を買ってるのは、捜査一課の中だけだ。ＳＣＵは違うぞ——警視庁全体の嫌われ者だからな」どこの部署が担当するか分からない事件を担当する——その結果、所轄や本部の各部署から嫌われることもある。しかもＳＣＵは警視総監直轄の組織であり、自己判断でどんな事件でも捜査できる。それが「調子に乗っている」と批判されることもしばしばなのだ。

「やっぱりやめておこう」西川は結論を出した。「確かに訳が分からない事件だけど、特捜はちゃんとやってる。ＳＣＵに捜査を押しつけるわけにはいかないよ。そんなことしたら、八神にも申し訳ない」

「俺は、八神にはできるだけ仕事させた方がいいと思うんだけどな」沖田は諦めきれない様子だった。

「まあ、それはまた別の機会に考えよう。しかしお前も、後輩のことをずいぶん考えてるんだな」

「八神のことじゃねえ。お前のことだ」

「俺？」西川は目を細めた。「俺がどうした」

「この事件——南野と石橋が組んでお前をはめようとした事件が起きてから、お前は調子がおかしくなってるんだよ。明らかにいつもの西川さんじゃねえ。さっさと元に戻ってくれねえと、こっちも困る」

「しょうがないだろう」西川は思わず反論した。「自分がターゲットになってみろよ。それまでの日常が急に変わるんだぞ。しかも俺は引っかかってしまった。自分の馬鹿さ加減を十分思い知ったよ。俺もまだまだだな」

「とはいえ、事件が解決すればすっきりするんじゃねえか？　それこそ犯罪被害者の気持ちを考えろよ。犯人が逮捕されて、どういう事件だったかが明確になれば、気持ちも晴れるんじゃねえか？　俺たちも、それを考えて仕事をしてるんだから」

「総合支援課は、また違う考えだろうけど」

「支援課は支援課で、勝手にやってくれって感じだよ。俺たちは違う——でも今回、お前は当事者だから捜査ができねえ。それを言えば、追跡捜査係全体が縛られてるような感じだ。だから、信頼できる後輩に任せるのが一番いいじゃねえか。八神には、俺たちにはない目がある」

「まあ……もう少し時間が経ったら話してもいいな。ＳＣＵが暇なタイミングを見計らって」

「八神に手柄を渡すのが嫌なのか？」

「そういうわけじゃない——しかしお前、どうするんだ？　これから毎日歩くのか？」

「時間が空いてればな。歩くと気持ちよくねえか？」沖田は嬉しそうだった。「俺もよ、いろいろ反省したんだ。今まで好き勝手にやってきて、結果的に自分の体を痛めつけてきた。でもこれからは、自分の体のことを考えるべき年齢になってるんじゃねえかな」

「何だかおっさん臭いぞ」

「響子のためだよ」沖田が真面目な口調で言った。「この先、体を壊したりして、響子に迷惑をかけたくねえんだ」

「ついに結婚する気になったのか？」

「そういうんじゃねえけどな……とにかく自分の体は自分で面倒を見る。それが基本だろうが。お前も、退職したら喫茶店のマスターになって、全然歩かなくなるかもしれねえけど、それでいいと思ってるのか？」

「喫茶店をやるかどうかなんて、分からないよ」西川は苦笑した。

「あらゆる可能性を想定しておいた方がいいんじゃねえか？　それが普段のお前のやり方だろう」

「自分のプライベートのことになると、分からないんだ」

だからこそ、今回の事件は自分で捜査できない。そもそもこれは、警察内では長年通用してきた無言のルールである。事件・事故の被害者になった警察官は——家族が巻きこまれた場合もだ——自分では捜査を担当しない。特に事件の場合は……絶対に冷静さを失しているから、普段の力が出せないということだ。自分は——その通りだろう。冷静に、いつものように状況を分析しながら仕事ができるとは思えない。

「とにかく、少し考えるよ。考えて、どうするか決める……でも、そのためには時間が欲しい」

「分かった。だったら俺は何も言わねえ。ただし、しっかりしてくれよ。お前の調子が狂うと、俺も困るんだよ」

「努力するよ」

西川は黙りこみ、周囲に目をやった。この辺も桜が満開……今は歩いたり走ったりする人しかいないが、夜になると花見客で賑わうだろう。

何があっても、毎年桜は咲く。決して変わらないものも世の中にはあるのだ。

自分は今回の件で変わってしまったのか？　刑事として恥をかき、今後、以前のように捜査ができるかどうか、自信もない。

しかし傍《そば》には沖田がいる。今までと変わらず、勢いだけで突っ走っていく単細胞な刑事が。とはいえ、この男がいる限り、自分はいずれ自分らしさを取り戻せるかもしれない。

桜の花びらが一枚、目の前で舞った。反射的に手を伸ばして捕まえようとしたものの、花びらは西川の手をすり抜け、ふわふわと舞い続ける。

「鈍いねえ」沖田が揶揄《からか》うように言った。

「桜は、見るだけがいいんだよ。人の手が届かないのが、少し神秘的でいい」

「お、ちょっと調子が戻ってきたか？」

「さあな」

「もっと屁理屈《へりくつ》を言ってみろよ。何だか懐かしい感じがするぜ」

「馬鹿馬鹿しい。黙って桜を愛《め》でろよ。お前も、そういうことができる年齢だろうが」

「歳のことは言うな。同い年なんだから……そもそも、お前の方がずっとおっさん臭いぞ」

「そうだな」西川は認めた。「俺はとっくに、静かに桜を見る楽しみを感じてるよ」

「じゃあ、今夜あたり花見にでも行くか」沖田が嬉しそうに言った。

「酒が呑みたいだけだろう？　それじゃ駄目なんだ。宴会をやってるような連中がいない桜の名所を探しておいてくれよ。そこで静かにウォーキングするとか、俳句を詠《よ》む——そういう桜の楽しみ方がいいな」

「俳句？　何言ってるんだ」

「学べ。学ぶ姿勢がないと、人間はどんどん駄目になる」そういう西川も、俳句について何かを知っているわけではなかったが。ただしイメージとして、桜と俳句や短歌は似合いそうな気がする。古来続く、日本の春という感じだ。

「うるせえ男だな」

西川はちらりと、横に並ぶ沖田を見た。口調は乱暴だが、顔は笑っている。こいつはこういう男なのだ。そして今の西川には、沖田といつもの軽口を叩く余裕がある。

日常が戻ってきつつあるのだ、と西川は確信した。

本書はハルキ文庫の書き下ろしです。

本作品はフィクションであり、登場する人物、団体名などは架空のものであり、現実のものとは関係ありません。

Haruki Bunko
ハルキ文庫

と 5-14

陰《かげ》からの一《いち》撃《げき》 警視庁追跡捜査係《けいしちょうついせきそうさがかり》

著者 堂《どう》場瞬一《ばしゅんいち》

2024年1月18日第一刷発行

発行者 角川春樹

発行所 株式会社角川春樹事務所
〒102-0074 東京都千代田区九段南2-1-30 イタリア文化会館

電話 03(3263)5247(編集)
03(3263)5881(営業)

印刷・製本 中央精版印刷株式会社

フォーマット・デザイン 芦澤泰偉
表紙イラストレーション 門坂 流

本書の無断複製(コピー、スキャン、デジタル化等)並びに無断複製物の譲渡及び配信は、著作権法上での例外を除き禁じられています。また、本書を代行業者等の第三者に依頼して複製する行為は、たとえ個人や家庭内の利用であっても一切認められておりません。
定価はカバーに表示してあります。落丁・乱丁はお取り替えいたします。

ISBN978-4-7584-4612-9 C0193 ©2024 Dôba Shunichi Printed in Japan
http://www.kadokawaharuki.co.jp/[営業]
fanmail@kadokawaharuki.co.jp[編集] ご意見・ご感想をお寄せください。

堂場瞬一の本

沈黙の終わり

上・下

二十年掛けて築き上げてきたことが、ここで一つの形となった——。（著者）

七歳の女の子が遺体で発見された。その痛ましい事件から、30年間隠されてきたおぞましい連続殺人の疑惑が浮かび上がった。定年間近の松島と若手のホープ古山、二人の新聞記者が権力の汚穢を暴くため、奔走する。堂場瞬一作家デビュー20周年を飾る記念碑的上下巻書き下ろし！

単行本